危険なビーナス

東野圭吾

講談社

危険なビーナス

装幀　岡 孝治
写真　中村 淳

1

この日、二頭目の患者は茶虎の雄猫だった。明らかに雑種だが、顔つきからするとアビシニアンの血が少し入っているかもしれない。伯朗《はくろう》の顔を見て不穏な気配でも察知したのか、うーうーと低く唸《うな》りだした。こういう場合に急いで手を出すのは愚《おろ》かな行為だ。猫が嚙《か》みつくスピードは半端ではない。指の関節なんぞを嚙まれたら、腫《は》れて一週間は仕事ができなくなる。

「大丈夫だよ」伯朗は猫に声をかけた。「何もしないから。ちょっと診《み》るだけだ」

すみません、と猫を抱いた女性が謝った。若く見えるが、実年齢は三十代半ばというところか。黒くて長い髪が瓜実顔《うりざね》によく似合っている。まずまず美人といっていいだろう。独身なのかどうか訊きたくてうずうずしたが、蔭山元実《かげやまもとみ》が隣にいるので我慢した。こっちのアラサー女子もなかなかのクールビューティなのだが、言動は見かけ以上に辛辣《しんらつ》で冷徹だ。セクハラで訴えられたら負けますよ、とかいわれるに決まっている。

猫の様子が少し落ち着いたように見えた。蔭山君、と助手に呼びかけた。「猫ちゃんを抱いてみて」

「はい」乾いた声で返事し、蔭山元実は飼い主の女性に向かって両手を伸ばした。女性がおそるおそる猫を差し出す。初対面の女性助手に抱かれても、猫はおとなしくしていた。

「ケツ、見せて」

伯朗の言葉に、蔭山元実の眉がぴくりと動く。だが黙ったまま、尻を彼のほうに向けるようにして猫を診察台に乗せた。

なるほどね、と伯朗は呟《つぶや》く。お馴染《なじ》みの光景だった。肛門の横に裂傷《れっしょう》が生じている。

「肛門嚢《のう》が破裂してるね。ああ、肛門嚢ってわかる？」

飼い主の女性は首をすくめるように頷いた。

「ネットで調べました。臭いのある分泌物を出すところですよね」

そうそう、と伯朗はいった。ネットは便利だ。おかげで素人相手に一から説明しなくて済む。

「肛門嚢の中には肛門腺があって、分泌物を作っている。で、その分泌物を外に排出する小さな穴があるんだけど、そいつが詰まったりすると、肛門嚢がいっぱいになって、しまいには破裂するわけ。それを防ぐために定期的に肛門腺をしぼってやったりするわけだけど、してなかったってことだよね」

すみません、と女性は申し訳なさそうに小声で答えた。

伯朗は手を振った。

「やってない人は多いよ。それで問題ない猫も多いからね。分泌物がサラサラだと詰まりにくいんだ。この子は必要だったってこと。今回破裂したほうは、最終的には手術して取っちゃうことになると思うけど、肛門腺は左右にあるから、もう一つは破裂させないように気をつけたほうがいい」

「そうします。どうやってしぼるんですか」

「それは後にしよう。とりあえず、破裂したところの治療が先だ」伯朗は猫の尻を指差していった。

患部周辺を麻酔した後、蔭山元実が電動バリカンで猫の毛を刈り始めた。ピンク色の地肌が露《あら》わになるのを眺めながら伯朗が処置の手順を考えていると、受付の電話が鳴りだした。眉をひそめ、小さく舌打ちした。電話の応対は蔭山元実の仕事なのだが、彼女は手が離せない。無言でバリカンを動かし続けている。

伯朗はドアを開けて受付に入り、鳴り続けている電話の受話器を取った。「はい、池田動物病院です」

一瞬、息を呑むような気配があった。

「あの、そちらに手島《てしま》伯朗という方はいらっしゃるでしょうか」早口で尋ねる声は女性のものだった。聞いたかぎりでは若そうだ。

「手島は私ですが」

伯朗が答えると、「わお、ビンゴッ」と相手が小さく叫んだ。

「はあ？」

「あーっと、ごめんなさい。あたし、ヤガミカエデといいます」

「ヤガミ？　あの矢神《やがみ》？」

「はい。あの矢神です」

よく知っている名字だが、カエデという名には心当たりがなかった。

「ええと、どちらの矢神さんなのかな」

「明人《あきと》君の矢神です」

「弟の？」

「はい。あたし、明人君の妻です。初めまして、お義兄様《にいさま》っ」やけに力強く挨拶《あいさつ》してきた。

受話器を握りしめる手に力を込めていた。「あいつ、結婚したのか……」

「去年の暮れに結婚式をしました。明人君、やっぱりまだ連絡してなかったんだ。兄貴にもいずれ知らせるとかいってたのに。彼、そういうところがあるんですよね。頭はすっごくいいのに、優先順位が低いものに関してはずぼらで」

　結婚したことを兄に知らせるのは、明人にとって優先順位の低い事案らしい。まあそうかもしれないな、と伯朗は思った。仮に自分が結婚しても、明人への報告は延び延びになるだろうと想像した。そんな予定は全くなかったが。

「それはどうもおめでとうございます」我ながら気持ちが籠《こ》もっていないと思う口調で伯朗はいった。「お祝いを送らせていただきますよ。ええと、どこへ送ればいいのかな」

　疎遠とはいえ、弟が結婚したと聞いては、何もしないわけにはいかなかった。そばにあるメモ帳を手に取った。

「ああ、そういうのは結構です。全部お断りすることにしています」

「はあ、そうですか」

　メモ帳を元に戻した。いらないというのなら、無理にあげることもない。

　伯朗は診察台を振り返った。猫の毛を剃り終えた蔭山元実が、飼い主の女性と共に不審げに待っている。

「わかりました。結婚の報告、たしかにお聞きしました。どうぞお幸せに」

　話を切り上げ、電話を切ろうとしたが、「ああ、ちょっと待って」と遮《さえぎ》られた。

「まだ何か？」

「だってあたし、肝心なことを何もお話ししてません」

「まだほかに何か？　今、仕事中でしてね。患者さんを待たせているんです」

「ごめんなさい。あたしたちの結婚を御存じなかったってことは、最近、明人君とは話してないってことですよね？」

「最近どころか、ここ何年も話してませんが」
「そうですか、やっぱり」威勢《いせい》がよかった相手の声が、少し沈んで聞こえた。
「明人がどうかしたんですか」
「ええ、それが」気持ちを静めるような間があり、彼女は続けた。「行方不明なんです、明人君。もう何日も帰らないんです」

2

伯朗の父親は手島一清《かずきよ》という画家だった。といっても伯朗は殆《ほとん》ど覚えていない。彼が五歳の時に亡くなったからだ。母の禎子《ていこ》によれば、無名で、さっぱり売れなかったらしい。

手島家の生活を支えていたのは、看護師だった禎子だ。当時は看護婦と呼ばれた。絵筆を持つ以外に取り柄がない一清は当然家事も一切できなかったので、仕事と主婦業を掛け持ちする禎子は、さぞかし大変だったに違いない。

二人が知り合った場所は、禎子が勤務していた病院だった。盲腸で入院中だった一清がベッドで描いていた絵を見て、禎子が思わず言葉をかけたのがきっかけらしい。

「初めてお父さんの絵を見た時は、この人はきっと有名になる。絵描きとして成功すると思ったんだけどねえ。見る目がないっていうのは怖いわよねえ」

言葉とは裏腹に、禎子は明るく楽しげに話した。周囲の反対を押し切って売れない画家と結婚したそうだが、そのことを後悔している様子はなかった。

結婚して三年目に子供が生まれた。伯朗という名前を考えたのは禎子らしい。夫とは縁のない

「画伯」という呼び名の「伯」の字と、巨匠ピカソのファーストネームである「パブロ」とを組み合わせたとのことだった。半ばやけっぱちで付けたのよ、と禎子は平気な顔をして伯朗に説明した。

父親に関する記憶は、あまり残っていなかったが、小さな借家の二階で絵を描いていたことは覚えている。階段を上がっていって襖《ふすま》を開けると、大きなカンバスに向かう父の痩《や》せた背中が見えた。

描かれているのは不思議な絵だった。もはや明確に思い出すことは不可能だが、図形のようであり、単なる模様のようでもあり、見つめていると目眩《めまい》がしそうになったことは覚えている。何を描いているの、と尋ねた記憶がある。父は息子のほうを振り返り、意味ありげに笑ってこういった。「お父さんにもわからないんだよ」

「わからないものを描いているの？」

「わからないものを描いているんだ。いや、描かされているのかな」

「誰に？」

「さあね。神様かもしれないね」

このあたりのやりとりになると、実際の会話だったか、月日が経つうちに改変されてしまった記憶なのか、伯朗にも自信がなくなる。何しろ、三十三年も前の話だ。

その絵が完成することはなかった。

父が病気だということは、ぼんやりと理解していた。絵を描いている時以外は、大抵布団で横になっていたからだ。四つん這《ば》いになり、頭を抱えていることも時々あった。

亡くなったのは、寒い冬の朝だった。眠っているようにしか見えない一清の横で、禎子が電話をかけていた。看護婦という職業柄か、狼狽《ろうばい》している様子はなく、話す声は落ち着いていた。間もなくサイレンが鳴り、救急車がやってきたが、一清の身体が運び出されることはなかった。たぶん死亡が確認されたのだろう。

一清の葬儀の模様は、ろくに覚えていない。禎子によれば、読経《どきょう》が始まるなり伯朗は眠り込んでしまい、別室に運ばれたのだそうだ。その後、夜まで起きなかったらしい。

伯朗が父の病名を知ったのは小学校に上がってからだ。脳腫瘍《のうしゅよう》だと禎子が教えてくれた。癌《がん》というのが怖い病気だという知識だけはあったので、それが頭の中にできたのだと知り、とても驚いた。頭を抱えていた父の姿を思い出し、恐ろしくなった。

発症したのは伯朗が二歳の頃だったらしい。頭痛を訴えるようになり、禎子が勤務する病院で精密検査を受けたところ、悪性腫瘍が見つかったのだ。しかも手術が極めて困難な部位で、医師からは、「どうすれば本人が幸せな時間を過ごせるか、一緒に考えましょう」といわれたらしい。手の施しようがない、ということだ。

つまり伯朗の記憶にある一清は、自らの死期を悟りながら毎日を送っていたのだ。禎子にしてもそうだ。いつ夫が倒れてもおかしくないという状況に身を置いていた。だがそんな暗さを、伯朗は両親と一緒にいて感じたことがなかった。たぶん一清本人はもちろん禎子も、家族が三人でいられる残り少ない時間を、何とかして明るく過ごそうと努めていたのだろう。そのことを思うと伯朗は今も胸が苦しくなる。何も知らなかった自分が恥ずかしくなる。

貧乏画家にはろくに遺産などなかったが、売れない絵だけは何枚も押し入れにしまいこまれていた。伯朗もごくたまにそれらを目にした。丁寧な筆致で描かれた静物画が多かったが、残念ながら心を動かされるような作品は一つもなかった。父が最後に描いていた未完成の絵だけが飛び抜けて印象的だった。

祯子によれば、一清があの絵に着手したのは、脳腫瘍を発症してから二年ほどが経った頃らしい。それまで静物画を得意にしていたはずなのに、突然あのような抽象画を描き始めたのだ。理由は知らない、と禎子はいった。

「死を覚悟したことで、何か閃《ひらめ》きが降ってきたんじゃないの？　一応、あれでも芸術家だったから。それとも、死ぬ前に一枚だけ、今までの自分の作品と全く違うものを描きたくなったのかもしれないわね」

自分でもわからないものを描いている、神様に描かされているのかもしれない、と一清からいわれたことを伯朗は話した。母は頷き、そうだったのかもしれないね、と答えた。

父親が亡くなったからといって、手島家の生活ぶりが特に変わることはなかった。元々、生活費を稼いでいたのは禎子だから、一人いなくなったことで、もしかすると経済的には多少楽になっていたかもしれない。伯朗自身、不自由を感じたことはなかった。

禎子が働いている間、伯朗は近所に住む叔母の家に預けられた。叔母は順子《じゅんこ》といって、姉とは違い、専業主婦をしていた。自宅はあまり大きくはないが、純和風の一軒家だった。結婚したのは禎子よりも順子のほうが先で、手島夫妻が住まいを妹たちの近くに選んだのは、「きっとそのほうが何かと便利だろう」という禎子の直感からだった。姉妹は昔から仲が良かったのだ。当然、結婚してからも両家の交流は盛んだったらしく、赤ん坊だった伯朗が叔母の家にいる写真が何枚か残っている。妹夫婦には子供がいなかった。そのせいか伯朗は二人からかわいがられた。

伯朗も叔母の家で過ごすのは嫌ではなかった。それどころか、叔母が焼いてくれるクッキーやケーキが楽しみで、学校から走っていったほどだ。

順子の夫である憲三《けんぞう》は「大学の先生」だった。何を教えているのか、ずいぶん長い間、伯朗は知らなかった。数学の教授だと知るのは、中学生になってからだ。髪を長く伸ばした、小柄な人物だった。

憲三はあまり家にいなかったが、たまに会うと伯朗にいろいろなことを教えてくれた。クラスの児童数が四十人なら、誕生日が同じだという者が二組ぐらいいても少しも不思議ではない、ということも叔父から教わった。まさかと思って調べてみたらその通りで、伯朗が小学校一年時のクラスには三組もいた。

「人間の感覚なんてあてにならない。賭け事なんて絶対にやっちゃだめだよ。どんなに勝っているつもりでも、やればやるほど必ず損をするんだ」

大好物のビールを飲みながら、そんなことも教えてくれた。憲三は、一清が元気だった頃の良き飲み仲間でもあったらしい。

叔母夫婦以外で頻繁に会っていたのは、禎子の実家にいる祖母だった。西東京の小泉《こいずみ》という町で独り暮らしをしている祖母も、初孫を大切にしてくれた。伯朗が、空気銃で襖や障子《しょうじ》を穴だらけにした挙げ句、仏壇《ぶつだん》の飾りを撃ち、内部をめちゃめちゃにしたことがあった。それでも祖母は叱らなかった。人に向けて撃つのはいけないよ、といっただけだ。

一清の両親が早くに亡くなっていたせいで、父方の親戚とは全くといっていいほど繋《つな》がりがなかった。「向こうの人たちにしてみれば、母子家庭に下手に関わって、お金を貸してほしいとかいわれたら面倒だ、とでも思ってるんじゃないの」禎子が順子に向かって、そんなふうに話していたことがある。

父を失ってからの伯朗の生活環境は、概《おおむ》ねそういうものだった。どちらかというと、あまり変化のない毎日が続いた。悲しみは、いつの間にか薄れていた。父を思い出すことも少なくなった。もしかすると最初からさほど悲しくなかったのではないか、とさえ思った。

そんなある日、いつものように叔母の家に行くと、新しい服が用意されていた。白いシャツにグレーの半ズボン、濃紺のジャケットという出で立ちは、今でいう「お受験スタイル」そのものだった。

そして実際、それらは「面接試験」のために揃えられていたのだ。

新しい洋服に身を包んで待っていたら、夕方、禎子が迎えに来た。母親の姿を見て、伯朗は少し驚いた。ふだんはジーンズしか穿《は》かない彼女が、スカート姿だった。美容院に行ってきたらしく、髪も奇麗にセットされている。念入りに化粧を施《ほどこ》された顔は、いつもより何歳も若く見えた。

「今夜は外で食事をするからね」叔母の家を後にしてから禎子がいった。

「ラーメン？」伯朗は訊いた。外食といえばラーメンか焼き肉だったからだ。

「違う。もっとおいしいものを、いろいろと食べられるよ」

それから、と母は続けた。

「もう一人、ほかの人が来るからね。伯朗が知らない人だけど気にしなくていい。でも、挨拶だけはきちんとしてちょうだい」

「お母さんの友達？」

うーん、と禎子はいい淀《よど》んだ。

「ちょっと違うんだけど、今日のところはそんなふうに思っててくれていいかなあ」

そして、男の人よ、と短く続けた。

それを聞いた途端、伯朗は気持ちが落ち着かなくなった。慣れたゲームをしている最中に、突然ルールが変更になった、と告げられたような感覚だ。不安や焦りに似た感情が胸に広がった。今日これから何かが起きる、それによって自分たちの生活も変わる——わけもなくそんな予感がした。

連れていかれたところは、天井の高い店だった。床はぴかぴかに磨き上げられ、白いクロスが掛けられたテーブルには花を入れた花瓶が飾られていた。それぞれのテーブルでは、いかにも上品そうな大人たちが席につき、穏やかな表情で談笑していた。彼等は伯朗の目から見ても、明らかに「お金持ち」だった。ここは、そういう人たちが来る店なのだ。

当然のことながら、そんな店に入ったのは生まれて初めてだった。伯朗は足音を殺し、従業員に案内される母の後をついていった。

二人が通されたのは、ほかの客からは隔離された部屋、所謂《いわゆる》個室だった。

そこでは一人の男性が待っていた。黒っぽいスーツを着た、がっしりとした体格の人物だった。彼は立ち上がると温厚そうな笑顔を伯朗に向け、こんにちは、と挨拶してきた。

こんにちは、と伯朗も応じたが、目は合わせられなかった。

その夜、どんなものを食べたのか、さっぱり覚えていない。禎子によるとフランス料理で、伯朗には子供向けの特別メニューが用意されていたそうだが、これっぽっちも記憶がなかった。覚えているのは、男性がやたらと伯朗について質問し、禎子がそれに答えていたということだけだ。いやもう一つ、彼女が緊張の色を覗《のぞ》かせつつ、その表情はやけに明るかったことも脳裏に焼き付いている。目を輝かせ、唇に幸せそうな笑みを湛《たた》えている母親は、いつもとは別人に見えた。

男性は、ヤガミさんといった。下の名前は、その時は聞かされなかった。

数日後、例によって学校帰りに叔母の家へ行った伯朗が、手作りのシフォンケーキにかぶりついていると、「この間、どうだった？」と順子が尋ねてきた。

何のことを訊かれているのかわからなかったので、そういった。

「ヤガミさんと御飯を食べたんでしょ？　楽しかった？」

「叔母さん、あの人のこと知ってるの？」

「一度だけ会ったことがある。ねえ、どうだった？　楽しかった？」

伯朗は首を振った。「全然楽しくなかった。大人二人でしゃべってるだけだし」

あはははは、と順子は笑った。

「そうだったの。それじゃあ伯ちゃんはつまんないよねえ」そういってから真顔になり、続けた。「ヤガミさんのことはどう思った？」

「どうって？」

「だから、感じがよかったとか悪かったとか」

「わかんないよ、そんなの。一度会っただけだし」

「そう。でも、悪い人だとは思わなかったでしょ？　優しそうな感じはしたんじゃない？」

叔母は明らかに肯定する答えを待っているようだった。しかし伯朗は、わかんない、と押し通した。実際、わからなかったからだ。

それからしばらくして、またしてもヤガミさんと食事をする機会が訪れた。今度は焼き肉ということだった。そのせいか、伯朗の服装は普段着になった。禎子もわざわざ美容院で髪をセットしてくることはなかった。だが化粧がいつもより華やかなことと、スカート姿なのは前回と同じだった。

ヤガミさんの服装は前とあまり変わらなかったが、ネクタイを締めていなかった。上着を脱ぎ、ワイシャツの袖をまくって、伯朗や禎子のために肉を焼いてくれた。

「カルビが好きなんだろ？　どんどん食べろよ。焼き過ぎはよくない。ほら、これなんかもう焼けてるぞ」そういって伯朗の皿に焼いた肉を置くのだった。

　焼き肉は大好物だ。伯朗は食べることに集中した。どうせ大人たちは二人で勝手に話すだけだろうと思った。

　ところが、伯朗君は、とヤガミさんが話しかけてきた。「琴風《ことかぜ》のファンらしいね」

　カルビを口に運びかけていた手を止め、ヤガミさんの顔を見返した。なぜ知っているのか、お母さんが話したのだろうけれど、どうして今ここでそんなことをいいだすんだろう、と警戒しつつ、小さく頷く。

　琴風豪規《ごうき》——大相撲の力士だ。低い姿勢での「がぶり寄り」が武器で、殆どそれだけで大関にまで上がった。伯朗がファンになったきっかけは、「ペコちゃん」という愛称が面白かったからだが、いろいろと調べるうち、度重《たびかさ》なる大怪我を乗り越えてきた不屈《ふくつ》の人だと知り、ますます応援したくなったのだった。

「今度、相撲を観に行かないか。枡《ます》席で琴風を応援しようよ」

　枡席という言葉は、その頃覚えたばかりだった。土俵《どひょう》を囲むように並べられた観客席で、椅子ではなく、四角く仕切られた場所に座布団を敷いて座るらしい。番狂わせが生じた時に土俵上を飛び交うのは、その座布団だ。

「席、取れるの？　すごい人気で、なかなか取れないって聞いたけど」禎子が訊いた。

「知り合いに頼めば問題ない。——どう？　観に行かないか」ヤガミさんが改めて伯朗に尋ねてきた。

伯朗は禎子を見た。大相撲を直《じか》に観たことはなかった。観たいと思ったが、素直にそう答えていいものだろうか。

「行きたい？」禎子が訊いてきた。その口調は、正直に答えればいい、というニュアンスを含んで聞こえた。

うん、と伯朗は答えた。それを聞き、よし決まった、とヤガミさんがいった。

「すぐに手配しよう。ちょうどよかった。伯朗君は知っていると思うけど、近々、国技館《こくぎかん》は新しくなる。それまでに一度、今の国技館に行っておきたかったんだ。こう見えても、私も大相撲ファンでね」

「誰が好き？」伯朗は訊いた。彼のほうからヤガミさんに質問したのは、それが最初だ。

「かつては断然北《きた》の湖《うみ》だった。でも、少し変わってきたかな」ヤガミさんは首を傾《かし》げていった。「憎らしいほどの強さがなくなってきたからね。今は千代《ちよ》の富士《ふじ》かな。あれは強いよ。もっともっと強くなる」

千代の富士贔屓《びいき》と聞き、伯朗は内心面白くなかった。琴風は千代の富士に全く歯が立たず、勝ったのを見たことがなかったからだ。

それでもヤガミさんに対して伯朗が少し心を開いたのは事実だった。

初の大相撲観戦は、興奮に満ちた経験になった。ヤガミさんは本当に大相撲ファンらしく、いろいろなことを伯朗に教えてくれた。特に、琴風の師匠である琴櫻《ことざくら》が横綱昇進を決めた一番は、千代の富士の師匠の北《きた》の富士《ふじ》を喉輪《のどわ》で押し出して勝ったものだという話は、千代の富士憎しの伯朗には溜飲《りゅういん》の下がるものだった。もちろんヤガミさんも、彼を喜ばせたくて、そんな話を用意しておいたのだろう。

その後もほぼ定期的に、伯朗は禎子と共にヤガミさんと会った。ヤガミさんは正確には、矢神康治《やすはる》といった。やすはるさん、と禎子が彼に呼びかけるのを、伯朗は何度か耳にした。

大相撲観戦は楽しかったが、単なる食事だと伯朗は退屈した。すると二人はそれを察したのか、伯朗を花火大会やプロ野球観戦に連れ出すことが多くなった。それらの体験はそれなりに新鮮なものだったが、比較にならないほど強烈な衝撃を伯朗に与えたのは、何といっても東京ディズニーランドだった。当時、チケットは殆ど入手不可能だといわれた。ところがヤガミさんはどう画策《かくさく》したのか、三人分のチケットを確保してきた。

東京ディズニーランドでの一日は、まさに夢のようだった。目にするもの、耳にするもの、触れるものすべてが華やかで美しく、驚きと感動に満ち溢れていた。その日のことを思い出すたびに興奮し、数日間はなかなか寝付けなかった。

ヤガミさんはすごい人なんだな、と思い始めていた。

そんな息子の心境の変化を察知したのか、ある夜、夕食後に禎子が、「大事な話があるんだけど聞いてくれる？」といいだした。

伯朗は頷きながら、きっとヤガミさんのことだ、と思った。とうとう来るべき時が来たんだ、とも。

「お父さんが亡くなって、三年になるよね。それ以来、お母さんと伯朗と二人だけで暮らしてきたんだけど、何か辛いことはなかった？」

伯朗は首を傾げた。考えてみたが、辛いと思ったことはなかった。

「友達にはお父さんがいるでしょ？　それを見て、羨ましいと思ったりとかは？」

かぶりを振った。嘘《うそ》ではなかった。自分に父親がいなかったわけではない。いたけれど、死んでしまっただけだ。そう思っていた。

そう、と禎子は一度目を伏せてから、改めて顔を上げた。

「お母さんね、ヤガミさんに伯朗の父親代わりになってもらいたいと思ってるの。ヤガミさんも、自分でよければそうしたいって。もう少し正直にいえば、お母さんとヤガミさんは、お互いに家族になりたいと思ってるの。でも伯朗が嫌だというなら諦める。無理はさせたくないから」

どうかな、と訊いてきた。その目は真剣で、思わず身体を引いてしまいそうになった。

伯朗が答えずにいると、ふふっと禎子は口元を緩めた。

「こんなこと、急にいわれても困るよね。ごめん。今は答えなくていい。ゆっくり考えていいから」そして、そのまま切り上げようとした。

僕は、と伯朗は口を開いた。「僕は……いいよ」

えっ、と禎子の目が少し見開かれた。その目を見て続けた。

「それって、お母さんがヤガミさんと結婚したいってことだろ?」

「まあ、そうだけど……」

「だったら、いいよ。お母さん、ヤガミさんのことが好きなんだよね? それなら結婚したらいいと思う」

禎子は少し俯《うつむ》き、上目遣いをした。「いいの?」

「うん。ヤガミさん、いい人だと思うし」

禎子に再婚を勧める声がいくつもあることは伯朗も知っていた。親戚の集まりなどで、はっきりと口に出す者も少なくなかったのだ。あんな貧乏画家に義理立てしなくたって、などと誰かが大声で話すのを聞いたこともある。

この時、禎子は三十代半ばだった。自分にとっては母親でも、世間から見れば結婚を考えてもおかしくない女性なのだということは、伯朗にもわかっていた。何より、頻繁にヤガミさんと会うことの意味には、とうの昔に気づいていた。

不意に禎子が伯朗の身体に抱きついてきた。そんなことをされたことがなかったので、びっくりした。

ありがとう、と禎子は絞り出すような声でいった。

「伯朗には、絶対に嫌な思いはさせないからね。幸せにする。約束するから」息子の胴体に回した腕に力を込めた。

抱きしめられながらも、伯朗には実感が少しも湧かなかった。お母さんが結婚する。誰かのお嫁さんになる。二人だけの生活だったのが、三人での生活になる。いずれも空想の世界でしかなかった。

いい香りがすることに気づいた。禎子の首筋から発せられるようだ。それはよく知っているシャンプーや石鹸の匂いではなかった。香水だとわかり、お母さんは自分だけのものではなくなったのだと悟った。

それからしばらくして伯朗は、久しぶりに初めてヤガミさんと会った時に着た洋服に身を包むことになった。だからまた、どこか気取ったところへ行くのだということはわかった。フランス料理の店なら嫌だなと思った。退屈だし、肩が凝《こ》るからだ。

禎子は朝から様子がおかしかった。入念に化粧をしただけでなく、鏡の前で何度も洋服を着替えた。その手を時折止めては、ぶつぶつと何事かを呟いた。誰かへの挨拶を考えているように見えた。

そうこうするうちにヤガミさんが迎えに来た。彼は白い大きな車に乗っていた。伯朗が初めて見るものだった。メルセデス・ベンツというらしい。伯朗は広々とした後部シートで寝転んだり、身体をバウンドさせたりした。禎子は助手席に座っていた。

車がどのくらい走っていたかはわからない。気がつくと住宅街に入っていた。坂道が多く、奇麗な民家が建ち並んでいた。

その中で一際目を引く建物があった。それは伯朗の考える「家」などでは断じてなかった。「家」というのは、伯朗たちが住んでいるような、もっとこぢんまりとしたものを指す名称であって、これは違うと思った。門は車でくぐれるほど幅広く、敷地は高い塀に囲まれていた。砂利《じゃり》を敷いた道を車でぐるりと回ったところに屋敷の玄関があった。玄関の前には、黒い服を着た男性が立っていた。

ヤガミさんに促され、伯朗たちは車から降りた。

「お帰りなさいませ」黒服の男性がヤガミさんに向かって頭を下げた。

「車を入れておいてくれ」

「かしこまりました」キーを受け取り、男性はメルセデス・ベンツに乗り込んだ。

この時初めて、ここはヤガミさんの家らしいと伯朗は気づいた。まさかと思った。こんな屋敷の住人が、自分たちと家族になるのか。

ヤガミさんに案内され、建物に入った。いきなりドッチボールができそうな空間があったが、そこは単に履いている靴を脱ぐだけの場所だった。なぜこんなに広いのか、さっぱりわからなかった。

最初に通されたのは、どでかいテーブルが中央に置かれた部屋だった。テーブルを囲んで黒い革張りのソファが並んでいる。部屋は庭に面していて、ガラス戸を開ければ出られるようになっていた。

伯朗君、とヤガミさんが呼びかけてきた。「ここでちょっと待っていてくれるか」

戸惑った思いで伯朗は母親を見た。

「お母さんが先に、ヤガミさんの御両親に御挨拶してくるから。待っていられるよね」

いい聞かせるような禎子の言葉に、伯朗は黙って頷いた。

二人が立ち去った後、伯朗はソファに座り、室内を見回した。巨大なテーブルはクリーム色の大理石で、レースのクロスの上にクリスタル製の灰皿と煙草ケースが載っている。壁に掛かっている風景画は、きっと高名な画家の手によるものだろう。棚に飾られている壺や茶碗には、手を触れないほうがよさそうだ。

そんなことを考えながら壁を見つめていると、視界の隅で何かが動いた。伯朗は庭のほうに目を向け、はっとした。一人の少年が立っていたからだ。伯朗より、二、三歳は年上だろう。ひょろりとした体形だが、目つきは鋭く、敏捷《びんしょう》な野生動物を連想させた。

少年はガラス戸を開けようとしたが、クレセント錠《じょう》が掛かっているので、開かなかった。そのことに気づいた彼は伯朗を見てから、錠の部分を指差した。さっさと開けろ、とでもいうように。

伯朗はガラス戸に近づき、クレセント錠を外した。すると少年は乱暴にガラス戸を開け、靴を脱いで上がり込んできた。そして慣れた様子でそばのソファに腰掛け、伯朗を上から下まで何度も眺めた。

ははっ、と彼は小馬鹿にするように笑った。そして実際、軽蔑《けいべつ》する台詞を吐いた。「やっぱり貧乏人だな」

伯朗がむっとして睨《にら》んでも相手は少しもひるまなかった。

「無理して一張羅《いっちょうら》を着てきたんだろ。そういうのがだせえんだよ、貧乏人は」

伯朗は両手の拳を握りしめた。人を殴ったことはなかったが、この失礼な奴をやっつけたいと思った。

「座れよ。こっちが落ち着かないから」

命令に従うのが嫌で伯朗が立ったままでいると、「座りたくないのか？　じゃあ、立ってろよ」と少年はいった。

いわれた通りにするのも癪《しゃく》なので、そばのソファに腰を下ろした。少年は勝ち誇ったように、ふふん、と鼻を鳴らした。そして、こういった。

「おまえの母ちゃん、うまくやったな」

どういう事かわからずに伯朗が瞬《まばた》きすると、「康治さんのことだよ」と続けた。

「結婚するんだろ？　うまくやったじゃん。こんなお屋敷の跡取《あとと》り息子だぜ。一生、遊んで暮らせるんじゃねえの」

「そんなにお金持ちなのか？」

伯朗がいうと相手は吹きだした。

「馬鹿かおまえ。金がなくて、こんなでかい家に住めるわけないだろ。といっても、建てたのは康治さんではないけどさ」

「誰が建てたんだ？」

「それはじきにわかるよ」少年は唇の片端を上げた。

ドアが開き、ヤガミさんが顔を覗かせた。少年に気づき、ほんの少し驚いた表情を見せた。

「なんだ、庭から入ったのか」

「そうだよ。悪い？」

「そんなことはいってない。二人で何を話してたんだ」ヤガミさんは少年と伯朗とを交互に見た。

別に、といって少年は立ち上がり、ガラス戸を開けた。運動靴を履くと、伯朗たちを振り返ることなく、庭を横切っていった。

「誰？」伯朗はヤガミさんに訊いた。

「うん……親戚の子だよ。そのうちにわかる」

「ふうん」

「それより、一緒に来てくれないか。会わせたい人がいる」

「この家を建てた人？」

ぎょっとしたようにヤガミさんは眉を動かした後、ゆっくりと顎《あご》を引いた。「そうだ」

「ヤガミさんのお父さん？」

「と、母だ」

行こう、といってヤガミさんはドアを開けた。

時代劇に出てくるような大きな和室で、伯朗は先に座っていた禎子と共に、ヤガミさんの両親と対面した。父親は白い髭《ひげ》をたくわえた老人で、茶色の和服姿だった。母親は薄紫色の洋服を着ている。

老人は腕組みをし、伯朗をじろじろと眺めた後、「名前は？」と尋ねてきた。

「手島伯朗です」

「伯朗君は、学校の勉強では何が一番好きだ」

答えに困った伯朗が黙っていると、老人は口元を少し歪めた。

「勉強は嫌いか」

その通りだったので、伯朗は小さく頷いた。老人は薄く笑った。

「正直でいい。ではもう一つ訊く。今、願い事が一つ叶うなら、何をお願いする？」老人は射すくめるような目を向けてきた。

彼だけではない。彼の妻、彼の息子――つまりヤガミさん、そして禎子も伯朗に視線を注いできた。ただし全員の目に込められている思いは、それぞれまるで違うように感じられた。特に禎子の不安げな眼差しは、伯朗の胸にある種の覚悟のようなものを宿らせた。

お母さんが、と切り出し、続けた。「みんなに嫌われなきゃいいなと思います」

はっとしたような顔をしたのは老人の妻だった。老人も、ほんの少し目を見張った。それから彼は禎子のほうを見た。「なかなか教育が行き届いているようだ」

それは少しも褒め言葉に聞こえなかったが、恐れ入ります、と禎子は頭を下げ、礼の言葉を口にした。

面接は以上だった。来た時と同様、伯朗と禎子はヤガミさんに自宅まで送ってもらった。しかし白いメルセデス・ベンツの中では誰もが口数が少なかった。

それから約二か月後、禎子と伯朗は、ヤガミさんが買ったマンションに引っ越すことになった。じつはそれまでも、ヤガミさんはあの大きな屋敷ではなく、マンションで独り暮らしをしていたのだが、そこで暮らすのは狭いということで、新たに広い部屋を購入したのだった。おかげで伯朗は転校せねばならなくなった。級友と別れるのは嫌だったが、越境《えっきょう》通学が認められていなかったから仕方なかった。それよりも残念なのは、学校帰りに叔母の家に寄れなくなったことだ。伯朗は三年生になっていた。「もう一人で留守番できるよね」といわれれば頷くしかなかった。結婚式は行われなかった。理由はわからない。たぶん誰もやれといわず、本人たちもやろうとは思わなかったのだろう。

それでも転校生として挨拶する際、伯朗は矢神と名乗った。何だか嘘をついている気分だった。自分ではない、どこかの他人の名前としか思えなかった。

しかし世間からしてみれば、伯朗は矢神伯朗以外の何者でもないのだった。電話に出る時、禎子はごく自然に、「はい、矢神でございます」といった。玄関の表札には「矢神」と出ているし、禎近所の人は禎子のことを「矢神さんの奥さん」と呼んだ。もちろん伯朗も学校で「矢神君」と呼ばれるようになり、それに対して返事しなければならなかった。

不思議な感覚だった。いつの間にか、全く違う道に迷い込んでしまったような気分だった。早く元の道に戻りたいが、どうすればいいのかわからなかった。

だが実際には迷っているどころか、最早《もはや》離脱できないレールの上に乗っているのだと気づくのに、それほど時間はかからなかった。

新しいマンションに住み始めてから三か月ほどが経った頃だ。伯朗が学校から帰ると、身なりを整えた禎子の姿があった。どこかに出かけてきた様子だった。その少し前、彼女は病院を辞めていた。

ダイニングテーブルにシュークリームの箱が載《の》っていた。伯朗が見つめていると、「食べていいよ。でもその前に手を洗いなさい」と禎子がいった。

いわれたように手を洗い、シュークリームをぱくついた。彼の様子を、禎子は横に座って楽しそうに眺めている。

「お母さんは食べないの？」手を止め、伯朗は訊いた。

「お母さんはいい。伯朗、好きなだけ食べていいよ」

やったあと喜んで、まだ一つ目を食べ終わらないうちに、空いている手で二個目を掴《つか》んだ。

伯朗、と禎子が呼びかけてきた。「学校、楽しい？」

まあまあ、と伯朗は答えた。「やっと慣れてきたし」

そう、と禎子は安堵《あんど》の笑みを浮かべた。それからやや改まった顔で、「大事な話をするね」といった。感情を抑えた声だった。

伯朗は両手にシュークリームを持ったまま、母の顔を見返し、黙って頷いた。

来年、と禎子はいった。「うちは四人家族になるの。よろしくね」

えっ、と声を漏らした。意味がよくわからなかった。そのことを察したらしく、禎子は自分の腹を軽くさすって続けた。

「一人増えるの。伯朗に、弟か妹ができるのよ」

それでもまだすぐには理解できず、伯朗は少し恥ずかしげな母を見つめていた。

3

黒っぽいスーツを着た若い美人が入り口に立ったのを見て、伯朗は背筋をぴんと伸ばした。テーブルの上に置いた赤い紙袋に手を触れる。それがこちらの目印だった。相手の目印は、黒い洋服を着ていく、というものだ。

だがスーツの美人は、伯朗がいるところとは全く別の方向に目をやり、笑顔になった。浮き浮きとした足取りで歩みだす。彼女を待ち受けていたのは、ラフな服装の中年男性だった。にやけた顔が嫌味だ。どう見ても仕事の打ち合わせとは思えない。平日の昼間にホテルのラウンジで不倫の待ち合わせかよ、と伯朗は勝手に想像を膨らませ、不愉快になる。

カップの中にはまだ半分ほどコーヒーが残っているが、ウェイトレスが通りかかったので、足してくれるよう声を掛けた。この店では、コーヒーのおかわりは無料らしい。だったら、飲まなきゃ損だ。

腕時計に目をやると、午後五時を少し過ぎたところだった。時間にルーズなのは感心しないな、といつもの自分を棚に上げてぼやく。

待ち合わせの相手は明人の妻だった。昼間、電話をかけてきた女性だ。カエデという名前らしいが、楓《かえで》という字を書くのか、平仮名なのか片仮名なのかも聞かないままだった。

それにしても、と伯朗は思いを巡らせる。あいつが結婚していたとは――。

弟が生まれた時、伯朗は九歳になっていた。あまり詳しい状況がわからないまま、順子や憲三と共に病院に駆けつけた。その日は彼等と一緒にいて、出産の連絡を待っていたからだ。康治だけは先に病院で待機していた。というより、彼はその病院の副院長だった。専門が神経科だということは、ずいぶん後になって知った。

禎子は病院の特別室にいた。そこで伯朗は、生まれたばかりの弟と対面した。

しわくちゃ、というのが第一印象だった。やけに肌がピンク色だとも思った。手足は細く、頭だけが異様に長いのを見て、こんなのがふつうの人間になるのだろうかと不思議に思った。周りにいる大人たちが何もいわないので、これでも大丈夫らしいと思い直した。

記憶に焼き付いているのは、禎子が笑いながらも涙を流していたことだ。この赤ん坊が生まれたことは、お母さんにとってとんでもなく嬉しい出来事なのだな、と思い知らされた。

弟が出来てよかったね、嬉しいでしょう、と順子をはじめいろいろな人からいわれた。伯朗は素直に肯定した。実際、その新しい存在は、とても新鮮な空気を運んできてくれたからだ。矢神家の雰囲気は華やぎ、禎子と康治は明るさに満ち溢れた表情を湛《たた》えている。一緒にいる伯朗にしても、悪い気分になるわけがなかった。

弟は明人と名付けられた。由来は知らない。伯朗の時のように、禎子がやけっぱちで付けたのでないことはたしかだ。

明人が生まれて以来、しばらく疎遠になっていたあの大きな屋敷にも、時々家族揃って行くようになった。屋敷の主である白髪の老人は、名前を康之介《こうのすけ》といった。彼は伯朗が初めて会った時とは打って変わった好々爺《こうこうや》の表情で迎えてくれたが、その目は終始生まれたばかりの孫にしか向いていなかった。伯朗の存在になど、気づいていなかったのかもしれない。

「いい目をしてる」明人を抱き、康之介は嬉しそうにいった。「しっかりとした意志を持った目だ。こいつは大物になるぞ」

次の瞬間、明人の下半身から、ぶりぶりぶりぶりと盛大に脱糞《だっぷん》する音が聞こえた。皆が笑ったが、最も喜んだのは康之介で、「やっぱり大物だ」と満足そうに目を細めた。

明人の誕生祝いをはじめ、何か祝い事がある際には、矢神邸で夕食を馳走《ちそう》になることが多かった。食堂には二十名ほどが一緒につけるほど大きなダイニングテーブルがあったのだが、それに近い数の来客と共に伯朗も末席で食事を摂《と》った。出される料理はいつもおいしかった。振り返ってみれば、贅沢な食材がふんだんに使われていたように思う。そういう時には外部から料理人を招いていたのだと後から知った。

来客の顔ぶれは、いつも大体同じようなものだったが、どこの誰で、矢神家とどういう関係があるのか、伯朗は殆ど把握していなかった。だが誰もが康之介に媚《こ》び、彼の機嫌を損ねてはならないと気遣っているのはたしかだった。白髪の爺さんはこの屋敷の王様なのだ、と伯朗は理解していた。

初めて矢神邸に行った時に出会ったあの少年とも、そんな食事会で顔を合わせた。最初の印象がよくなかったので、伯朗はあまり近づかないようにしていたが、たまに向こうから話しかけてきた。少年の名は勇磨《ゆうま》といった。

明人の誕生祝いの時、伯朗と勇磨は隣同士だった。食事の途中、勇磨は伯朗のほうに首を伸ばしてきて、「もう終わりだな」と囁いた。

何のことをいわれているかわからず伯朗が怪訝《けげん》な顔をすると、勇磨は口元を歪め、こう続けた。

「弟なんかが生まれたら、もうおまえは終わりってことだよ。おまえの母ちゃんの役目もほぼ終わり。いつ追い出されるかわかんねえからな、覚悟しとけよ」

ややかすれ気味の声で発せられた言葉は、伯朗の胸にざらざらとした感触を残した。

後から禎子に、あいつは誰なんだと伯朗は訊いた。だが返ってきた答えは、親戚の子、というものだった。そしてこう付け加えた。「あの子のことは気にしなくていいから」

そういわれても気にしないわけにはいかなかった。しかしそれ以上詮索するのはやめた。いずれわかるだろうし、どうやら訊いてはいけないことだと察したからだ。

だが勇磨の言葉が頭から離れることはなかった。彼のいっていることは、まるで見当外れでもないと思ったからだ。

康之介の態度を見れば、矢神家がいかに跡継ぎを欲していたかは明白だった。跡継ぎというのは、血の繋がった男の子にほかならない。明人は待望の存在だったのだ。

その証拠に、まだ満足に歩けぬうちから、明人には家庭教師が付けられた。こんな小さな子供に一体何を教えるのだろうと不思議に思ったが、それなりにトレーニングすべきことはあるようで、その進捗《しんちょく》状況を禎子は小まめにチェックし、夫に、そして舅《しゅうと》に報告した。

また家では頻繁にクラシックが流されるようになった。聞けば康治の指示で、小さい頃から本物の音楽を聴かせておけば自ずと耳が鍛えられる、ということらしい。

自分はもう手遅れだな、と伯朗は思った。

三歳になると、明人にはさらに様々な課題が与えられた。水泳、ピアノ、英会話——休みの日は一日たりともなかった。おかげで伯朗が明人と接する機会は殆どなくなった。ゆっくりと会えるのは食事の時だけだが、九歳も下の弟にどう振る舞えばいいのかわからず、結局ただ眺めているしかなかった。

そうこうするうちに、伯朗にも将来のことを考えねばならない時がやってきた。ある夜、禎子から、私立中学を受験してほしいといわれたのだ。まさか、と思った。考えもしなかったことだ。

「俺、地元の公立でいいよ。友達、みんなそうするし」

伯朗の言葉に禎子は弱ったように眉尻を下げた。

「そうだろうけど、とりあえず受けるだけ受けてほしいんだけど」

「どこの学校？」

禎子は小声で校名を挙げた。伯朗は椅子から落ちそうになった。とんでもない名門校だったからだ。

「めちゃくちゃいうなよ。無理に決まってるだろ。ああいうところを受験する連中は、何年も前から準備してるんだぜ」

「でも伯朗、学校の成績、そんなに悪くないじゃない。家庭教師を付けてないのに大したものだって、お父さんもいってたわよ」

「それは全体のレベルが低いからだ。そんなこともわかんないのかよ」

「だけど受けてみなきゃわからないでしょ。あなたなら今からだって遅くないと思う」

「どうして俺がそんなことをしなきゃいけないんだ」

するとすると禎子は少し間を置いてから口を開いた。

「お父さんがいいだしたことなの。伯朗君にもしっかりとした教育を受けさせてやりたい、出来る限りのことはしてやりたいって。お父さんはね、伯朗のことも自分の息子だと思ってるの」

母の言葉に伯朗は一瞬答えに窮《きゅう》した。彼はまだ康治のことをお父さんとは呼んでいなかった。康治も彼を伯朗と呼び捨てにはしない。

「俺は……しない。中学受験なんてしない。そういうのは明人にやらせてよ」

禎子は目を伏せ、小さくため息をついた。やっぱりね、と呟いた。その後、この話が蒸し返されることはなかった。

しかし伯朗が人生に関わる選択を迫られたのは、この時だけではなかった。宣言通り、伯朗が地元の公立中学校に入学して数か月が経った頃だ。さらに難しい問題を投げかけられることになった。この時も話を切りだしたのは禎子だった。

それは養子縁組の話だった。正式に矢神家の人間になる気はないか、というのだった。

禎子によれば、その時点では伯朗は彼女の子供ではあるものの、康治の籍には入っておらず、厳密にいえば矢神家の人間ではなかったのだ。それでも矢神姓を名乗っているのは、そういう手続きをしたからで、その気になれば将来伯朗が手島姓を名乗ることも可能らしい。しかし養子縁組すれば、もう二度と手島姓には戻れない。

「ただね、これはとても微妙な話なのだけれど」禎子は急に歯切れが悪くなりながらも続けた。「養子縁組しなければ、お父さんと伯朗は正式な親子ではないということで、もしお父さんに何かあった場合でも、伯朗には相続権はないの。ええと、相続ってわかるかな」

「わかるに決まってるだろ。馬鹿にすんなよ」

「そうだよね。中学生だもんね。そういうことだから、もし伯朗にその気があれば手続きしようって、お父さんはいってくれてるんだけど。もちろん、今すぐ答えを出さなくてもいいよ。ゆっくり考えていいから」

「お母さんは、どうすればいいと思ってるの？」

私は、といって禎子は大きく息を吸い、息子の顔を見つめながらゆっくりと吐き出した。

「万一のことがあった時、伯朗も明人と同じように財産を受け継げたらいいと思う。何たって、二人きりの兄弟なんだから」

きょうだい、という言葉を口の中で呟いた。どこか空々《そらぞら》しく響く言葉だった。それでこう問うてみた。「俺と明人って、兄弟なのかな」

母の目が大きく見開かれた。彼女は激しくかぶりを振った。

「そんなこと決まってるじゃない。どちらも私が産んだのよ。どうしてそんなことというの」

悲しげに訊く彼女の顔を伯朗は見られなかった。ただ、自分がおかしなことをいったとは思わなかった。

過去に思いを馳せていると、不意にテーブルの上に影が落ち、伯朗は顔を上げた。目の前に立っている女性を見上げ、最初に浮かんだのは、でかい、という感想だった。視界のすべてを彼女に奪われている感じで、ほかのものが目に入らなかった。

彼女は茶色のカーリーヘアを揺らして首を傾げ、「お義兄様?」と尋ねてきた。ややハスキーだが、電話で聞いた声に違いなかった。

伯朗はあわてて立ち上がった。その拍子にテーブルの角に太股《ふともも》をぶつけた。「痛てて」

「大丈夫ですか」下から顔を覗き込んでくる。

「大丈夫。ええと、君はカエデさん……だよね」

はい、と答えてから彼女は頭を下げた。「初めまして、お義兄様」電話で口にした台詞をここでもいった。

「こちらこそよろしく」伯朗はジャケットのポケットから名刺を出した。めったに使うことのない名刺だ。

彼女は名刺を受け取り、内容をじろじろと眺めた。

何か、と伯朗は訊いた。

「池田動物病院、ということは、お義兄様が経営しておられるわけではないんですか」

「俺は雇われの身だよ。院長はアル中の爺さんでね、成り行き上、俺が院長代理をしている。──とりあえず座らないか」

「あっ、そうですね」

カエデが腰を下ろすのを見て、伯朗も座った。ウェイトレスを見つけ、手を挙げる。

「ごめんなさい、急に呼び出したりして」彼女は再び頭を下げた。

いや、といって改めて相手を眺める。彼女の服装は伯朗の予想とはかなり違っていた。黒の革ジャンが鈍い光を放っている。たしかにこれも「黒い洋服」ではある。穿《は》いているジーンズは穴だらけで、爪の色は銀色だった。

でかい、と最初に思ったが、特に長身ではないし、太っているわけでもなかった。顔などは、どちらかというと小さいほうだ。強いていえば少し肩幅が広いか。だが、ごついというほどではない。

ウェイトレスがやってきた。カエデはミルクティーを注文した。

「ええと、改めまして」伯朗は両膝に手を置いた。「御結婚、おめでとうございます」

「ありがとうございます。お義兄様への御報告が遅れたこと、明人君に代わってお詫びします」

伯朗は顔をしかめた。

「そのお義兄様というのはやめてくれないか。どうにも居心地が悪い」

あら、といってカエデは瞬きした。長くて量の多い睫《まつげ》が、ばさばさと動いた。本物の睫かどうかは判別できなかった。

「お義兄様でしょう？　ちゃんと血は繋がっていると聞きました」

「まあ、そうだけど」

「ただ、兄弟付き合いらしきものはあまりない、ということも聞いています」

「あまりないというより、全くないといったほうがいいだろうな。特にここ数年は」

「らしいですね。もったいない」

「もったいない？」伯朗は眉根《まゆね》を寄せた。「どうして？」

「だってせっかく兄弟がいるのに、付き合わないのはもったいないです。楽しいのに」

「君、きょうだいは？」

「兄と姉と妹がいます」

「豪華だな」

「兄や姉は結婚してますけど、今も付き合いがあって楽しいですよ。子供はかわいいし」

「それはよかった。でも、世の中にはいろいろな形がある」

あたし、とカエデは大きな目で真っ直ぐに伯朗を見つめてきた。「父親が違う程度のこと、どうってことないと思うんですけど」

やや厚めの唇が、語尾の「ど」の形で止まっているのを見てから、伯朗は目をそらした。

ウェイトレスがやってきて、カエデの前にティーカップとミルクピッチャーを置いた。伯朗はコーヒーのおかわりを要求した。

「明人は今、どんなことをやってるんだ？」紅茶にミルクを注ぐカエデの手を見ながら伯朗は訊いた。

「ＩＴ関連の仕事です」

「ずいぶんとあっさりした答えだな」

カエデはミルクピッチャーを置き、スプーンでカップの中をかきまぜてから、ぴんと背筋を伸ばした。

「人工知能を使ったビッグデータの処理と管理が主な事業です。さらに新事業として、メタデータ管理システムを主眼に置き、知見やノウハウを効率的に活用する新たなネットワークビジネスを構築中です。明人さんによれば、メタデータのメタデータ、つまりメタメタデータまで拡張するかどうかは議論の分かれるところだとか。いずれにせよ、その準備のため、あたしたちは先月までアメリカのシアトルにいました。システムの共同開発者が向こうにいるものですから」一気にまくしたてた後、「何か御質問は？」とカエデは訊いてきた。

伯朗が咳払いをしたところで、ウェイトレスがやってきて、彼のカップにコーヒーを注ぎ足していった。

カップを持ち上げて一口啜《すす》り、態勢を立て直してから彼はいった。「君は、自分がしゃべっていることの意味を理解しているのか」

「半分ほどは」さらりと答えた。

「すごい」伯朗は心の底からいった。「それはすごい」

「弟のことなのに、何も知らないんですか」

「コンピュータ関連の仕事をしていることは何となく知っていた。昔から、そういうことが好きだったしね。あいつの父親は、病院を継がせたかったようで、かなり落ち込んだとか。もっとも、俺はもうあの家から離れていたので、詳しいことは知らないけど」

「明人君、医者という仕事には全く興味がなかったそうです」

「そのようだね。小さい頃から期待されて、帝王学ってやつをあれこれ仕込まれてたけど、本人にその気がないんじゃしょうがない」そこまでしゃべってから、先程のカエデの話を思い出した。「シアトルっていったっけ？　先月までシアトルにいたって」

「いいました」カップを手に、カエデは頷く。

「いつから？」

「半年ぐらい前かな」

「結婚したのは去年の暮れだといってたね。すると結婚式は向こうで？」

「はい、二人だけで」

「二人だけ？」思わず眉をひそめた。

「町の教会に行って、牧師さんに頼んで結婚式を挙げてもらったんです。ロマンチックでしたよう」うっとりとした顔でいう。

「よく矢神家が許したな」

「だって」カエデはティーカップを置いた。「いってないですから」

「えっ」伯朗は目を剝《む》いた。「俺にだけじゃなくて、矢神家にも報告してないのか」

「だって、結婚するなんていったら、日本に帰って、きちんとみんなの前で式を挙げて、披露宴も盛大にやれとかいわれるに決まってるって明人君が……」

「そりゃそうだろうさ。何せ、天下の矢神家の跡継ぎだからな」

「でもそういうのは面倒臭いねってことで、しばらく黙ってて、事後報告にしちゃおうって決めたんです」

伯朗は下唇を突き出し、肩をすくめた。「親戚連中が何ていうか楽しみだ」

「あたし、よく知らないんですけど、矢神家ってそんなにすごいんですか」

「俺も詳しくないけど、少なくとも昔はすごかったって話だ。大地主でさ、いろいろな事業を手掛けてたみたいだ。今は総合病院のほか介護施設や保養所をいくつか経営しているだけだけど、それにしたって、まあまあすごいってことになるんじゃないか」

ふうん、とカエデはあまりぴんときていない様子で鼻を鳴らす。

「本題に入ろう」伯朗はいった。「明人が行方不明だということだったね。いつからだ？」

「四日前です。帰国して二日目でした」カエデは急に真剣な顔つきになった。

伯朗は指を折った。彼女たちが帰国してから、今日でまだ五日しか経っていないことになる。

「心当たりはないわけだね」

「ないです。急に帰国することになって、それで明人君はいなくなっちゃうし、どうしていいかわかんなくて……」カエデは頭を振った。そのたびに茶色のカーリーヘアが揺れた。

「急に帰国って、仕事の都合か何かで？」

「違います。呼ばれたんです」

「誰から？」

「明人君によれば、叔母様……お義父様の妹さんだということでした」

「どうして呼ばれたんだ。結婚したことを話したのか」

「そうじゃないです。そろそろ危ないっていわれたんです」

「危ない？　何が？」

「お義父様が」カエデは大きな目を伯朗に向けてきた。「もう保《も》たない、父親の死に目に会いたいなら帰ってこい――そういわれたそうです。それであたしたち、あわてて帰ってきたんです」

4

エルザの血液検査の結果が送られてきた。伯朗は片手で頭を掻《か》きながら数値に目を通し、「クレアチニン値が少し高いですね」と呟いた。

ああやっぱり、と植田《うえだ》夫人は膝の上の愛猫《あいびょう》を撫《な》でる手を止め、悲しそうに眉を八の字にした。

口はへの字だ。そんな顔をすると、見かけの年齢が十歳ほど老ける。夫人はたぶん六十代だが、皺《しわ》が増え、完全にお婆《ばあ》さん顔になる。若作りの化粧が台無しだ。

「まだ心配するレベルじゃありません。加齢と共に毒素を分解する力が落ちてくるのは仕方のないことです。活性炭を飲ませてみましょう」

「活性炭って……」

「炭です。炭の粉をカプセルに閉じ込めてあるんです。体内の毒素をそれに吸着させ、便として排出させます」

伯朗はそばのキャビネットを開けて実物を取り出し、これです、と夫人に見せた。

「まだこの上、お薬を飲ませるんですか」夫人はため息をつく。「しかもそんなに大きなカプセル……。私、お薬を飲ませるのが苦手で」

エルザにはサプリメントを含め、すでに数種類の薬が処方されているのだ。

ちょっと失礼、といって伯朗は白い猫を夫人の膝から抱き上げ、診察台の上に座らせた。左手の中指と親指で猫の顎《あご》を挟むように摑み、ぐいと上を向かせる。さらにカプセルを握った右手で顎の下を撫でてやると、エルザは口を開いた。その機を逃さず、伯朗はカプセルを素早く喉の奥に押し込んだ。そのまま口を閉じさせて軽く鼻を触る。ピンクの舌が覗いて、くっと飲み込む音が聞こえた。

「こういう感じです」エルザを抱き上げ、植田夫人の膝に戻した。

「手品みたい」

「誰でもできますよ。練習してください。エルザ姫に長生きしてほしければ」

夫人の愛猫は十四歳。人間ならばすでに姫とはいえない歳だが、飼い主にとってペットは永遠に子供だ。

がんばります、といって年老いた飼い主は、愛情に溢れた視線をエルザに注いだ。

夫人が出ていった後、パソコンに向かってカルテを書いていると、受付側の引き戸が開いて蔭山元実が入ってきた。

「お客様がお待ちですよ」

「わかっている」

「これからお出かけなんですよね。後片付けは私がしておきます」

「ありがとう。よろしく頼む」

しかし蔭山元実は立ち去らず、逆に伯朗のほうに顔を近づけてきた。

「弟さんの奥様、なかなか魅力的な方ですね」抑揚《よくよう》のない口調でいう。彼女には、訪問客の素性を話してある。

「そうかな」

「気をつけたほうがいいですよ」

「何を？」

しかし蔭山元実は答えず、ふふんと意味ありげな笑みを浮かべると、くるりと踵《きびす》を返して歩きだした。

「おいっ、どういう意味だっ」

伯朗が尚《なお》も尋ねたが返事はない。ぴしゃりと引き戸を閉められてしまった。

「何なんだ、一体」伯朗は首を捻《ひね》ってパソコンに向き直った。だが蔭山元実の、魅力的な方ですね、という一言が頭に残っている。

椅子から立ち上がり、待合室に出るドアをそっと開けてみた。

白いブラウスの上に紺色のスーツを着た楓が、隅の席に座って雑誌を読んでいた。昨日の黒革ジャンパー姿とは、がらりと雰囲気が変わっている。短めのスカートから見える足は決して太くないが、ほどよく肉感的だ。脇に置いてある紙袋は見舞いの品だろう。

物音を立てぬよう気をつけて、伯朗はドアを閉めた。パソコンの前に戻ったが、すぐには作業に取りかかれない。昨日の楓とのやりとりを振り返った。

楓によれば、康治は何年か前に膵臓《すいぞう》癌が見つかって手術を受けたが、その後の経過はあまりよくなく、ずっと闘病生活が続いているということだった。明人はシアトルに行く少し前に、一人で見舞いに行ったらしい。病院から戻ってきた明人は楓に、「あのぶんだと長くないだろうな。でも仕方がない。寿命だ」と冷静な口調で話したという。

「そんな状態のお父様を残して、シアトルなんかに行ってもいいのって訊いたんですけど、自分がいたって何もしてやれない、親父の寿命が延びるわけじゃないって明人君が……」そういって楓は申し訳なさそうな顔をした。

明人のいいそうなことだ、と伯朗は思った。小さい頃から、万事合理的なのだ。

しかし伯朗も偉そうなことはいえなかった。康治が病気らしいということは、叔母の順子から聞いていた。見舞いに行ったほうがいいとは思いつつ、延び延びになっていた。それほど深刻な状況だとは思っていなかったこともあるが、付き添っているに違いない矢神家の人間と接触したくない、というのが本音だった。

「で、帰国してから見舞いには行ったのか？」

伯朗の問いに、楓は首を振った。

「まだです。行こうと思ったその日に、明人君がいなくなっちゃったんです」

帰国後は、明人が借りている港区のマンションに身を寄せたらしい。ところが楓が康治への見舞いの品を買って部屋に戻ると、明人の姿が消えていて、代わりにテーブルの上に書き置きが残されていたという。

「書き置き？　どんな？」

これです、といって楓は革ジャンのポケットから折り畳《たた》まれた便箋《びんせん》を出してきた。伯朗は受け取って、広げた。そこにはサインペンで次のように書かれていた。

『ちょっとしたミッションがあるので出かけます。もしかするとしばらく戻らないかもしれない。でも心配しなくていいです。その場合、申し訳ないけど父の見舞いは君一人で行ってください。よろしく。　明人』

「これだけ？」

「これだけです」

伯朗は便箋をテーブルに置いた。「で、君はどうした？」

「すぐに彼の携帯電話にかけましたけど繋がりません。メールを書いても応答なし。こんなこと初めてだから、もう困っちゃって」

二日間待ったが、明人からの連絡はなかった。楓は地元の警察に届け出たが、担当した警察官は書き置きがあるというだけで事件性はないと判断したのか、最近の夫婦仲ばかりを尋ねてきたという。

「不仲が原因で旦那が家を出たんじゃないかと疑ったみたいです。全く失礼な話。そんなこと、絶対にあるわけないのに」楓は憤慨《ふんがい》した様子で断言した。

「まあ、もう少し待ってみたらどうだ。それで連絡がないなら、もう一度警察に行ったらいい」

「もちろん、そのつもりです」

「行方不明だというから、何事かと思ったけど、そういうことならさほど心配する必要はないんじゃないか。俺に手伝えることもなさそうだな」

「いえ、お義兄様の協力は必要です。是非、手助けしてほしいんですけど」

「そうはいっても、明人の行方を突き止める手がかりなんて何もない。何度もいうけど、しばらく会ってないんだ。あいつのことは君のほうがよく知っている」

「そうではなくて、一緒にお見舞いに行ってほしいんです」

「見舞い？」

楓はテーブルから便箋を取り上げた。

「ここに書いてあるでしょ？　自分が戻らない場合は父の見舞いに行ってほしいって。明人君のことは心配だけど、やるべきことはやっておかないと。帰国してたのにお見舞いに行かなかったなんてことが後でわかったら、今後、矢神家の人たちと顔を合わせにくくなります」

ああ、と伯朗は合点《がてん》した。「でも、君一人で行ってください、と書いてあるぞ」

「そのあたりが明人君も無神経なんです。先方の身になって考えてみてください。見ず知らずの女が突然、息子さんの嫁でございますと訪ねてきたら、誰だって怪しむに決まってます」

「それは……そうかもしれないな」

「でしょう？　そもそもお義兄様は、どうしてお義父様のお見舞いに行ってないんですか」

「どうしてって……」

「実の父親じゃないかもしれないけど、十年以上も生活の面倒をみてもらったわけでしょ？　大学まで進めたのだって、獣医さんになれたのだって、お義父様のおかげのはず。違いますか？恩返しって言葉、知らないんですか」機関銃のようにまくしたてた。

伯朗は黙り込んだ。楓のいうことは筋が通っている。すると後一押しだとでも思ったか、お願いしますっ、と楓はカーリーヘアの頭を下げてきた。

「明日の午後、動物病院に来てくれ」吐息交じりに伯朗は承諾したのだった。


エルザのカルテを仕上げ、白衣からジャケットに着替えて伯朗は診察室を出た。

スーツ姿の楓が椅子から立ち上がった。きゅっと締まったウエストにちらりと目を向けてから、伯朗は彼女の顔を見つめた。「入社試験を受けるみたいだな」

ピンポーン、といって楓は人差し指を立てた。「ずばり、リクルートスーツです。着るのは久しぶりだけど、サイズが変わってなくてよかったあ」

「リクルートねえ。明人と会う前はどんな仕事を？」受付のほうを気にしながら伯朗は訊いた。こちらの会話が聞こえていないわけはなかったが、蔭山元実はすました顔で事務仕事をしている。

「CAです。JALの」

俯いていた蔭山元実の頭がぴくりと動くのを目の端で捉えたまま、へええ、と伯朗は声をあげた。「そうなのか。へえー」

「そんなに意外ですか」楓が不満そうに、やや厚めの唇を尖《とが》らせる。

「意外というより、不意をつかれた感じだな。思ってもみなかった。すると明人とは機内で出会ったのか」

「残念ながら違います。ステイ先だったバンクーバーにあるお寿司屋さんです。カウンターで隣同士になったので、彼のほうから話しかけてきたんです」

ほほう、と伯朗は口を丸めた。

「海外でナンパか。あいつもなかなかやるな」

「そんな気はなかったと思いますよ。彼は一人で、こっちは三人。それに彼が話しかけてきた内容は、機内でのコンピュータサービスに関することだったし。あたしたちの会話を聞いていて、CAだと気づいたみたいです」

異国の寿司屋にいる時でさえも、明人はビジネスについて考え続けているということか。そうでもしないかぎり、三十前後で起業家として成功するのは難しいのかもしれない。俺とは人種が違う、と伯朗は改めて思った。それは、明人が子供だった頃から抱き続けてきたコンプレックスでもあった。

とはいえ、その時に仕事の話だけで終わっていたのなら、明人と楓が結婚することはなかったはずだ。口説いたのはどっちからだと訊きかけて、伯朗は寸前で言葉を呑み込んだ。蔭山元実の耳があることを思い出した。

「CAの仕事はいつまで？」別の質問を発した。

「去年の三月に辞めました。彼から、仕事の補佐をしてくれないかと頼まれて。秘書のようなものです」

それで一緒にシアトルに行き、そのまま結婚したということか。行動力に関しても自分とは人種が違うと思った。

動物病院の隣には小さな駐車場がある。伯朗が通勤に使っている国産のSUVも、そこに駐《と》めてある。楓を助手席に座らせ、伯朗は運転席に乗り込んだ。

カーナビに目的地を入れ、車を発進させた。目指すは矢神総合病院。康治はそこの特別室に入院しているらしい。

　現在の状況を知っておきたかったので、伯朗は昨夜、久しぶりに順子に電話をかけた。彼が見舞いに行くと聞き、彼女は驚きの声を上げた。

「俺が行きたいわけじゃないんだ。じつは事情があってさ」

伯朗は楓のことを話した。ただし、明人が行方不明だということは伏せた。仕事の都合で帰国できず、新妻だけが先に帰国してきたのだ、と説明した。

「そうなの？　明人君にそんな人がねえ」電話の向こうで叔母は感慨深げにいった。「わかった。じゃあ私から波恵《なみえ》さんに話しておく。実質上、今はあの人が矢神家を仕切ってるはずだから」

　よろしく、といって伯朗は電話を切った。波恵というのは、康治の妹だ。矢神家で豪華な食事をする時、彼女も同席していた。ただし話したことは殆どない。行かず後家だったのか、出戻りだったのか、いくら考えても思い出せなかった。

　運転しつつ、伯朗は不安になる。楓から頼りにされるのは悪い気がしないが、自分が一緒でも意味がないのではないか、とも思う。矢神家の人間たちにとっては、伯朗だって余所《よそ》者だ。

「その後、警察から何か連絡は？」前を向いてハンドルを操作しながら伯朗は訊いた。

「何もいってきません。捜す気なんかないみたい。交通違反の取り締まりの時ばっかり張り切って、こういう時には全く役立たずなんだから」楓は不満そうな声を上げた。

「行方不明になったのが未成年ならともかく、大の男だからなあ。しかも、心配するな、と書き残しているわけだし」

「明人君も、どうしてもっとちゃんと書いてくれないのかなあ。事情を説明してくれれば、こんなにやきもきすることもなかったのに」

説明できない事情なのかもしれないぜ、といいたいのを伯朗は我慢した。楓がいうように、夫婦生活は円満だったのだろう。しかし、明人が裏の顔を持っていなかったとはいいきれない。

結婚したばかりの夫が失踪《しっそう》し、彼の行方を新妻が追う、という古い推理小説があったのを伯朗は思い出した。見合い結婚だったので妻は結婚前の夫について殆ど知らなかったが、あれこれ調べるうちに、夫には驚くべき秘密があったことが明らかになる、というストーリーだった。何と、彼は別の場所で、別の女性と結婚生活を送っていたのだ。

そこまで極端なことではないにせよ、明人に楓以外の女性がいたというのは、少しも不思議な話ではなかった。久しぶりに帰国して、その女性と会おうとしたのかもしれない。あるいは、これを機会に関係を清算しようとしたのかもしれない。それが「ちょっとしたミッション」というわけだ。だが話がすんなり決着するとは明人も思っていなかった。長期戦になることも予想して、「もしかするとしばらく戻らないかもしれない」と書き添えたとも考えられる。

だがそんな想像を、伯朗は口には出さなかった。知らぬが仏、というわけだ。

お義兄様は、と助手席の楓が口を開いた。「お義父様とは、しばらくお会いになってないみたいですね」

伯朗は頭の中で計算し、「十年ほど会ってないな」と答えた。

「義理とはいえ親子なのに？」

「親子じゃない。明人から聞いてないのか。俺の名字は手島。あの人の籍には入ってなくて、二十歳になって間もなく、手島姓を選んだ。本当の父親の姓をね」

大学二年の時だった。大学の獣医学部に通う伯朗は、すでに家を出ていた。学業の傍らアルバイトに精を出し、康治からの経済的援助は極力受けないように努めていた。誰にも相談せずに姓を手島に戻した。禎子にさえも事後報告だった。母親は怒ることもなく、わかった、と息子の決断を冷静に受け止めてくれた。

「十年間、連絡も取らなかったんですか」

「取らなかった。その必要がなかった。何度もいうようだけど、康治氏と俺の間には何の繋がりもないんだ」

「康治氏って……。でもお義母様という存在があるじゃないですか。お義母様を通じて繋がるという発想はなかったんですか」

伯朗は即答せず、呼吸を整えてからいった。「母親のことを明人からは聞いてるか？」

「少し……子供の頃に亡くなったということだけ」

「その通りだ。十六年前、母は死んだ。十年前に康治氏と会ったのは、母の法事があったからだ。七回忌だった」

「事故だと聞きましたけど」

「そう、事故。警察は事故として片付けた」伯朗は真っ直ぐ前を見つめた。

5

九つ下の異父弟が極めて高い知能を備えていることは、かなり初期の段階で判明していた。まず記憶力が抜群だった。読み書きを覚えるのが早かっただけでなく、一度見聞きしたことを正確に、しかも長期間記憶していられるようだった。禎子が明人に絵本を読んでやっているのを伯朗はよく見たが、二、三回聞くだけで、明人は絵本の内容を一字一句間違えずに暗唱できた。暗唱するかわりに平仮名や片仮名で書き記すこともあった。

数字に関する感性にも目を見張るものがあった。幼稚園児の段階で、足し算や引き算は無論のこと、かけ算や割り算の仕組みを感覚で理解していた。幼稚園でミカンが配られた際、一人の取り分がいくつあるかを瞬時に計算したという。それどころか、まだ全員に行き渡る前から余ったミカンの処置についてどうすればいいか考え、ジュースにすれば分けられると先生に進言し、啞《あ》然《ぜん》とされたそうだ。

明人は空間認識能力も優れていた。たとえばクリスマスツリーに電球がいくつも付いたコードを巻きつける際、どの程度の間隔で巻けば電球が均等になるか、直感的にわかるようだった。また、建物の写真を一枚見ただけで、粘土で立体模型を作ったりした。驚くべきことに、写真では隠れている部分でも、さほど間違ってはいなかった。

この子は天才だね、と誰もがいった。そんなことをいわれて嬉しくない親はいない。康治も禎子も満足そうだった。早い時期から高い教育を受けさせたことが奏功《そうこう》したと思ったに違いなかった。ただ康治は、「天才なんかじゃないよ」と釘を刺すことを忘れなかった。「天才というのは、こんなものではない。世界を変えるようなものを持ってないと、そんなふうには呼べない。明人はせいぜい秀才だろう」

そして、それでいいんだ、と続けた。「天才なんか、幸せになれないからな」

やがて明人は小学校に上がった。たしかに天才ではなかったかもしれない。しかし秀才の一言で済ませられるほど凡庸でもなかった。私立大学の付属であるその学校は富裕層の子息が多く、彼等は例外なく高いレベルの教育を受けてきているのだが、その中にいても明人の優秀さは群を抜いていたようだ。ようだ、というのは、伯朗自身が明人の学力を確認したわけではなく、禎子が息を弾《はず》ませて報告するのを聞いただけだからだ。だが彼女の話が嘘や誇張でないことは明らかだった。

「将来はノーベル賞を目指させましょうって、担任の先生が。矢神君にはそれだけの才能がきっとありますっておっしゃるの」

そんなことを夕食時に禎子が話したのは、明人がまだ小学三年生の時だ。本格的な勉強はこれからだ、まだどうなるかわかりゃしないよ、と康治は笑っていたが、その顔はまんざらでもなさそうだった。

その時に伯朗はどう応じたか、よく覚えていない。たぶん黙ったままだっただろう。はっきりと記憶しているのは、焦りに似た感情がざわざわと押し寄せてきたことだ。

九歳も下の異父弟に嫉妬《しっと》をしたわけではない。頭を占めていたのは、自分は早くここを出ていかねばならないという思いだった。といっても、何らかの迫害を受けていたわけではない。康治は相変わらず伯朗のことを君付けで呼んだし、何かにつけ他人行儀なところはあったが、不満に思ったことはない。それはお互い様でもあるのだ。むしろ、血の繋がっていない連れ子に対しても、実の子と同様の経済的援助をしてくれることに感謝していた。しかしそれが愛情からではなく、義務感からであることも理解していた。

ちょうどその頃、伯朗は大学受験を控えていた。中学と同様、伯朗は高校も公立に通っていた。進路については誰にも相談しなかったが、親に内緒というわけにはいかない。ある夜、どうするつもりなのかを禎子に訊かれた。伯朗が自分の考えを述べると、彼女は目を丸くした。

「獣医？」

「悪いか？」ぶっきらぼうに尋ね返した。

「悪くはないけど……どうして？」

「獣医になりたいからだ。それじゃ、答えになってないかな。ピアニストになりたい人は音大を目指す。それと同じだ」

「動物のお医者さんがいいの？　人間のお医者さんじゃだめなの？　獣医学科だって、入るのは簡単ではないでしょ？　だったらもう少しがんばって勉強して——」

母さん、と伯朗は禎子の言葉を遮った。

「俺、医者になる気ないよ。矢神総合病院で働きたいとも思わない。病院は明人が継ぐんだろ？　だったら、それでいいじゃないか」

禎子は悲しげな目をしながらも、苦笑を唇に浮かべた。

「どうしても矢神家とは縁を持ちたくないのね」

「別に意地を張ってるわけじゃない。俺は俺のやりたいことをする。それだけだ」

禎子は肩を落とすように息を吐き、わかった、と呟いた。

受験し、無事に合格した大学は神奈川県にあった。通える距離ではないので、家を出ることになった。学生専用のアパートがいくつかあったので、その中から部屋を選んだ。ベッドと机を置いたら、座布団一枚敷くのがやっとという狭い部屋だった。しかし伯朗にとってはようやく手に入れた城、誰にも気兼ねしなくて済む居場所だった。初めてその部屋のベッドで横になった夜、今日から俺は矢神伯朗ではなく手島伯朗に戻るのだ、と思った。

大学生活は楽しかった。学ぶべきことが多く、実験や実習、レポート提出の毎日で、遊ぶ暇など殆どなかったが、充実していた。多くの動物とも接した。犬や猫のような愛玩動物だけでなく、牛や豚などの家畜の世話もした。嫌いだった蛇も、研究室で何匹か飼っているうちにかわいいと思えるようになった。

大学二年の時には恋人もできた。バイト先の居酒屋で知り合った一年下の女子大生で、愛嬌《あいきょう》があり、笑顔がかわいい女の子だった。セックスを覚えたばかりだったので、週末はどちらかの部屋で一日中絡み合っていた。夏休みには連日事に及び、一週間で十二個入りのコンドーム一箱を空にした。

もしかしたらこの子と結婚するのかもしれないとまで思ったが、そんなことにはならなかった。ある日突然、「伯朗とのセックスには飽きた」といわれ、あっさりと振られてしまったのだ。後でわかったことだが、彼女にはほかに好きな男性がいて、おしまいのほうでは二股をかけられていたのだった。

伯朗が姓を手島に戻したばかりの頃だ。それがいけなかったのだろうかと姓名判断の本を図書館で読み、字画を調べてみた。すると大吉だった。禎子は伯朗の名を、半ばやけっぱちで付けたといっていたが、ちゃんと画数を調べてくれたのかもしれないと思うと、少し胸の奥が熱くなった。

それにこの失恋は結果的にはよかったのかもしれない。三年生になり、勉強に奪われる時間が俄《にわか》に増えていたからだ。忙しい時には研究室に泊まり込むことさえあった。

そして四年生になり、解剖《かいぼう》などの実践的な講義が始まった頃、その電話はかかってきた。夜の六時を過ぎていたが、伯朗はまだ研究室に残っていた。

電話は康治からだった。一年に一度は会っていたが、電話を貰《もら》ったのは初めてだった。

「伯朗君、じつは辛い事が起きた。とても辛い事だ」呻《うめ》くような康治の声を聞いた瞬間、伯朗の胸に黒い靄《もや》が広がった。何ですか、と尋ねた声がかすれた。

「禎子が、君のお母さんが……亡くなった」

頭の中が空白になり、視界が一瞬暗くなった。聴覚も麻痺したようで、何も聞こえなくなった。最初に耳に入ってきたのは、自分の声だった。思考がほぼ停止した状態で、どうしてですか、と訊いていた。

「事故だ。風呂場で頭を打ったらしくて、そのまま気を失って湯船に……。だから、溺死《できし》ということになる」

「風呂場？　なんでそんなことになるんですかっ。どうして気づかなかったんですかっ」携帯電話を握りしめ、康治を責めるように怒鳴っていた。

「それがね、うちの風呂じゃないんだよ」

「うちじゃない？　じゃあどこなんですか」

「小泉の家だよ」

あっ、と声を発していた。小泉は、禎子の実家がある町だった。

夜遅くに伯朗が向かった先は、矢神邸の近くにある斎場《さいじょう》だった。すでに禎子の遺体はそちらに移されていたからだ。仮通夜の準備が進められているという。

畳敷きの部屋で、伯朗は白装束《しろしょうぞく》の母親と対面した。死人について、変わり果てた姿などと表現されることがあるが、禎子の顔は生きている時のままだった。穏やかな表情で眠っているようにしか見えず、今にも目を開けそうだった。

その場には康治と明人、そして順子が残っていた。禎子が横たわる布団のそばで、車座になった。

「どういう風の吹き回しか、このところ急に小泉の家のことを気にするようになってね、昨日も、ちょっと荷物の整理をしてくるといって出かけたんだよ。遅くなったら泊まってくるとはいっていたんだが、今日になっても連絡がつかないものだから、心配になって順子さんに様子を見に行ってもらったんだ。そうしたら、風呂場で……」康治は苦しげに説明した。

「もう、びっくりしちゃって」順子は深く息を吐き、左手を顔に当てた。「姉さんの荷物はあるんだけど、呼びかけても返事がないの。それで洗面所のほうに行ってみたら、脱衣籠《かご》に服が入れてあって、お風呂場の電気がついてるじゃない。もしかしてと思ってドアを開けてみたら、湯船に黒いものが浮いてたの。ぎょっとして見直したら髪の毛だった」

禎子は俯《うつぶ》せの体勢で沈んでいたらしい。順子は急いで頭を引き上げたが、顔は灰色に変わっていて、血の気は全くなかったという。

「たぶんだめだろうと思ったんだけど、とりあえず一一九番に電話をかけたの。救急車を待っている間に康治さんにも連絡して……。頭が混乱しちゃって、うまく説明できなかったんだけど」

「いや、あの状況にしては、落ち着いておられたほうだと思いますよ」康治がいった。

「それ、何時頃?」伯朗は順子に訊いた。

「お昼頃……まだ十二時にはなってなかったかな」

「そんな時間に?」伯朗は康治に視線を移した。「どうしてもっと早く知らせてくれなかったんですか」

いやそれは、と康治がいいかけたところで、「事情があるのよ」と順子が口を挟んだ。

「救急車が来たんだけど、救急隊員の人が姉さんの身体を見て、すでに亡くなっているので病院へは運べない、それよりこれは変死に当たるから警察に通報する必要があるっていいだしたの。実際、その後警察の人がたくさんやってきて、家の中とかを調べ始めたのよ。で、姉さんの遺体は警察署に運ばれちゃったわけ」

「変死……」

「いわれてみれば、その通りなんだ」康治がいった。「病院以外の場所で死んで、それが明らかな病死とかでないかぎり、通常は変死という扱いになる。警察が遺体や現場を調べるのは不思議じゃない。私が小泉の家に到着した時、まだ警官が残っていてね、いろいろと質問されたよ。露骨《ろこつ》にアリバイまで尋ねられた。向こうはそれが仕事なんだろうけど、いい気はしなかったな」

「私もいっぱい訊かれたわ。お姉さんと仲が悪かった人はいませんかとか。馬鹿げてるわよねえ」

「それで、結局どういうことに？」

康治は肩をすくめ、首を横に振った。

「どうということはない。結局、事故ということで決着した。警察の説明では、湯船の中で足を滑らせ、後頭部を強打して気を失い、そのまま水に沈んだ可能性が高いってことだった。順子さんの話によれば玄関の鍵はかかっていたそうだし、窓などもすべて内側から施錠されていた。屋内には荒らされた形跡も争った形跡もなく、事件性はないというわけだ。検視でも不自然な点は見られないってことで、夕方になって遺体を返してもらえた。そういうことで、伯朗君への連絡も遅れてしまったんだ。不満はあるだろうけど、理解してもらいたい」

釈然《しゃくぜん》としない話だったが、異論を差し挟む余地も見つけだせず、そうですか、と伯朗は呟くしかなかった。

その後、順子は自宅に帰っていった。康治も、どうしても片付けねばならない仕事があるということなので、伯朗は明人と二人で仮通夜を過ごすことになった。

風呂に入ってから禎子が安置されている部屋に行ってみると、明人が枕元に座り、母親の顔を覗き込んでいるところだった。

「母さんの顔に何かついてるのか」伯朗は訊いた。

「化粧の仕方がいつもと違うと思ってさ。母さんは、こんなふうには眉を描かなかった」

「じゃあ、おまえが描き直してやれよ」

いや、といって明人は首を振った。「このほうがいい。よく似合っている。若く見えるし。生きている間に教えてやりたかった」ふっと笑って伯朗を見上げた。「久しぶりだね」

「そうだな」

「大学はどう？」

ぼちぼちだ、と答えながら伯朗は明人の隣で胡座《あぐら》をかいた。

「おまえのほうこそどうなんだ。中学生活を楽しんでるか」

明人は中学生になっていた。

どうかなあ、と異父弟は首を傾げた。「楽しくないとはいわないけど、期待したほどには刺激がない。同級生の顔ぶれは殆ど変わらないし、余所から入ってきた連中も案外大したことがなかった」

「大したことないって、それ、勉強のことか」

「勉強も、スポーツも、芸術的センスも」そういって明人は伯朗のほうを向いた。「僕も兄さんみたいに公立の学校に行けばよかったかな」

「馬鹿なこというな。アホばっかりだといって呆れるに決まってる」

「アホは個性だ。凡庸《ぼんよう》より、はるかにいい」

大人びた口調でいうのを聞き、伯朗は明人の顔をまじまじと眺めた。しばらく見ないうちに顎が細くなっている。彫りの深い顔立ちではないが、鼻は高く、切れ長の目と眉の配置が絶妙だ。誰が見ても迷いなく美少年のカテゴリに入れるだろう。

「おまえ、サークルには入ってるのか。運動部とか」

「テニス部とケイサンキカガク部」

「何だって？　テニス部はわかったけど、もう一つは何だ」

計算機、と明人はゆっくりといい、「それの科学。計算機科学部。僕が作ったんだ。名称をコンピュータ科学部にするかどうか迷ったけど、安易な入部希望者に対して敷居を高くしたほうがいいと思って漢字にした」

「ふうん……みんなで集まって、どんなことをするんだ」

明人は顎を引き、上目遣いをした。「説明してもいいけど、聞きたい？」

「やめておこう」伯朗は手を上げた。

明人がコンピュータに強い関心を持っていることは昔から知っていた。小学生の時からパソコンをいじり、高度なプログラミング技術を独学で身につけたことも。

「医者になるのに、コンピュータは必要ないと思うけどな」

すると明人は驚いたように目を何度か瞬かせた。「兄さん、マジでそう思ってる？」

「違うっていうのか」

「逆だよ。コンピュータがあれば、大半の医者はいずれ必要なくなる。医者がやってることを考えてみなよ。問診票やいろいろな検査結果から病名を推測して薬を処方する――ただそれだけだ。経験というデータベースが武器だけど、全世界の全症例を記憶するなんて、一人の人間には無理だ。でもコンピュータなら不可能じゃない」

中学一年の意見に、伯朗は言葉を失った。反論が思いつかなかっただけでなく、たしかに正論だと納得してしまったのだ。

「獣医も必要なしってわけか」

「さあ、それはどうかな。費用対効果を考えると、当分の間は人間が診たほうが安上がりかもしれない」

「それを聞いて安心した」

というわけで、と明人は真顔になって続けた。「僕は医者にはならない」

「はあ？　病院はどうするんだ」

「知らない。僕が考えることじゃない」

「ふうん。まあ、好きにすればいいさ。俺には関係ないからな。元々、矢神家の人間じゃない。母さんが死んで、完全に繋がりがなくなった」禎子の顔を見ながらいった。

しばらくどちらも無言だった。空気が急に冷たく感じられたのは、遺体の下に敷かれたドライアイスの存在を思い出したからか。

「鍵なんて」明人が、ぽつりといった。「作ればいいんだ」

えっ、と伯朗は義父弟を見た。「何のことだ」

「玄関の鍵。小泉の家の。合い鍵なんて、簡単に作れる」

何の話なのかすぐにはわからなかったが、宙を睨みつける明人の目から、伯朗は彼の真意を察した。

「事故じゃないというのか」

「小泉の家の玄関ドアにはドアチェーンが付いてる。母さんは用心深い人だった。戸締まりするのに、チェーンをかけないってことはないと思う」

「おまえ、自分が何をいってるのかわかってるのか」

「わかってるよ、もちろん」そういってから明人は頬を緩め、首を振った。「小さな疑問だよ。誰だって……母さんだってうっかりすることはあるだろうさ。たまたまチェーンをかけなかった。その夜、たまたま風呂場で足を滑らせた。それだけのことかもしれないとも思っている」

ただそれだけのことかも、と明人は母親の亡骸《なきがら》を見つめながら繰り返した。

6

出発してから小一時間が経った。伯朗が運転する国産のSUVは、幹線道路から脇道に入っていた。坂の多い住宅地で、時折豪邸と呼べそうな民家が建っている。

やや狭い道が、急に広くなった。右側に小学校の校舎があり、左側に灰色の建物があった。六階建てで、たしか地下は二階まであるはずだ。

伯朗はスピードを落としながら、建物を見上げた。本当にこれだっただろうかと不安がよぎった。彼の記憶の中ではもっと大きく、そして輝くように白かったからだ。だが正面玄関の上にはたしかに、『矢神総合病院』の看板が掲げられていた。

「久しぶりだな」駐車場に向かいながら伯朗はいった。「この病院に来たのは、たぶん中学の時以来だ」

インフルエンザのワクチン接種が目的だった。しかしその冬、伯朗はインフルエンザにかかったのだった。それ以後、インフルエンザのワクチンを信用しなくなった。

駐車場はすいていた。車を駐めた後、玄関に向かった。

自動ドアをくぐり、ロビーに足を踏み入れた。ずらりと並んだパイプ椅子に、数名の人々がちらほらと座っているだけだった。これまた伯朗の記憶とは違った。何度も来たわけではないが、いつも患者が詰めかけていたようなイメージがある。

「待ち時間が少なくて、患者さんにとっては助かりそうですね」隣で楓がいった。閑散《かんさん》としている、といいたいのだろう。

伯朗は周囲を見回した。インフォメーションデスクがあったはずだが、見当たらない。仕方なく、受付カウンターに近づいた。そこでは眼鏡をかけた中年の女性がしかつめらしい顔つきで、何やら事務作業をしていた。

すみません、と伯朗は声をかけた。「インフォメーションデスクは、どこですか」

中年女性が顔を上げた。眼鏡のレンズが光った。「えっ、何ですか?」ぶっきらぼうに訊く。

「インフォメーションデスクを探してるんですけど」

ああ、とつまらなそうに中年女性は頷いた。「それ、なくなりました。どなたかへのお見舞いですか」

「はい、矢神康治さんの……」

伯朗の言葉に、女性の眼鏡がまた光ったように見えた。ははん、と妙な相槌《あいづち》を打つ。

「六階に上がって、ナースステーションで訊いてください」そういってから彼女は伯朗の背後に目を向けた。楓をじろじろと眺めているようだ。

ありがとうございます、といって伯朗はその場を離れた。

「感じ悪い」歩きながら楓がいった。

「同感だ。院長の見舞いに来てるっていうのにな。どういうことだろう」

だがこの違和感は、六階のナースステーションで再び味わうことになった。康治の部屋を尋ねたところ、若い看護師は、「矢神さんなら六〇五号室です」と答えながら、好奇と戸惑いが混じったような目を向けてきたのだ。

伯朗は首を捻りながら部屋に向かった。六〇五号室は廊下の突き当たりにあった。

ドアをノックした。すぐに、はい、という返事が聞こえた。低い声だが、女性のものだ。

間もなくドアが内側から開けられ、紫色のカーディガンを羽織った小柄な婦人が姿を見せた。髪が見事に白く、年相応に顔には皺《しわ》が刻まれていたが、背筋をぴんと伸ばした姿勢には力強さがあった。康治の妹、波恵だった。

波恵は伯朗を見上げ、片方の眉を少し上げた。「お久しぶりね」

「御無沙汰しています」伯朗は頭を下げた。

「いつ以来かしら」

「母の七回忌です」

ああ、と波恵は無表情のまま小さく首を縦に動かした。「そうだったわね」

「その節はお世話になりました」

「私は何もしちゃいませんよ」波恵は楓にちらりと目を向けてから、再び伯朗のほうに顔を戻した。「昨日、順子さんから連絡がありました。あなたが見舞いに来ると聞き、正直驚きました。矢神家とは縁を切ったものだと思っていましたから。禎子さんの七回忌の時、何ていったか覚えてますか」

「もちろんです。今日は手島家を代表してやってきました――そういいました」

「だから兄が病気で倒れた際も、あなたには連絡しなかったのです。兄も知らせなくていいといいましたしね」

「連絡がなかったことについて、不満はありません。見舞いに行くべきかどうか、迷ったのは事実ですし。でも、彼女に同行してくれと頼まれて……」そういって伯朗は後ろを振り返った。「紹介します。明人の妻です」

「楓といいます。よろしくお願いいたします。これ、よろしかったら皆さんで召し上がってください」楓が殊勝《しゅしょう》に挨拶し、提げていた紙袋を差し出した。

波恵は愛想笑いを浮かべることもなく楓を見つめ、小さく吐息を漏らした。「中へどうぞ」紙袋には手を伸ばさず、くるりと背中を向けた。

お邪魔します、といって伯朗は楓と共に波恵の後に続いた。

入ってすぐのところには、流し台とクロゼットが並ぶスペースがあった。その奥にある引き戸を波恵は開いた。いきなり目に飛び込んできたのは大きな液晶テレビで、その手前にベッドがあり、少し離れたところにテーブルと椅子が置いてあった。

波恵はベッドに近づき、冷めた表情で布団の上を覗き込んだ。兄さん、と小声で呼びかけた後、伯朗たちを見て首を振った。「まだ眠ってるわ」

伯朗は、躊躇《ためら》いつつ足を踏みだした。ベッドで寝ている康治の顔が見えた。肌は灰色だし、別人かと思うほど痩せこけていたが、特徴ある鷲鼻《わしばな》は康治のものに違いなかった。

康治の身体には、点滴チューブ以外のものがいろいろと繋がれていた。心拍数をモニターする装置が、すぐ横に置いてある。

康治は穏やかな顔で瞼を閉じていた。規則的な呼吸音が聞こえる。

「目を覚ますこともあるんですか」伯朗は波恵に訊いた。

「たまにね。でもすぐに眠ってしまう。続けて起きていられるのは、せいぜい三十分ぐらいかしら」波恵は隣のテーブルに添えてある椅子の一つをひき、腰を下ろした。「あなた方も座ったら？　兄、すぐには起きないわよ」

伯朗よりも先に楓が、はい、と答えて椅子をひいた。波恵の向かい側だ。「これ、どこへ置けばいいですか」座ってから、提げていた紙袋から四角い包みを取り出した。

「『とらや』って書いてあるわね。中身はもしかして……」

「もちろん、羊羹《ようかん》です」

元気よく答える楓とは対照的に、波恵はげんなりしたように顔をしかめた。

「年寄りだからといって、甘党だと決めつけられちゃかなわないわね。中には健康のために糖分を控えてる老人だっているんだから」

「あっ、すみません」楓は包みを引っ込めようとした。

「いいわよ、置いときなさい。誰か食べるでしょ」ぴしりといい放った後、ところで、と波恵は楓の顔を見た。「明人はいつ帰国するの？　いくら仕事だからって、父親が危篤なのに帰らないって、どういうこと？」

「あ、すみません。今、新しいビジネスを開発中で、どうしてもシアトルを離れられないんです。ですから、あたしを明人君の代わりだと思って、どんなことでも命じてください」

ふふん、と波恵は小馬鹿にしたように鼻を鳴らした。

「明人も明人ね。何の連絡も寄越さないで、いきなり嫁さんを送り込んでくるとは、ずいぶんなやり口じゃない。よっぽど私たちのことが嫌いみたいね」

「嫌いとかじゃなくて、あくまでもビジネスで――」

波恵は手を振って楓の言葉を遮り、「結婚したのはいつ？」と訊いた。

「去年の暮れです」

「入籍は？」

「まだです」

「まだなのか？」伯朗が座りながら訊いた。「初耳だな」

「訊かれなかったですから」

「でもふつう、結婚といえば入籍とイコールだ」

「日本ではね。でもあたしたちはアメリカで結婚式を挙げたんです。籍なんか、関係ありません」

「そうはいっても、ここは日本」波恵が平坦な口調でいった。「籍が入ってないとなれば、正式な嫁と認めない人間も出てきます」

「明人君がこっちに来たら、すぐに手続きします」

「それがいいでしょうね。ただでさえ揉め事が多いのに、一人息子に内縁の妻がいるなどとなったら、話が余計にややこしくなります」

途中の言葉に伯朗は思わず反応した。「揉め事って？」

波恵は、じろりと睨んできた。「矢神家とは縁を切ったのでは？」

「そうでした。すみません、部外者がいらぬ差し出口でしたね」伯朗は頭を掻き、ベッドに視線を移した。「でも見舞いに来たわけですから、患者の病状について尋ねるぐらいはいいですよね。どんな状態なんですか」

「今もいったように、眠ったり起きたりの状態です。特に積極的な治療は行われておりません。

その時が来るのを静かに待っている、という感じです。担当医からは、いつ息を引き取ってもおかしくないといわれています」波恵は淡々と語った。

「付き添っているのは、ええと……」伯朗は手のひらで彼女を示し、口籠もった。

波恵が、ふふっと苦笑した。

「あなたは私のことを、ついぞ叔母さんとは呼びませんでしたからね。だから今も、どう呼んでいいか困っている。違いますか？」

指摘の通りなので伯朗が首をすくめると、彼女は満足そうに頷いた。

「お互い、いい歳をした大人なのですから、名前で呼んでくださって結構です。それとももしかして、私の名前をお忘れかしら？」

まさか、といってから伯朗は咳払いをし、頬の強張《こわば》りを感じながら改めて口を開いた。

「付き添っているのは波恵さんだけですか」

はい、と彼女は真顔で頷いた。「兄が元気だった頃は、散々世話になったくせに、最近じゃろくに誰も見舞いにさえ来ない。薄情なものよ」

何と応じていいのかわからず、そうなんですか、と相槌を打っておいた。

三人が黙り込んだちょうどその時、ベッドからかすかに衣擦《きぬず》れの音が聞こえた。波恵が首を伸ばして覗き込み、「起きたみたいね」といって腰を上げた。

伯朗も立ち上がり、ベッドに近づいた。楓も横に来た。

「兄さん、わかる？　伯朗さんが見舞いに来てくれたわよ。伯朗さんよ。わかるでしょ？」波恵が声のトーンを上げ、康治の耳元に話しかけた。

康治は瞼を薄く開けた。そのままわずかに顔を動かした。殆ど無表情ではあるが、その目は、たしかに伯朗の姿を捉えているようだった。

唇が動いた。声は届かなかったが、伯朗君か、といったのは口の形でわかった。

「御無沙汰しています」伯朗は頭を下げた。

康治の瞼が、ぴくぴくと痙攣《けいれん》のような動きを示した。それを見て、とりあえず喜んでくれたのでは、と伯朗は解釈した。おそらく表情筋を動かすだけの力が残っていないのだ。それでも何とか今の気持ちを表そうとしている。

それからね、と波恵が再び康治の耳元で声を上げた。「伯朗さんが、明人のお嫁さんを連れてきてくれたの。明人、結婚したんだって」

再び康治の瞼が震えた。それから黒目が何かを探すようにゆらゆらと揺れだした。

「こちらの女性です」伯朗はベッドから少し離れ、楓を前に出させた。

次の瞬間、楓は崩れるようにベッド脇に跪《ひざまず》いた。康治のほうに首を伸ばしたかと思うと、「お義父様っ」と呼びかけた。「楓と申します。ああ、何て感激。明人君のお父さんに会えるなんて」

芝居がかった台詞に伯朗はぎょっとした。同時に波恵と目が合った。彼女も驚いている様子だったが、すぐに動揺の色を顔から消し、「よかったわね、兄さん。これで思い残すこともないでしょ」と康治に話しかけた。

康治の口が動いた。しかしやはり声は聞こえない。波恵が自分の耳を口元に近づけた。「えっ、何？　何ですって？」

康治は何かしゃべったようだ。波恵の眉間の皺が急に深くなった。

「違うわよ。何いってるの。伯朗さんのお嫁さんじゃない。明人のお嫁さん。明人が結婚したの。伯朗さんは結婚してない。わかってる？」

だが康治の表情に変化はない。波恵の言葉を理解しているのかどうかもわからない。

「一応、頭のほうははっきりしてるはずだって担当医からはいわれてるんだけど、たまに怪しい時があるのよね」波恵は康治を見下ろし、首を捻った。「ぼけたことをいうぐらいなら、眠っててくれてたほうが、こっちは振り回されずに済むんだけど」

「でもあたし、お義父様が起きていらっしゃる時にお会いできて、本当によかったです。大感激しています」楓の口調は高揚したままだった。「決めました。あたし、明日から叔母様のお手伝いをさせていただきます。毎日、来ます。何でもいってくださいっ」

あまりの勢いに、さすがの波恵もたじろいだ様子だ。「それは助かるけど……」

「わあ、よかった。お義父様、そういうことなので、明日からよろしくお願いしますね」

楓がいうと、康治の唇が微妙に形を変えた。「えっ？　何ですか、お義父様」楓は康治の口に耳を近づけるが、聞き取れないようだ。

「ちょっと代わりなさい」波恵が二人の間に割って入り、康治の顔を覗き込んだ。「何、兄さん。何かいいたいことでもあるの？　えっ、何？　もう一度いって」兄の言葉を聞き取ろうと、懸命に耳を寄せた。

やがて波恵は怪訝そうに眉をひそめ、康治から離れた。

「伯朗さんに用があるみたいよ」

「えっ、俺にですか」

「そうらしいわ。何をいいだすかわからないけど、とりあえず聞いてやって」

伯朗は戸惑いつつ、ベッドに近づいた。先程の楓と同じように床に両膝をつき、康治の顔を覗き込んだ。かけるべき言葉が思いつかなかったので、伯朗です、といった。

康治がゆっくりと顔を伯朗のほうに巡らせた。さらにそれまで半分閉じたようだった瞼を、しっかりと開いた。表情は相変わらず乏しいが、その顔からはしっかりとした意志が感じられた。

あきとに、と康治はいった。その声は力強く、はっきりと聞こえた。

「明人に、背負わなくていいと……」

聞き違えるには、その口調はあまりにしっかりとしていた。伯朗は波恵と顔を見合わせた。彼女も意外そうに目を見張っている。

「どういうことですか。何を背負わなくていいんですか」伯朗は尋ねた。

しかし康治の反応はない。そのままゆっくりと目を閉じた。そしてまた規則正しい寝息をたて始めた。

「何でしょう、今のは」伯朗は波恵に訊いた。

「言葉通りに受けとめていいのではないですか。明人は矢神家の跡継ぎです。兄が亡くなれば、いろいろと責任も生じてきます。それを無理に背負わなくていい、といいたかったのでは」

「どうしてわざわざ俺に？　明人と付き合いがないことは知っているはずなのに」

さあ、と波恵は首を捻った。

「もしかすると病気のせいで少し錯乱しているのかも」

「そんなことないですよ。お義父様、きっと明人さんの力になれるのはお義兄様しかいないのだと思われたんです。きっとそうです」

「君は俺たち兄弟のことをわかってない。康治氏のことも」

「だったら、わかるように努力します。あたし、お世話の傍《かたわ》ら、お義父様といっぱい話をするようにします。だから叔母様、よろしくお願いいたします」楓はすっかり、明日から介護に来るつもりでいるようだ。

「お気持ちはよくわかりましたが、私の一存では決められません」

「えっ、どうしてですか」

「さっきも申し上げたはずです。まだ入籍していないとなれば、正式な嫁としては認められないという人間も出てくるでしょう。とはいえ、紹介しないわけにはいかないし」波恵はしばし熟考する様子を示した後、何かを決断したように大きく首を縦に振った後、楓のほうを見た。「いっそのこと、親族会に出ていただきましょうかね」

「親族会って？」

「矢神家の今後のことについて、近々話し合うことになっているんです。痩せても枯れても天下の矢神家ですからね、当主が亡くなってからじたばたしてたら世間様に対してみっともないでしょ」

「素敵。そこにあたしを招いていただけるんですか」楓は胸の前で手を合わせ、目を輝かせた。

親戚が集まる場に招かれるなど、ふつうの女性ならば気が重くなるところだが、楓の感性は常人とはかなりずれているらしい。それどころか、「いつですか？　あたし、いつでも結構です」などと催促している。

「これからみんなに声をかけます。詳しい日時が決まったら連絡します」

「やった、楽しみだなあ。楽しみですよね？」楓は伯朗に同意を求めてきた。

「俺は関係ないよ。部外者だ」

いいえ、と波恵がいった。「明人がいない以上、伯朗さんにも出席していただいたほうがいいかもしれません」

「どうしてですか」

「その会合では、遺産相続についても話し合われることになるからです」

「だったら、尚更俺は無関係です。矢神家の財産を相続する立場にはないので」

「たしかにそうです。でも今回は、兄の直系である明人がいません。となれば、誰かが代理を務める必要があります。利害関係のない伯朗さんは、ある意味適任者だといえます。楓さんが正式な奥さんでないかぎり、皆を納得させるにはそれしかないと思うのですが」

「お願いです、お義兄様。どうか、一緒に出席してください」

「勘弁してくれ。皆、俺の顔なんか見たくないに決まってるんだ」

「でも」波恵が意味ありげな目を向けてきた。「遺産の中には、禎子さんの遺品も含まれているはずです。それでも一切関知しないと？」

伯朗は一瞬言葉に詰まってから続けた。「たとえばどんなものが？」

「さあ、それはわかりません。私たちだって、詳細は知らされていませんから」

どうしますか、と波恵は結論を迫ってくる。お義兄様、と楓がすがるような声を発した。

伯朗はため息をつくと、ポケットから名刺を出し、波恵に差し出した。「日程が決まったら、ここへ連絡を」

7

「見舞いに付き合うだけだったはずなのに、面倒臭いことになった」車を発進させて間もなく、伯朗はぼやいた。

「でもお義兄様だって、お義母様の遺品がどう扱われるか、気になるわけでしょう？」

「そうだけど、考えてみたら大したものは残ってないはずなんだ。そんなものがあれば、母親が死んだ時、話に出ていたと思う。うん、そうだな、やっぱり。俺がしゃしゃり出るのはよくない」伯朗はブレーキを踏んだ。「波恵さんにいって、撤回しよう」

Uターンしようとハンドルを切りかけたが、「待ってください」と手首を楓に摑まれた。意外に強い力だったので、まずそのことに驚いた。

「何するんだ」

「お義兄様に同席していただけないと、あたしが困ります」

「君なら大丈夫だよ。明人の嫁なんだと堂々としていればいい」

「その明人君が、このまま見つからなかったら？　それでもいいんですか。血の繫がっている、ただ一人の家族なのに」楓は手首を摑む指に一層強く力を込めてきた。

伯朗は彼女の顔を見返した。わずかに目が充血している。

「どういう意味だ？」

あたしは、と楓はいった。「明人君の失踪と矢神家は無関係ではないと思います」

「矢神家の人間が明人の行方を知っていると？」

「ええ、それどころか」楓の、やや茶色がかった虹彩《こうさい》が光った。「矢神家の誰かによって、失踪を余儀《よぎ》なくされているのでは、とさえ」

「監禁されている、とか？」

「それならまだいいですけど」

「監禁ならいい？　それはつまり……」

伯朗が続きをいいかけたところで、「なーんてね」といって楓は破顔《はがん》した。「いやだなあ、怖い顔しないでくださいよう。そんなわけないじゃないですか」彼の手首を離すと、続いて肩をぱーんと思いきり叩いてきた。こちらも結構な力だったので、痛かった。

「冗談ですよ、冗談。はっはっは。とにかく、お義兄様には一緒にいてもらわないと困ります。男なんだから、一度いったことは撤回しちゃだめ。わかりました？」

伯朗はハンドルから手を離し、叩かれた肩をさすった。Uターンする気はなくしていた。楓の言葉が「単なる冗談」でないことに気づいたからだった。

書き置きがあることから、伯朗は、明人の失踪は彼自身の意思によるものだろうと決めつけていた。しかしそうとはかぎらないのだ。きっかけはそうであったとしても、誰かによって強制的に足止めされている可能性だってある。

おそらく楓は、そのことがずっと頭にあるのだ。だから矢神家について探らねばならないと思っている。親族会に出席する最大の目的がそれなのだ。

「お義兄様、どうして黙ってるんですか」楓が訊いてきた。

「いや、何でもない。それより君の家、というより明人のマンションは港区のどこだ？　送っていくよ」

「いいんですか。ラッキー」

楓が詳しい住所をいったので、それをカーナビに入れ、改めて車を発進させた。

明人のマンションは、青山通りから少しそれたところにあった。複雑に曲がりくねった道に面した、六階建ての建物だった。華美な装飾は抑えめで、佇《たたず》まいは上品だ。周囲にも似たような建物が多い。すぐ近くには某国の大使館があった。

「明人のやつ、こんなところで独り暮らしをしていたのか。間取りは？」

「あれは……1LDKっていうのかな」

「俺の部屋と同じだな。まあ一人なら、それで十分だろう」

「何なら、御覧になられます？　コーヒー、淹《い》れますよ」

「いいの？」

「もちろん、喜んで。帰国してから一度も掃除してないので、散らかってますけど」

「じゃあ、お言葉に甘えるとするか」

シアトルに発つ前に駐車場は解約したということなので、車を近くのコインパーキングに駐めてから、二人で歩いてマンションに戻った。

建物に入ってみて驚いた。オートロックのドアの向こうにはカウンターがあり、コンシェルジュの女性が、おかえりなさいませ、と挨拶してきたのだ。

「ここ、家賃はいくらなんだ」エレベータに乗ってから伯朗は訊いた。

「詳しくは知りません」楓は六階のボタンを押す。「調べればわかりますけど」

「いくら1LDKといっても、十万や二十万ってことはなさそうだなあ」

伯朗は、自分が住んでいる豊洲《とよす》のマンションを思い浮かべた。五十平米弱の広さしかないが、賃料は十五万円を超えている。

エレベータが六階に着いた。楓の後についていく。壁の質感も並んでいるドアの雰囲気も重厚で、まるでホテルの中を歩いているようだ。

やがて楓は一つのドアの前で立ち止まり、バッグから出した鍵でダブルロックを解錠した。彼女がドアを開けた瞬間、自動的に明かりが点《とも》った。

どうぞ、と促され、伯朗は足を踏み入れた。まず驚いたのは、靴脱ぎの広さだった。自転車は無論、バイクぐらいは置けるのではないか。それだけのスペースなのに、普段履きと思しきスニーカーとビーチサンダルが無造作に並べられているだけだ。

向かって右側が上がり口だった。だが正面にもドアがある。「あれは?」と訊いた。

「ああ、シューズ・イン・クローゼットですけど」楓は何でもないことのようにいった。

「シューズ・イン……見てもいいかな」

「どうぞ」

ドアを開けると、ここでも自動的に明かりが点いた。いきなり目に入ったのはゴルフのキャディバッグで、その向こうにはスノーボードが立てかけられていた。それから改めて伯朗は中を見回し、啞然とした。壁に付けられた棚には、高級そうな靴が整然と並んでいる。すぐそばにあった革靴を手に取ってみると、ブランド品に興味がない伯朗でも知っている名称がインソールに記されていた。

靴を戻し、ドアを閉めてからため息をついた。

「乱雑で狭苦しいでしょう?　もう少し整理したらって明人君にはいったんですけど」楓が申し訳なさそうにいった。

伯朗は言葉が出ない。この靴脱ぎとシューズ・イン・クローゼットだけで、自分が学生時代に住んでいた部屋より広いと思った。

「さあ、中へどうぞ」楓がスリッパを揃えてくれた。

玄関だけでこれだから後は推《お》して知るべしではあったが、実際に通されてみると想像をはるかに超えていた。リビング・ダイニングルームの広さは三十畳を下らない。巨大な液晶ビジョンの前には豪華な革張りのソファが並び、本格的な音響機器が配置されていた。壁一面に設置された棚には書物やCD、DVDといった類いの品がびっしりと詰め込まれている。大理石のダイニングテーブルは、おそらく八人程度が座れるものだが、この部屋にあってはさほど大きく感じられなかった。

「どこでもお好きなところにお掛けになってください」

楓にいわれたが、広すぎてどこに座っていいかわからない。迷った末、すぐそばにあった電動マッサージチェアに腰を下ろした。

「今、コーヒーを淹れますね。ああそれから、家賃も調べてみます」

「いや、家賃はもういい」

「いいんですか？　すぐに調べられますけど」

「いいんだ。ありがとう」

聞かないほうがよさそうだ、と思った。

せっかくなのでマッサージチェアの電源を入れてみた。音声ガイドに従っていくつかのボタンを適当に押すと、機械が動きだした。ところが腰や首を揉む位置が微妙にずれている。おかしいなと思って表示パネルを見ると、『お好み設定　ユーザー1』となっていた。どうやら明人の身体に合わせた設定になっているようだ。

スイッチを調整し、伯朗自身の身体に合わせてみたら、しっくりした。それによって、現在の明人は伯朗よりも少し背が高いのだと判明した。一体いつの間に抜かれたのだろうか。禎子が亡くなった時は、間違いなく伯朗のほうが大きかったはずだ。

マッサージされる快感に浸りつつ、改めて部屋中を見回した。それにしても広い。独り暮らしなのに、なぜこれほどの部屋が必要なのか。

棚に並んだＣＤに目がいった。モーツァルトやバッハといったクラシックの定番が並んでいる。明人が生まれた頃から、自宅ではクラシックが流されるようになったことを伯朗は思い出した。本物の音楽を聴かせないと耳が鍛えられない、という康治の考えからだ。

あの方針は正しかったのかもしれないなと伯朗は思った。そして、これほど広い部屋を選んだのも、ああした様々な帝王学の賜《たまもの》なのだろうなと合点した。明人には特別なことをしている意識はないに違いない。なぜこんなに広い部屋を選んだのかと訊かれれば、部屋とはこういうものではないのかと答えるのだろう。

いい香りが漂ってきて、キッチンから楓が現れた。両手に持ったトレイには、白いコーヒーカップが載っている。そしていつの間に着替えたのか、彼女はＶネックの白いカットソーに、ブルーのパンツという出で立ちだった。頭にはヘアバンドを付けている。

楓はソファの前のセンターテーブルにトレイを置き、伯朗のほうを見た。「コーヒー、そちらに持っていきましょうか」

「いや、そっちに行くよ」

伯朗がソファに座ると、楓がカップを載せたソーサーを彼の前に置いた。その時、Ｖ字形の襟《えり》から胸の谷間がちらりと見えた。予想も期待もしていなかったことで、伯朗はどぎまぎし、わけもなく頭を掻いた。

「ミルクと砂糖はいらないんですよね」

「ああ、いらない」

伯朗はカップを引き寄せながら何気なく楓の手元に目をやった。左手の薬指に指輪が嵌《は》められている。

「その結婚指輪、変わってるな」

「これですか？　でしょう？」楓は、いいところに気づいてくれた、とばかりに左手を差し出してきた。「ニューヨークの宝石店で作ってもらったんです」

彼女の薬指に巻き付いているのは、銀色の蛇だった。スネークリングというやつだ。目の部分が赤いのはルビーが嵌め込まれているからだろう。

「蛇は縁起のいい動物だからって明人君が。彼の指輪は目がサファイアです」

「なるほどね」

動物病院に来る飼い主にも結婚指輪を嵌めている女性は大勢いるが、今まで気にしたことなどなかった。だが薬指のスネークリングを見て、今、目の前にいる女性は人妻、しかも明人の妻なのだと再確認している自分に気づき、伯朗は戸惑った。

「蛇がどんなふうに交尾するか、知っているか」

彼の問いに楓は瞬きした。「知りません」

「合体したまま、何日間も絡み合うんだ。動物の中で最も情熱的なセックスをする生き物だといえる」

「へえ……」

「そうやって入れられた雄の精子は、雌の体内で何年間も生き続ける」

「そうなんですか」楓は自分の左手をしげしげと眺めた後、伯朗のほうを向いた。その目には妖しい光が宿っていた。「ますますこの指輪が好きになっちゃった」

「よかったじゃないか」

伯朗は咳払いをして指輪から目をそらし、カップを口元に運んだ。棚に並べられた写真立てに視線を向ける。そのうちのいくつかは明人と楓のツーショットだった。どこかの公園、レストランらしき店内、神社——背景は様々だ。

写真立ての一つを見て、はっとした。そこに写っているのは一軒の家だが、伯朗にとって単なる家ではなかった。彼はカップを置き、写真立てを手に取った。

「やっぱり、懐かしいですか」楓が尋ねてきた。

「多少はね」伯朗はいった。「だけど、辛い気持ちのほうが少し強いかな。この家がなければ、母親があんなことになることもなかったんじゃないかと思ってしまうからね」

写真に写っているのは、小泉の家だった。禎子が風呂場で事故死した家だ。

「あいつは……明人は、どうしてこんな写真を飾ってるのかな。あいつにとっても、決していい思い出じゃないと思うんだけどな」そういって写真立てを棚に戻した時、中で何かが動いたような感触があった。変だなと思い、軽く振ってみると、コトコトとかすかに音がした。

「どうしたんですか」

「いや、中に何か写真以外のものが入っているようなんだ」

伯朗は写真立てをひっくり返し、裏蓋を外した。すると何かがぽとりと足元に落ちた。鍵だった。どうやら裏蓋にセロファンテープで留められていたらしい。

拾い上げた鍵を、伯朗は見つめた。

「家の鍵……ですか」楓が訊いてきた。

「そうだと思う。じっくりと見たことはないけど、母親がこういう鍵を持っていた」伯朗は再び家の写真を見つめた。「なぜ鍵なんかを……」

合い鍵なんて、簡単に作れる——禎子の仮通夜の時に聞いた、明人の声が脳裏に蘇った。中学一年だった異父弟の声。

「その家、どうなったんですか」

「とっくの昔に処分されたよ。といっても俺は、母親が亡くなった後、とうとう一度も行かなかったんだけどね。家の管理はずっと母親がしていたので、康治氏が後を引き継いだ。でもあんな古い家、どうしようもないから、最終的には取り壊したようだ。俺のところには、更地になった写真だけが送られてきたよ」

その写真をどうしたか、伯朗は覚えていない。ちらりと見ただけで捨ててしまったのかもしれない。

伯朗は鍵を元に戻し、写真立てを棚に置いた。次に彼の目に留まったのは、ディスクケースだった。開けた状態で棚に放置されている。中は空だ。ケースは汎用《はんよう》のもので、カバーは付いていない。

「DVDか何かかな」伯朗はケースを持って、呟いた。

「CDですよ。この部屋に帰ってきた日、明人君が聴いてました」楓は、どこからか取り出してきたリモコンを操作した。

壁際のオーディオの電源が入り、音楽が流れ始めた。スピーカーも高級品らしく、音質がいい。交響楽団ではなく、どうやらシンセサイザーによる演奏のようだった。伯朗の知らない曲だ。耳にしたことさえない。

不思議な曲だった。単調なようで、複雑な旋律が微妙に含まれているようだ。目を閉じて聞き入っていると心を引き込まれる感覚がある。

「クラシックをシンセサイザーで演奏しているのかな」瞼《まぶた》を開け、伯朗はいってみた。

「クラシックじゃないですよ、これは。患者さんが作った曲だとか」

「患者さん？」

「正確には元患者さん、ということになるのかな。お義父様の。明人君が、そういってました」

「康治氏の患者？　あの人の専門は、たしか神経科だったな」

「この曲を作った人はサヴァン症候群だそうです」

「サヴァン？　ああ……それで康治氏の患者だったわけか」

自閉症患者の中には、言語や対人関係などの能力に著しい障害が見られる反面、知的分野や芸術分野で並外れた才能を示す人々がいる。それがサヴァン症候群だ。ダスティン・ホフマンが主演して話題になった映画、『レインマン』で世間的にも知られるようになった。

「サヴァン症候群についての研究は、お義父様のライフワークだったらしいです。この患者さんは音楽に関して特別の才能を発揮したわけですけど、別の分野で開花する人も多いそうです。特に絵画。そうした人々の作品を、お義父様はコレクションしておられたとか。趣味と実益を兼ねて」

「そうだったのか。全然知らなかった」

「明人君によれば」楓は真剣な眼差しを伯朗に向けてきた。「お義父様とお義母様が知り合ったきっかけも、それだということでしたけど」

「それ？」伯朗は楓の顔を見返した。「どういうことだ」

「お義父様がある画廊で、一枚の絵を目にされたわけです」楓が語り始めた。「その絵を見て、お義父様は直感しました。これを描いた画家はサヴァン症候群ではないか、あるいはそれに近い状態の人間ではないか、と。そこで画商に問い合わせ、画家のことを調べました。そして本人に会おうとしたわけです」

「でも本人はすでに死んでいた」

楓は頷いた。「そういうことです。でも画家の未亡人に会うことはできました。それがお二人の出会いというわけです」

「初めて聞いた話だ」

「そうでしょうね。明人君にしても、大人になってからお義父様から聞かされたといってましたから」

禎子と康治の出会い——振り返れば、それについて考えたことがなかった。そのこと自体に純粋に驚いたが、考える機会がなかったのも事実だ。

「でも俺が覚えているかぎり、父親はふつうだったように思うけどな。サヴァン症候群だったといわれても、ぴんと来ない」

「顕著《けんちょ》に断定できる症例ではなかった、ということらしいですよ。傾向があっても程度はいろいろなんでしょう。お義父様にとっても、研究対象としての利点は小さかったのかもしれません。でも人生という面では大きな収穫がありました。後に妻となる女性と出会えたわけです」

「前の旦那をきっかけに知り合ったということか」伯朗は腕組みした。「その旦那の息子としては複雑だな」

「でも、その出会いがなければ明人君は生まれなかった」楓は挑むような目を伯朗に向けていった。「あたしとしては、そっちのほうが重要です」

眼光に気圧《けお》された。そうだろうな、と伯朗は俯いていた。

8

現像を終えたレントゲン写真を投影機に貼りつけ、伯朗は頷いた。予想通りだった。

くるりと椅子を回転させ、飼い主のほうを向いた。本日五番目の飼い主は、髪を茶色に染め上げた、二十代半ばと思われる女性だ。目の大きさを強調したようなメイクがなかなか妖艶《ようえん》だ。革のジャケットは高級そうで、胸元に光るダイヤは本物だろう。カルティエの指輪もイミテーションには見えない。ミニスカートから伸びる足の先は、カラフルなペディキュアで彩られている。

そして彼女が大切そうに抱えているのはピグミーマーモセット。世界最小クラスの猿だった。

猿が病院に持ち込まれた時、伯朗がまず気をつけるのは、迂闊《うかつ》には近寄らないということだ。噛みつかれたり引っかかれたりするのを防ぐためでもあるが、どんな病気を抱えているかわからないから、というのが最大の理由だ。猿は人間とDNAが近い。ピグミーマーモセットのような小動物でも、れっきとした霊長類なのだ。人間の風邪が猫や犬にうつることはまずないが、猿にはうつる。そしてその逆が起こる場合もある。だから伯朗はすぐには手を出さず、「どこが悪いの？　病気？　それとも怪我《けが》？」と尋ねた。

彼女の回答は、「何となく動きがおかしいんです」というものだった。詳しく話を聞いてみて、はははあ、と合点した。伝染病の類いではなさそうだった。蔭山元実に声をかけ、レントゲン写真を撮ったのは、三十分ほど前だ。

「ここを見てくれるかな。小さな亀裂がわかるでしょう？」伯朗は写真の一部を指した。ピグミーマーモセットの下肢《かし》のあたりだ。「大腿骨《だいたいこつ》にひびが入っている。それで動きがおかしいんだ」

女性飼い主は、えーっと驚きの声をあげた。「いつの間にそんなことに……。どこかから落ちたのかなあ」

「猿も木から落ちるってわけか。そうかもしれないけど、根本的な問題は別にある」伯朗は写真全体を囲むように指先で円を描いた。「骨密度が低い。栄養面で問題があるんじゃないのかな。何を食べさせてる？」

「何をって、いろいろなものですけど。果物とかビスケットとか」

「モンキーフードは？」

「ああ、あれ」女性は顔をしかめた。「この子、あれは食べないんです。おいしくないらしくて」

「もしかして、自分たちの食べ残しとか与えてる？」

「いけませんか？」女性は、さらりといった。

伯朗は指先で眉の横を掻いた。

「人間の食べ物はおいしいからね、それに慣れた猿はモンキーフードを食べない。でも栄養のバランスを考えた場合、モンキーフードを中心にした食生活にすべきだ。急には無理だとしても、ミルクやジュースでふやかすとか、細かくして人間の食べ物に混ぜるとか、いろいろ工夫してでも食べさせなきゃいけない。そういうのを食べるようになったら、徐々にモンキーフードの量を増やしていく」

「できるかなあ」

「やらなきゃ、この子の身体は保たないよ。もっとひどい骨折を繰り返すことになる」伯朗は女性の手の中で小さくなっている猿を指差した。「カルシウム剤とビタミンDを出すから、一日一回飲ませて。それから紫外線ライトは設置してる？」

「何ですか、それ」

知らないのかやっぱり、と脱力する。

「猿の飼育に紫外線ライトは不可欠だ。とりあえず、ケージをなるべく日の当たるところに置いて。で、なるべく早くライトを買う。――彼氏が買ってくれるんじゃないの？」

「……相談してみます」

「そうしてちょうだい。では、お大事に」

ピグミーマーモセットを抱いた女性が立ち上がり、ドアに向かうのを見届けたところで、伯朗は椅子を回転させた。机に向かい、薬の処方を書き込む。また猿の患者が増えちまったなあ、と舌打ちした。院長の池田は元動物園の獣医で、あらゆる動物を診ることを当院の売りにしているのだが、実際に仕事をするこっちの身になってほしいとぼやきたくなる。

「かわいかったですね」

後ろから不意に声をかけられ、飛び上がりそうになった。

振り向くと、楓の顔があった。今日の装いは、体形がくっきりとわかる、グレーのニットワンピースだ。茶色のコートとバッグ、そして紙袋を手にしている。

「いつの間に入ってきた」太股や、胸の丸い膨らみに目がいきそうになるのを堪え、伯朗は訊いた。

「今の、かわいいお客さんと入れ替わりに」

「お客さんじゃなくて患者さんだ。かわいいようでも、猿ってやつは獰猛《どうもう》なんだぞ」

「猿じゃなくて、飼い主さんのほう。若くてかわいい人でしたね」

ああ、と伯朗は頷いた。「猿の飼い主は、大抵若くていい女だ。そして金を持っている」

「えっ、どうして？」楓は目を見張った。

「パトロンがいるからだ」伯朗は声をひそめた。「彼女はたぶん銀座あたりのホステスだろう。独り暮らしが寂しいので、彼氏にねだって猿を買ってもらった。猿は高い。そして珍しい猿は入手が困難だ。あの猿はおそらく密輸品だろう。正規のペットショップで買ったわけじゃないから、飼育には紫外線ライトが必要だっていう基本的なことも知らない」

「猿の密輸なんて、ふつうの人ができるんですか」

「できない。だから彼女のパトロンは、おそらくこれだ」伯朗は人差し指で自分の頬を切るしぐさをした。

楓は肩をすくませた。

「獣医さんって、いろいろと経験しなきゃいけないみたいですね」

「獣医にもよるよ」

がらりと戸が開き、受付から蔭山元実が現れた。伯朗と楓を交互に見て、「お話し中でした？」と冷めた声で訊いてきた。

「もう終わったよ。――待合室にいてくれ」伯朗がいうと、楓は頷いて出ていった。

伯朗はピグミーマーモセットのために書いた処方箋を取り、蔭山元実に差し出した。

処方箋を一瞥《いちべつ》した後、彼女は唇の端を曲げた。「今日もデートですか」

「デート？　親戚の家に連れていくだけだ」

しかし蔭山元実は何とも答えず、勿体をつけるようにゆっくりとした口調で、胸、と囁いた。

「結構大きいですね」

伯朗は、ぎょっとした。部屋を出ていく楓を見送る際、一瞬だけ彼女の胸に目をやったのだが、それを見られたのだろうか。

「何の胸？　猿の話か」

　とぼけてみたが、蔭山元実はすべてを見透かしたような流し目をした後、無言で受付に消えていった。

「動物と暮らすのっていいですよね。癒やされそうだし。あたしもシアトルに戻ったら、何か飼おうかな。何がお奨《すす》めですか」電車が動きだして間もなく、隣席の楓がいった。

「さあね。犬とか猫じゃだめなのか」

「ありきたりじゃないですか。あれはどうなんですか。ミニブタ。ＣＡ時代の友達が飼ってたんですけど、かわいかったですよ。頭がよくて奇麗好きで、しつけもしやすいっていってましたけど」

「その友達の部屋の広さは？」

「ふつうです。ワンルームでした」

「君が最後にそのミニブタを見たのはいつ？」

「えーと、二年ぐらい前です」

「その時のミニブタの大きさは？」

「これぐらいかなあ」楓は両手で小型犬ほどの大きさを示した。

「最近、その友達からミニブタの話を聞いたか」

「あっ、そういえば聞いてないです。どうしてるのかな」

「捨てたんだろう」伯朗は即答した。

「ええっ、まさかっ、どうして？」楓が声を張り上げた。周りの客の視線が集まる。彼女は首をすくめ、「あんなにかわいがってたのに」と小声で続けた。

「ミニブタは一年で八十キロぐらいになる。中には百キロを超えるやつもいる」

「えー、そうなんですかあ。全然、ミニじゃない」

「ふつうのブタは数百キロだ。それに比べればミニだろ。でもワンルームマンションで飼える代物じゃない。食う量も半端じゃないから餌《えさ》代も馬鹿にならない。君の友人は飼って半年で後悔し始めたはずだ。いい加減な飼育放棄ではなく、きちんと殺処分されたことを祈るのみだね」

「殺処分って……」

「お肉になって、喜んで誰かに食べられたと信じよう」

楓は悄然《しょうぜん》とした表情で肩を落とした。「ショック……」

「動物を飼うとは、そういうことだ。安易な考えはよろしくない」

「じゃあ、ほかのペットを考えます。何がいいだろう」

真剣な目を前方に向けた楓の横顔を見て、案外本気で動物を飼おうと思っているのかな、と伯朗は思った。シアトルに戻ったら、と彼女はいった。それは無論、明人と二人で、という意味だろう。明人が無事に戻ってくると信じているのだ。いや、信じたいのかもしれない。

伯朗自身の気持ちは半々だった。

明人が何らかの事件に巻き込まれているのではという不吉な想像と、案外ひょっこり戻ってきて、やっぱり女性関係で揉めていたと判明するという拍子抜けの結末が、交互に頭に浮かぶ。どちらについても根拠がなく、それ以上には考えを進められない。結局最後には、いずれにしても自分には何もできないのだから、と考えること自体をやめる。その繰り返しだった。

ところで、と伯朗は楓の横に置かれている紙袋に目をやった。「それは手土産かな」

「そうです。お義兄様のアドバイスに従って、カラスミにしました」

「そいつは喜ばれそうだ」

今、向かっている先は順子の家だった。楓が会いたいといったからだ。お土産は何がいいだろうかと相談されたので、叔母夫婦が酒好きであることを話した。たぶん夕食時には伯朗たちにもアルコールが振る舞われるだろうから、今日は車ではなく電車を使うことにしたのだ。

都心から電車に揺られること数十分、目的の駅に到着した。そこからはタクシーを使うと便利だ。禎子が再婚するまで住んでいた町だ。だがタクシーの窓から外を眺めても、懐かしさはあまりなかった。三十年以上も経てば、何もかもが変わってしまう。昔はなかった巨大なショッピングモールが、やけに存在を強調している。そのあおりを食ったように、小さな商店街はひっそりとしていた。

「お義兄様も叔母様方に会うのは久しぶりなんですか」興味深そうに通りを見ていた楓が、伯朗のほうに顔を向けてきた。

「三年ぶりかな」伯朗は記憶を辿って答えた。「叔父さんが大学の仕事を辞めるので、お疲れ様会をするという話だったから、俺も顔を出したんだ。でもその時は家には行ってない。最後に家に行ったのは、俺が大学を卒業した直後だから、十三、四年前か」

無事に卒業したことを報告しに行ったのだ。それ以来、電話で話すことはあっても、めったに会わなくなった。

「明人君はどうだったのかな」

「あいつも、殆ど会ってないんじゃないかな。叔母さんから明人の話を聞いたことがない。明人君が何をしているのか全然知らない、なんていってたぐらいだ」

「そうなんですか。親戚付き合いは大事にしなきゃいけないから、これからはあたし、定期的に連絡を取るようにします」

「感心だな。俺なんか、どちらかというと親戚付き合いは苦手だ。子供の頃に世話になったから、叔母さん夫婦は別だけど」

「よくないですよ、それ。遠くの親類より近くの他人っていいますけど、他人はやっぱり他人。信用できません」

やけに強い口調でいう楓の顔を伯朗は見返した。

「そういえば君のことを何も聞いてなかったな。お姉さんとお兄さんと妹がいると聞いただけだ。御両親は？」

「健在です」

「家はどちら？」

「葛飾《かつしか》で焼き鳥屋を営んでいます」

「結婚したことは？」

「国際電話で知らせました」

「よく叱られなかったな」

「あっ、うちの親はそういうの平気なんです」楓は、あっけらかんといった。「あの人たちだって、駆け落ち同然だったらしくて」

「帰国してから会いに行ったのか」

楓は無言で首を振った。どうして、と伯朗は訊いた。

「帰国してないことになっているからです。帰国する予定だったけど変更になったって、メールで妹に伝えました。実家に帰る時は明人君と一緒だと決めてるんです」

楓の言葉を聞き、伯朗は胸の奥がじんわりと温かくなった。明人は無事だ、きっと戻ってくる——その信念が彼女を明るくさせているのだ。

「それは……そのほうがいいかもな」伯朗は視線を車外に向けた。

前方に小さな郵便局が見えてきた。その前でタクシーを止めた。

車から降りると、すぐそばにある一方通行の道に入った。小学校の低学年だった頃に何度も行き来した道は、大人になってから見ると、とても狭い私道だった。両側に民家が建ち並んでいる。

小さな門構えの日本家屋の前で足を止めた。兼岩《かねいわ》、と書かれた表札が出ている。古いインターホンのボタンを押した。

玄関のドアが開き、白いカーディガンを羽織った順子が笑顔で現れた。「いらっしゃい。よく来てくれたわね」踊るように駆け寄ってきた。

御無沙汰しています、と伯朗は頭を下げた。

伯朗と楓は、居間に通された。使い込まれたソファで兼岩夫妻と向き合うと、いきなりビールで乾杯することになった。順子は茶を淹れようとしたのだが、楓の手土産がカラスミだと知った憲三が、それなら最初から酒にしようといいだしたのだ。どうせ飲むのだから早めに始めたほうが長く楽しめる、というのが彼の言い分だった。七十歳を過ぎてはいるが、合理的な思考は相変わらずだ。

「それにしても驚いたわあ。明人君が結婚していたなんて。しかもこんな素敵な人と」順子が嬉しそうに細めた目を楓のほうに向けた。

すみません、と楓が謝った。

「どうして謝るの？　素敵じゃない、外国で、しかも二人きりで結婚式を挙げるなんて。ねえ、伯朗君もそう思うでしょ？」

「はあ、そうですね」

「合理性という点でも優れた選択だった」憲三が、夏目漱石を真似たという白髪交じりの髭を撫でながらいう。「派手な結婚式や披露宴をするメリットなど、ないに等しい。不経済なだけでなく、誰を呼んで誰を呼ばないとか、席順とか挨拶順とか、人間関係にまつわる数々の煩《わずら》わしさが発生する」

「それよそれ。もし日本で式をするなんてことになってたら、矢神の親戚がしゃしゃり出てきたに違いないわ。私たちなんて、呼んでもらえなかったかもしれない」

「ああ、それは俺もそうかもしれない」

伯朗の言葉に、まさか、と楓が背筋を伸ばした。

「こちらで式を挙げるなら、誰が何といおうとも、お義兄様を呼ばないなんてことはありえません。叔母様方だって」

「それはね、楓さん、あなたが矢神家のことを知らないから、そんなことがいえるの」順子が教え諭《さと》す口調になった。「あの連中ときたら、プライドが高くて閉鎖的で、自分たちが一番偉いと思ってるんだから」

「順子、そんな、あまり楓さんを怖がらせるようなことを……」

「だって、本当のことだもの。楓さんはこれからあっちの親戚と付き合っていかなきゃいけないんだから、予備知識があったほうがいいでしょ。――ねえ」順子は楓に同意を求める。

「はい、参考になります。ありがとうございます」楓はビール瓶を持ち、憲三のグラスに注いだ。「明人君は、よく叔父様から数学を教わったそうですね。彼から聞きました」

「そうかね。たしかに、彼の数学的才能に最初に気づいたのは僕だ」憲三はビールを口にした。白い泡を髭に付けたままで続けた。「小学校低学年で、すでに方程式の概念を理解していたからね。しかし教えた記憶はないな」

「でも彼は叔父様の家で数学を勉強したと……」

憲三は順子と顔を見合わせ、にやりと笑った。

「それは嘘じゃない。でも僕は教えていない。彼はね、僕の部屋で一人で勉強していたんだよ。数学関連の資料や本がたくさんあって、好奇心から読んでいるうちに興味を持ったようだ。彼がこの家に来る目的はそれだった」

「そうだったんですか」

「まだ小学生だったのにね。まあ、天才なんだろうな。康治さんは、息子がそんなふうにいわれるのを嫌がっていたが」

康治が明人は天才なんかではない、と常々いっていたことは伯朗も覚えている。天才なんかは幸せになれない、とも。

ふと、昨日の楓とのやりとりを思い出した。

「少し話が変わるんですけど、康治氏がサヴァン症候群について研究してたってこと、叔母さんたちは知ってた？」

「康治氏って……」順子は苦笑した。「その呼び方、どうにかならない？」

「今更、どんな呼び方をしろっていうんだよ。――知ってましたか？」憲三にも訊いた。

「サヴァン症候群というと、『レインマン』だね。知的障害がある代わりに、別の方面で天才性を発揮するってやつだ。康治さんが、そんな研究を……。いや、僕は知らなかった」

「私も知らないわ。そうなの？」

「そうらしいです。そのことが母と知り合うきっかけになったとか」

伯朗は昨日楓から聞いた、康治と禎子の出会いを手短に説明した。

初めて聞いた、と順子はいった。

「姉からは、共通の友人を通じて知り合ったというふうに聞いたと思うんだけど。でもどういう友人なのかとか、詳しいことは聞いてないわね。もしかすると、あれは嘘だったのかも。亡くなった夫の絵が出会ったきっかけだなんて、人にはいいにくいものね」

「康治氏は父の絵を見て、サヴァン症候群の傾向を感じたそうなんですが、何か心当たりはありますか」

夫妻は再び顔を見合わせた。いやあ、と憲三が首を振った。

「一清さんとは長い付き合いだったけど、精神的におかしなところなんかなかった。どの絵を見て、そんなふうに思ったんだろう」

楓は困惑したように首を傾げた。

「わかりません。明人君も知らないようです。画廊で見かけた絵というだけで……」

「それがおかしいのよね。だって一清さんの絵、亡くなる何年も前から、画廊になんて置いてもらえなくなってたもの。絵を見たとしても、別の場所だと思う」

順子の話に伯朗は頷く。父の絵が売れなかったことは禎子から聞いている。

「一体、どんな絵を描く方だったんですか」楓が訊いた。

「何だったら、見てみる？」

順子の問いに、「いいんですか」と楓は目を輝かせた。

「いいわよ、もちろん。伯朗君もいいわよねえ」

「構わないよ。むしろ、久しぶりに見てみたいな」

「じゃあ、こっちに来て」順子が腰を上げた。

彼女は、居間と続きになっている和室の襖を開けた。伯朗は目を見張った。十畳ほどの和室に、一清の絵がずらりと並べられていたからだ。額縁に納まっている絵もあれば、キャンバスのままというものもある。

「伯朗君が見たいんじゃないかと思って、朝から用意しておいたの」

「そうだったんだ……」伯朗は和室に足を踏み入れ、絵を見渡した。

最後に見たのがいつだったか、よく覚えていなかった。一清の死後も自宅に保管されていたが、禎子が再婚する際、彼女の実家に運び込まれたのだ。そしてその禎子が亡くなった時、絵をどうするかと伯朗は康治から訊かれた。伯朗は順子と相談し、兼岩家で預かってもらうことにしたのだった。

すぐそばにあった額縁を手に取った。複雑な模様にレース編みされた糸の上に、古いコイン、時計、万年筆が無造作に置かれた様子を描いた絵だった。記憶に残っている数少ない絵の一つだ。

「わあ、すごい」いつの間にか背後に来ていた楓が感嘆の声を出した。「それ、ほんとに絵なんですか。写真にしか見えないんですけど」

「たしかになかなかの出来ではあるけれど、残念ながら、この程度の写実画を描く画家なんて五万といる」伯朗はため息をつき、額縁を置いた。「こんなものを見て、サヴァン症候群を疑うとは思えないんだけどな」

ほかの絵も一通り確認してみた。見た覚えのない絵がいくつかあったが、絵柄は似たようなものだった。

「叔母さんたちは、父が最後に描いていた絵を見たことはありませんか」

「最後に？　さあ……」順子は夫のほうを振り返った。

「どんな絵かね」憲三が訊く。

「それが、口ではいい表しにくいんですが、ここにあるような絵とは全く違うんです。もっと抽象的で、幾何学《きかがく》模様のような絵でした。あの絵なら、作者がサヴァン症候群だとかいわれたら信用するかもしれない」

「一清さんがそんな絵を……いやあ、僕は見たことがないな」

「私も知らない。姉さんからも聞いてないわ」

「母によれば、父がその絵を描き始めたのは病気がかなり進行してからだったようです。ただ、その絵は未完成でした」

「そうなの。だったら、姉が処分したのかもしれないわね」

伯朗は頷きつつ、そうだろうか、と思った。夫が最後まで取り組んでいた作品だ。未完成であろうとも、大切に保管しようとするのではないか。

「さあ、絵の話はそのあたりでいいだろう。そろそろ日本酒に切り替えないか。せっかく楓さんがいいものを持ってきてくださったことだし」空気を変えるように憲三がいった。

「ああ、そうね。そうしましょう、そうしましょう」順子が台所に消えていく。

伯朗は楓を見た。彼女は先程とは別の絵を手にしている。「気に入った絵でも？」横顔に尋ねた。

彼女は持っていた絵を彼のほうに向けた。ひしゃげた古い野球帽を描いた絵だった。ジャイアンツの帽子だ。その帽子に見覚えはなかったが、ひさしに小さく『ＨＡＫＵＲＯ』とマジックで書かれていた。

「お義兄様にとって、やっぱり父親は一人だけですか」

少し考えてから伯朗は顎を引いた。

「俺には一人で十分だった。母親には新たな夫が必要だったかもしれないけどね」

楓は小さく肩をすくめ、何もいわずに絵を置いた。

順子が朝から仕込んでいたという料理が食卓に並べられ、憲三はとっておきだという灘《なだ》の清酒を出してきた。江戸切子のグラスで口に含むと、芳醇《ほうじゅん》な香りが喉から鼻にまで広がった。冷酒は飲みやすく、ほどほどにしなければと思いつつ、伯朗は立て続けに三杯も飲んでしまった。

「それにしてもお嫁さんを帰国させられても自分が動けないなんて、明人君は余程忙しいのねえ」目の周りを少し赤く染めた順子がいった。

「新しいビジネスを立ち上げたばかりなので、いろいろとトラブルが多くて」楓が申し訳なさそうに眉尻を下げた。

「今は仕事が一番大切なんだろう。そういう時期というのはあるもんだよ。厄介なことに、そんな時にかぎって親が倒れたり、子供が病気にかかったりする。でも、そういうのを乗り越えてこそ一人前だ。明人君には、気にするなと伝えてくれたらいいよ」憲三は、やや呂律《ろれつ》の怪しい口調でいう。「でも、残念だな。久しぶりに明人君とも一杯やりたかった」

「叔父様は、今はどんなことをしておられるんですか」

「それがねえ、案外、昔と変わらないんだよ。もちろん大学には行ってないけど、数学ってやつは、一人でできる学問だからね。ずっと研究を続けている」

「へえ、どんな研究ですか」

「リーマン予想というものだが……聞いたことはないかな」

「リーマン？　サラリーマンとは関係ないですよね」

楓が真面目に答えるのを聞き、伯朗は口に含んでいた酒を吹き出しそうになった。

憲三はグラスを口元に運びつつ、苦笑いした。

「数学界最大の難問だよ。僕が生きている間はもちろんのこと、次に生まれ変わったとしても、その時に解かれているかどうかわからないというほどのね。しかしだからこそ取り組み甲斐《がい》がある」

「研究が生活のすべてなんですね。じゃあ、出かけることはあまりないんですか」

「そうだね。運動不足になるから散歩ぐらいしたらどうだ、とよくこの人から叱られるんだが」

そういって憲三は順子を見た。

「大抵、家にいらっしゃるんですか」

「そうだね」

「今月の七日に、明人君がこちらに電話をかけたそうなんです」楓がいった。「でもその時はお留守だったみたいですね」

「七日？」憲三は当惑した顔で身体を捻った。壁にカレンダーが張られている。「七日の何時頃だろう。家に電話をくれたのかな」

「たぶん午後だと思います。こちらの固定電話にかけたといってました。あたしが行く前に御挨拶しておきたいからって」

憲三が順子のほうを向いた。「七日か……。どうだったかな」

「その日なら、私は出かけてたわね。友達に誘われて、着物の展示会に行ったわ」

「ああ、あの日か。だったら僕は出かけてないな。ずっと家にいた。本当に七日に電話をくれたのかな」

「明人君はそういってましたけど、後でもう一度確認してみます。時差があるから、勘違いしてるのかもしれません」そう答え、楓はにっこりと笑った。

「またいつでも電話してちょうだいといっておいて。声を聞きたいから」

順子の言葉に、はい、と楓は元気よく答えた。

彼等のやりとりを聞きながら、伯朗は胸の中にもやもやとしたものが溜まっていくのを感じていた。グラスを傾けるついでに、ちらりと横目で楓を見た。すると気配を感じたのか、彼女の茶色がかった目も彼のほうに動いた。

伯朗は目をそらし、箸を取った。皿には薄く切ったカラスミと大根が盛られている。二つを箸で重ね、口に運んだ。

午後九時を過ぎた頃、伯朗たちは兼岩家を辞去することにした。

「楽しかったわ。また来てね」門の外まで見送りに出てくれた順子がいった。

ごちそうさまでした、と伯朗は礼を述べた。

「楓さんも遠慮しないでね。それから矢神家の親族会、がんばってね。堂々としてなきゃだめよ」

「はい、がんばります」楓は胸の前で両手を握りしめた。

呼んでもらったタクシーに乗り込み、駅に向かった。

「いい人たちですね。いろいろと話が聞けて参考になりました。お義兄様、連れてきてくださってありがとうございます」車の中で、楓はカーリーヘアの頭を下げた。

「楽しかったのならよかった」

「すごく楽しかったです。お料理もおいしかったし」

「そうだな」

「お義兄様は途中から口数が少なくなりましたね。どうかされました？」

鈍感そうに見えて、観察眼は鋭い。やはりこの女は馬鹿ではないと伯朗は思った。

「いや、何でもない。少し飲み疲れただけだ」

嘘だった。じつは彼女に問い質《ただ》したいことがあるのだ。だが運転手の耳があるので、この場では黙っていた。

駅に着くと、都心に向かう電車に乗った。混んでいるわけではなかったが、並んでは座れなかった。伯朗は腕組みをして眠ったふりをしながら、時折楓の様子を窺《うかが》った。向かい側のシートの一番端に座っている彼女は、他の多くの乗客と同様、しきりにスマートフォンをいじっていた。

結局、二人が言葉を交わしたのは、電車を降りてからだった。改札口を出るなり、訊きたいことがある、と伯朗は楓にいった。

「あれはどういうことだ。明人が叔母さんたちの家に電話をかけたという話だ」

「あの話が何か？」楓は首を傾げた。

「とぼけるなよ。今月七日といえば明人が行方をくらました日じゃないか。その日にあいつが叔母さんの家に電話したというのか？　もしそうだとして、なぜ君がそのことを知っている？」

楓は、じろりと上目遣いをしてきた。これまでに見せたことのない冷徹な光が宿っていることに気づき、伯朗はたじろぎそうになった。

彼女は無言で横を向いた。伯朗は両手で彼女の肩を摑んだ。「こっちを見るんだ」

楓は再び挑むような目を向けてきた。さらに左手で、伯朗の右手首を握ってきた。「離してください」腹に響くような低い声だ。その瞬間、薬指に巻きついた蛇の目が赤く光ったように見えた。

伯朗は肩から手を離した。

「なぜあんな嘘をついた？　明人が電話をかけたなんてことをいったんだ」

楓は答えない。だが動揺の気配もない。じっと伯朗を見つめる目には余裕がある。まるで彼自身の度量を値踏みしているかのようだ。

「俺の推理、というほどのものじゃないが、想像していることをいおうか」

どうぞ、というように楓は顎を小さく動かした。

「あれはアリバイ確認だ。七日の叔父さんや叔母さんの行動を確かめようとした。そうだろ？　あの人たちが明人の失踪に関係しているとでも思っているのか」

楓は眉を上げ、口元を緩めた。「関係していないという根拠は？　いい人たちだから？」

「本気でいってるのか？」

「当たり前でしょ。夫が行方不明なのよ」笑みを浮かべたまま、眼光を鋭くした。しかもその目は赤く充血していた。

伯朗は吐息を漏らした。「矢神家の親族会でも同じことをするつもりか」

「必要とあらば」

「わかった。それなら約束してくれ。どんな手を使うつもりかは知らないが、事前に俺に教えておいてくれ。決して勝手にやるな」

いいな、と伯朗は楓の顔を指差した。

彼女は小さく頷いた。「わかりました」

手を下ろし、伯朗は周囲を見回した。「送っていくよ。タクシーを捕まえよう」

「いえ、大丈夫。一人で帰れます」楓は手を挙げ、空車を止めた。「ではお義兄様、連絡をお待ちしています」丁寧に頭を下げた後、おやすみなさい、といって乗り込んだ。
走り去るタクシーを伯朗は見送った。後部座席のカーリーヘアの頭は、一度も振り返らなかった。

9

年若いカップルが連れてきたシマリスは六歳だという。伯朗が診た時、鼻で息ができないらしく、ずっと口を開けていた。ここ数日、あまり餌を食べておらず、少し痩せたように感じると女性のほうがいった。

異変に気づいたのは二週間ほど前らしい。じっとしていて動かないことが増えたのだそうだ。その時に連れてきていれば、もう少し打つ手があったかもしれないと伯朗は思うが、口には出さないでおいた。

シマリスは酸素吸入器の中で動いていた。元気よく、というほどではないが、とりあえず歩き回っている。その様子をカップルは複雑な表情で眺めていた。

原因は不明だが、肺炎にかかったのではないか、と伯朗は踏んでいる。そこから様々な合併症を引き起こし、消化器や循環器にも影響が出ているというわけだ。治療するには酸素吸入器に入れておく必要がある。つまり入院させなければならない。点滴をし、注射をし、様子を見ることになる。それでも助かるかどうかはわからない。たぶん無理だろう、というのが伯朗の見解だ。

無駄かもしれないけれど治療してくれ、というのなら引き受けるつもりだ。だが伯朗は彼等に告げた。「トータルの治療費は安くないよ。一万や二万では済まない。最低でも五万円はかかる。最低でも、ね」

二人はどちらも二十代前半に見えた。結婚しているのか、同棲中なのかはわからない。しかし彼等に金銭的な余裕があるわけでないことは、身なりを見れば察しがつく。シマリスなどという、じつは飼育が厄介《やっかい》なペットを選んだのも、値段が安かったからだろう。

伯朗の言葉に、彼氏のほうが睨むような目を向けてきた。薄情な獣医だ、と思ったに違いない。伯朗は平然と見返した。こっちは慈善事業をしているわけではない――。

壁の時計を見た。間もなく午後一時になろうとしている。カップルは、午後一時までに答えを出すといったのだった。

がらり、と受付の引き戸が開いた。

「先生のケータイに電話です」蔭山元実がスマートフォンを差し出した。

伯朗はスマートフォンを受け取ると、「ちょっと失礼」とカップルにいって診察室を出た。無人の待合室を通り過ぎながら電話を繋ぎ、はい伯朗です、と応答した時には表の歩道に出ていた。

「波恵です」愛想のかけらもない声が聞こえてきた。

「先日はどうも」

「親族会のことですが、明日はどうですか」

「明日？　ずいぶんと急ですね」

「兄があ あいう状態ですから、一日でも早いほうがいいと思ったのです。それに楓さんのことを話したところ、皆が興味を持ちましてね。明日は都合が悪いということなら、ほかに何日か候補日を出しますけど」

「いえ、俺は大丈夫です。楓さんも、たぶん問題ないと思います。矢神邸に行けばいいんでしょうか」

「そうです。正午に来ていただけますか」

「わかりました」

「では、お待ちしております」

よろしくお願いします、と伯朗がいっている途中で電話を切られてしまった。

スマートフォンを片手に病院に戻ろうとしたところ、自動ドアが開いて、シマリスの飼い主たちが出てきた。女性のほうは沈んだ顔で、小さなケージを大切そうに抱えている。伯朗を見て、ぺこりと頭を下げてきた。男性のほうは憤然《ふんぜん》とした様子で、目を向けてもこなかった。

診察室に入ると、グレーのセーターを着た瘦せた老人が、パソコンの画面を眺めているところだった。

「動き回っても平気なんですか」伯朗は老人の背中に問いかけた。

「今日はわりと気分がいい。膝や腰も痛くない」老人が椅子を回転させ、伯朗のほうを向いて笑った。「手は少し痺《しび》れるがね」

この動物病院の院長、池田幸義《ゆきよし》だ。歳は間もなく八十歳になる。病院と隣接している母屋で独り暮らしをしていて、ふだんはめったに伯朗たちの前に現れない。近所に住む姪《めい》が食事の世話などをしに通ってくれているらしいが、詳しいことはわからない。

伯朗は受付の引き戸を開いた。

「リスのカップル、治療を断念したようだな」蔭山元実にいった。

「はい。院長のアドバイスが効いたらしくて」

伯朗は池田に視線を移した。「どんなアドバイスを?」

池田は肩をすくめた。「大したことはいっておらん」

「後学《こうがく》のために聞いておきたいですね」

「それほどのことじゃない。ペットとして生き残ってきた犬や猫と違って、リスは人に飼われるより、野山を自由に駆けまわるほうが幸せに決まっている、君たちは元々、このリスから生きる喜びを奪っている、リスはストレスに弱い、病気になったのもストレスが原因だろう、といっただけだ」

「なるほど」

正論ではあるが、あのカップルには手厳しく聞こえただろうと伯朗は思った。

ところで、と池田がいった。「弟さんの奥さんが現れたそうだね」

伯朗は受付のほうを振り返った。蔭山元実が話したのだろう。彼女は聞こえぬふりで事務仕事を続けている。

「それが何か？」

「いや別に。ただ――」池田は鼻の下を指で擦った。「家族とは絶縁したはずでは？」

「いろいろと事情がありまして」

「ふうん。その事情というのは聞かないほうがいいのかな」

「お聞かせするようなものではありません」

「そうかね。では、この話はここまでとしよう。その代わり、というのも変だが、例の話をしたい。考えてくれたかね」

「考えてはいますが……」

「まだ結論が出ない？」

はい、と伯朗は頷いた。「何しろ、責任重大ですから」

ふっと池田は鼻から息を吐き出した。

「名字が変わるだけだ。どうってことないと思うがね」

「三十数年間、俺には父親がいなかったんですよ。そして十六年前には母親も亡くしました。それなのに、この歳になって新たな父親ができる——その状況をどう受けとめていいのか、自分でもよくわからないんです」

「何度もいうようだが、私の介護についてなら心配しなくていい。いずれは施設に入るつもりで、そのための資金を用意してある。君にはなるべく迷惑をかけずに済むよう、春代《はるよ》とも話をつけてある。そもそも、それほど先は長くない」

春代というのは、池田の姪の名前だ。

「そのことを心配しているわけではありません」

「じゃあ、何が引っ掛かっているのかね。やはり、名字か？　手島という姓を捨てることに躊躇いがあるのか」

「わかりません。そうかもしれません。何しろ、わざわざ取り戻した名字ですから」

「だったら、通称としては手島を使ったらどうだ。何なら、病院の名前を手島動物病院と変えても——」

池田が話すのを、伯朗は手を出して制した。

「ここは池田動物病院です。無関係な名称に変更するのは筋が通りません」

池田は眉尻《まゆじり》を下げ、苦笑した。

「頑固だねえ、君は。まあ、昔からそうだったが。わかった、もう少し待とう。ただ、何しろこんな身体だ。あまり時間はない。なるべく早く答えを出してくれよ」

「努力します」

「前向きにな」

どっこいしょ、と声を上げて老獣医は椅子から立ち上がった。診察台で身体を支えたり、壁に手をついたりしながら、ゆっくりと奥のドアに向かう。その姿がドアの向こうに消えたと同時に、伯朗はふうーっと深いため息をついていた。

診察室内を改めて見回した。骨董品《こっとうひん》といっていいレントゲン撮影機、特注だという診察台、安定して測定するにはコツを要する心電図記録器等々――いずれもこの病院にはなくてはならないものだが、同時に伯朗にとって思い出の品々でもあった。

池田と出会ったのは、禎子が亡くなった翌年だから、十五年前ということになる。場所は居酒屋だ。伯朗はその店でバイトをしていた。ある日、六十代半ばと思われる二人の男女が客としてやってきた。

事件は、ある注文の品を伯朗が二人のテーブルに置き、立ち去ろうとした時に起きた。おい、と男性客が呼び止めてきた。

「これ、注文した料理と違うぞ」男性は皿の上を指した。「我々が注文したのは、シシャモだ」あなた、と同席している女性が顔をしかめていった。「やめなさいよ」

この瞬間、伯朗はクレームの意図を察した。今は比較的広く知られていることだが、当時、この問題を指摘する客はいなかった。

皿に載っているのは、間違いなく「シシャモ」だった。しかし、単にそう呼ばれているだけだということを伯朗は知っていた。

男性が口を開いた。「これはシシャモではなく――」

「カラフトシシャモです」伯朗は先に答えた。「別名はカペリン。キュウリウオ目キュウリウオ科の魚です。カラフトシシャモでは長すぎるので、当店では略してシシャモと呼んでおります。ちなみに当店の鯛はテラピアで、甘エビはアルゼンチンアカエビです。ネギトロはアカマンボウにサラダ油を混ぜたものです」すらすらと述べた後、それが何か、と付け足した。

男性は、ふんと鼻を鳴らして伯朗を見上げた。「偽物《にせもの》だとわかっていて出しているのか。確信犯というわけだな」

「そういう点では、お客様も同じでは。本物のシシャモをこんな価格で出せるわけがない、どうせカペリンだろうと思いつつ、注文されたんじゃないんですか。店員の困る顔を見たかったということなら、御期待に応えられず申し訳ないと思いますが」

男性は唖然とした様子で、向かい側の、どうやら妻と思しき女性と顔を見合わせた。女性は窘《たしな》める口調で、「ほらね。ちゃんとわかっている人だっているんだから」といった。

だが男性は釈然としないらしく、「この手のクレームについて、店から教育を受けているのか」と尋ねてきた。

まさか、と伯朗は答えた。「ほかの店員なら、きっとびっくりしていたでしょう。連中は、これを本物のシシャモだと信じていますから」

「君はなぜ偽物だと知っている？」

「大学の講義で、講師から聞きました」

「大学？　専攻は？　水産学か」

「獣医学です」

男性の口がぽかんと開いた。一緒にいた女性は、まあぁ、と嬉しそうに目を見張った。

それが池田夫妻との出会いだった。二人が獣医とその妻だと知り、伯朗が驚いたのはいうまでもない。

その日をきっかけに、池田夫妻はしばしば店に来てくれるようになった。ある日池田は伯朗に、卒業後の就職先は決まっているのかと尋ねてきた。

いくつかの動物病院に実習に行ったが、まだ行き先は決まっていない、と伯朗が正直に答えると、だったら居酒屋のバイトなんかは辞めて、今すぐにうちの病院に来い、といい始めた。助手として雇いたいというのだった。

「大学の勉強も大事だが、もっと必要なのは経験だ。数をこなすことだ。獣医は人間の医者と違って、いろいろな動物を診なきゃならん。直接治療に当たらなくても、横で眺めているだけでも知識の蓄積に繋がる」

それに、と池田は続けた。

「獣医の相手は動物だけではない。その飼い主とも付き合っていく必要がある。ある意味、こっちのほうが重要で厄介だ。世の中には、いろいろな飼い主がいる。貧乏人がいれば、金持ちもいる。ペットに愛情を注いでいる飼い主がいれば、仕方なく飼っているだけという者もいる。そんな千差万別の飼い主とどう付き合っていくかなど、大学では教えてくれないし、短期間の実習じゃ身につかん」

池田が熱心に口説くのには理由があった。この頃、池田動物病院では妻の貴子《たかこ》が助手を務めていた。だが貴子は心臓に持病を抱えていて、長時間の勤務には耐えられなくなっていたのだ。池田自身も六十半ばを迎え、無理がきかなくなっていた。

動物病院の助手は、一般に動物看護師と呼ばれる。資格を持っている者もいるが、それらは何らかの公的資格ではなく、様々な団体が独自に与えているものだ。つまり実際には資格など必要なく、誰でも従事できる。実際、貴子も池田と結婚してから見よう見まねで手伝うようになり、そのまま助手になったという話だった。

池田は新たな助手を探していたが、自らの年齢が年齢だけに、全くの素人を雇うわけにはいかないと考えていた。だから獣医学生の伯朗は、適任者に映ったようだ。次の助手が見つかるまででいいから手伝ってほしい、といわれた。

話を聞くうちに、悪くないかなという気になってきた。昼間は大学があるので無理だが、夕方からなら何とかなる。それに実習と違って、助手なら給料が貰える。

長くても卒業まで、という条件で働き始めた。それまでは大きな動物病院でしか実習をしていなかったので、開業医での仕事は新鮮な驚きに満ちていた。一番の違いは飼い主たちとの距離が近いことだった。顔見知りや付き合いの長い人が殆どだ。時に池田は、そうした人々と外で食事をしたり、酒を酌み交わしたりもしていた。

仕事は忙しかった。掃除や動物の世話だけでなく、診療行為もかなり手がけることになった。入院している動物がいる時には、病院に泊まり込んだ。

あっという間に一年あまりが過ぎ、伯朗は無事に大学を卒業した。就職先は、池田が紹介してくれた。池田動物病院が提携している病院で、池田一人では手に負えない大きな手術を必要とする動物は、そちらに回しているのだった。

伯朗がその病院で勤務して五年ほどが経った頃、貴子が亡くなった。急性心不全だった。池田の落ち込みようは半端ではなく、その後、急激に老け込んだ。実際、体調も崩しがちになった。そしてある時、伯朗は池田に呼ばれ、病院を手伝って貰えないか、といわれたのだった。

「もうこの歳だから、閉めてもいいかなと思うんだが、飼い主さんたちから閉めないでくれと懇願されてね。やれるだけやろうと思い直したが、体力的に一人ではきつい。となると、君しか頼れる人間がいない」

どうだろうか、と問われた。

伯朗は悩んだ。職場にはすっかり慣れ、勤務医の生活に満足していた。適度に責任があり、そして適度に無責任でもいられる。給料も悪くない。池田動物病院を手伝うとなれば、何倍も大変に違いなかった。

しかし最終的に伯朗は、厳しいほうの道を選んだ。池田には恩があった。一人前の獣医になれたのは、池田動物病院での蓄積があるからなのだ。

池田動物病院に戻ってみて驚いたのは、伯朗が助手をしていた頃に顔見知りになった飼い主が、相変わらずやってくることだった。飼っているペットは、当時と違っていることもある。それでも彼等は動物病院を替えようとはしない。飼い主たちから閉めないでくれと懇願された、という池田の話は本当だったのだ。

そして今から二年前、池田が脳梗塞《のうこうそく》で倒れた。若い頃からの酒の飲み過ぎが祟《たた》ったのは間違いなかった。一命は取り留めたが、後遺症は残った。診療行為は事実上できなくなった。

その時から伯朗の肩書きは副院長から院長代理になった。またそれを機に、新たに助手を探すことにした。それまで働いてくれていた女性が、動物看護に関してまるっきりの素人だったうえ、主婦でもあったので勤務時間が制限されていたからだ。

求人広告を見て、やってきたのが蔭山元実だった。一目見るなり伯朗は採用を決めた。無論、美人だったからだ。仮に素人同然だとしても、仕事は教えれば何とかなると思った。

だが予想に反して彼女はプロの動物看護師だった。おまけに簿記の資格まで持っていた。聞けば、つい最近までかなり名の通った動物病院で働いていたという。なぜ辞めたのかという質問に、彼女は無表情でこう答えた。

「セクハラを受けたからです。だから次に働く時には、その心配がないところにしようと思いました。調べたところ、こちらの動物病院の院長は八十歳前でした。それなら大丈夫かなと思った次第です」

院長代理がいたのは誤算か、と訊いてみた。

「予想外ではありましたけど、誤算かどうかはまだ何とも」彼女は平然と答えた。

それから二年が経った。蔭山元実が辞めるといいださないから、誤算ではなかったと考えていいのだろう。池田の体調は芳《かんば》しくないままだが、病院の経営状態は悪くない。

そして先日、その池田から思いがけないことを提案された。自分の養子にならないか、というのだった。

「君も承知している通り、そろそろ私も先が見えてきた。そうなると気になるのは、あの世には持っていけないあれやこれやのことだ。私には子供がいないからね。今のままだと何人かの親戚に相続してもらうしかないんだが、誰にどう任せていいやらまるで見当がつかず、途方に暮れている。姪の春代からも、生きているうちにはっきりさせておいてくれないと自分たちが困る、なんていわれてるんだ。たしかに私も親戚同士で揉めてほしくない。とりわけ気がかりなのは病院のことだ。かつては自分が引退する時には閉めようと決めていたが、今は君がいる。多くの常連さんのためにも、病院は残したい」

だから今のうちに病院の名義を伯朗に移しておきたい、それには養子縁組するのが一番手っ取り早いのではないか、というのが池田の言い分だった。

伯朗にとって、悪い話ではなかった。この先、彼自身が開業できる見込みは少ない。長い付き合いの中で、池田の人間関係については大方わかっている。養子になったとしても、面倒なことに巻き込まれる心配はまずなさそうだった。

しかし――。

手島という姓を捨てることに躊躇いがあるのか、といった池田の言葉が耳に残っている。それはある。だが問題は姓だけだろうか。もっと別のところに、足を踏み出させない何かがあるような気がした。

ふと思いついたことがあり、伯朗は手にしていたスマートフォンを操作した。アクセスしたのは、姓名判断をしてくれるサイトだ。『池田伯朗』と書き込み、鑑定しようとしたところで、背後に気配を感じた。振り向くと、すぐそばに蔭山元実の顔があった。ぎょっとして思わずのけぞった。

「何してるんですか」

「何でもない」伯朗はスマートフォンを裏返した。「君こそ、何だ」

「お先に失礼させていただこうかなと思いまして」

「お先に？　ああ……」壁の時計を見た。今日は土曜日なので、診療時間はとうに終わっているのだった。「わかった。お疲れ――」蔭山元実の下半身を見て、伯朗は言葉を切った。いつの間にか彼女は着替えを済ませていた。「珍しいな」

「何がですか」

「スカートじゃないか。しかも――」わりと短い、といいかけて呑み込んだ。

蔭山元実の目が、険しく光った。「私だってミニを穿くこともあります」

「うん、そりゃそうだよな。変なことをいってすまなかった」

彼女は大抵、ジーンズで通勤している。そのまま白衣を羽織るだけで仕事に入れるからだ。スカートだとパンツに穿き替えなければならない。

お疲れ様、と伯朗はいった。

「お疲れ様でした」蔭山元実は頭を下げ、ドアに向かった。だが診察室を出ていく前に振り返った。「私、どちらでもいいですよ。池田動物病院でも、手島動物病院でも」

池田とのやりとりを聞いていたらしい。伯朗は首を振った。「名称を変えたりしないよ」

蔭山元実は小さく頷き、失礼します、といってドアの向こうに消えた。

伯朗はため息をつくと、スマートフォンを手に取った。改めて、『池田伯朗』で鑑定してみた。結果は、凶だった。

10

明人のマンションの前で車を止めると、伯朗はカーナビの操作を始めた。時刻は間もなく午前十一時になろうとしている。矢神邸の住所を打ち込むと、到着予想時刻が表示された。午前十一時五十三分となっている。ばっちりだ。

コンコンとガラスを叩く音が聞こえた。助手席側を見ると、楓が外から覗き込んでいた。伯朗はドアロックを解錠した。

「おはようございまーす」楓が乗り込んできた。

「おはよう……」彼女の服装を見て、伯朗は何度か瞬きした。

「何か？」

「いや、あまりに予想外の色だったものだから、少し驚いた」

「赤はお嫌いですか」

「そんなことはないが……」

真っ赤なスーツと白いブラウスに身を包んだ楓が、にっこりと笑った。

「気持ちが明るくなっていいじゃないですか。さあ、行きましょう」

快活な口調からは、先日の不穏な気配は微塵《みじん》も感じられない。伯朗は戸惑いながらシートベルトを締めた。

「楽しみだなあ。波恵叔母様以外には、どんな方がいらっしゃるんですか」

「知らない。そもそも矢神家について俺は殆ど把握してないんだ。行けばわかるだろ」

「そうですよね。うわー、何だかドキドキするぅ」楓の声は、本当に心を弾ませているように聞こえる。彼女の心境を考えれば、そんなわけはないのだが。

伯朗もまた複雑な思いを抱えていた。矢神の人間とは、もう深く関わることは一生ないだろうと思っていた。向こうの連中だって、血の繋がりのない連れ子になど会いたくないに決まっている。

だが明人のことは、やはり気になる。付き合いがなくなっていたとはいえ、弟は弟だ。行方不明になったと聞いて、何もしないというわけにはいかない。

いや、と伯朗は運転を続けながら自問した。自分は本当に明人のことを心配しているのだろうか。今までの自分なら、気にはなったとしても、俺に何かができるわけではないと割り切り、ただ成り行きを見ていただけのような気がする。では、なぜこんなことをしているのか。会いたくもない矢神の連中のところへ向かっているのか。

伯朗は横目で一瞬だけ視線を隣に流した。赤いタイトスカートから伸びる脚を捉えた後、再び前方に目を向ける。

理由は、はっきりしている。助手席にいる女から頼まれたからだ。しかし断るという選択肢もあった。それをしないのはなぜか。彼女が弟の妻だからか。では、彼女が全く別の女性だったらどうか。楓ではなかったらどうだったか。

伯朗は小さく首を振った。その先はあまり深く考えないほうがいいと思った。

「どうかされました？」楓がめざとく尋ねてきた。

「いや……警察のほうはどうなってるんだろうと思ってね。明人がまだ帰ってこないってことは伝えてあるんだろ？」

「いいませんでした？　警察は何もしてくれません。明人君が自分の意思で失踪したと決めつけているようです」

「矢神家のことをいってないのか。明人の失踪に関わっているように思うって」

「お義兄様、無茶をいわないでください。そんなことをあたしの口からいえるわけないじゃないですか」

「どうして？」

「そんな告げ口をして、仮に刑事さんたちが矢神家の方々のところへ聞き込みに行ったとしますよね。その際刑事さんが、あたしの名前を出したらどうするんですか。矢神明人の妻が親戚連中が怪しいといっている、というふうに。それで本当に親戚が関わっていればいいですよ。でもそうじゃなかったら、どうなります？　あたし、この先ずっと矢神家の人たちからは総スカンを食うと思います」

「出すかな、君の名前なんかを。情報源は明かさないのが警察のルールじゃないのか」

「そのルールを守ってくれるとはかぎらないでしょ。だから矢神家については、自分たちで調べるしかないんです。それに、たぶん警察は動いてくれません」

君は、といって伯朗は咳払いをした。「なぜ、明人の失踪に矢神家が絡んでいると思うんだ？」

躊躇うような間があり、楓はいった。「ある時、明人君から聞いたことがあるんです」さらにひと呼吸置いてから続けた。「自分はあの一族を信用していないって」

「……どうして？」

「詳しいことは話してくれませんでした。とにかく連中には隙《すき》を見せられないんだといってました」

「どういうことだろう？」

伯朗が首を傾げると、だからあ、と楓は急に鼻に掛かったような声を出し、彼の左肩をぽんと叩いた。「それを突き止めるために、今からお義兄様と一緒に敵の陣地に乗り込むんじゃないですかあ」

伯朗は吐息を漏らし、そうだったな、と呟いた。

「いくつか打ち合わせておこう。まず明人の失踪については隠しておくんだな」

「もちろんです」

「でも、今日の親族会について君や俺が明人と全く話をしていないというのは不自然だ。国際電話だってあるし、メールもある」

「電話もしたし、メールもした。それでいいんじゃないですか」

「明人とは、どんなやり取りがあったことにする？」

「相続についての明人君の意向を確認した、ということでいいんじゃないでしょうか」

「じゃあその意向とやらを聞かせてもらおうか、といわれたらどう答える？　適当にでっちあげる気か？」

「そんなことをする必要はありません。明人君の考えはわかっていますから」

「あいつから聞いているわけだ」ちらりと楓のほうを向いた。

「はっきりとは聞いてませんけど、わかります。だってずっと一緒にいるんですから」

「自信満々だな。違ってたらどうする？」

「そんなこと、あるわけがありません」きっぱりといいきってから、「何なら、お義兄様には先にお話ししておきましょうか」

「いや、結構。俺には関係のない話だ」

道は少し混んでいたが、矢神邸の前に到着した時、時計はまだ十二時を指していなかった。伯朗は車から降り、門柱に付いているインターホンのボタンを押した。

はい、と女性の声が聞こえた。波恵だ。

「伯朗です。今、門の前にいます」

「そのまま入ってください。車を駐めたら、玄関のほうに回ってちょうだい」

「わかりました」

車に戻ると、楓が好奇心まるだしの目を矢神邸に向けていた。

「公園みたいに広いですね。奥にある建物がお屋敷？　まるでお城だ」

「子供の頃は、もっと大きく感じた。おまけに奇麗だったな」

屋敷を取り囲む高い塀には、無数の罅《ひび》が入っていた。

伯朗は車を運転し、門を通過した。巨大な門扉《もんぴ》は開けっ放しになっていた。本来は閉じられていて、車が出入りする場合のみ、電動で開くようになっている。老朽化に伴い、壊れているのかもしれない。

来客用の駐車スペースには、すでに二台の車が駐まっていた。どちらもセダンタイプの高級外車だが、年式は新しくなさそうだ。

玄関前に行くと、和服姿の波恵が立っていた。二人を見て、よく来てくれました、と頷きかけてきた。

「こんにちは。先日はありがとうございました」楓が勢いよく挨拶した。

「直々に出迎えていただくとは光栄です」伯朗は波恵にいった。「以前は執事のような人がいたと思うのですが」

「あの方は二十年ほど前に暇を取りました。もうかなりの歳でしたからね」

「代わりの人は雇わないのですか」

波恵は小さく肩をすくめ、「必要ないでしょう」と答えた。

両開きのドアをくぐった先は、玄関ホールだった。吹き抜けになっていて、天井からはシャンデリアがぶら下がっている。しかしここもまた、伯朗の記憶ほどには広くなかった。

廊下を進む波恵の後を、伯朗は楓と共についていった。やがて波恵は大きめのドアの前で立ち止まると、ドアを開け、どうぞ、と伯朗たちを促すようにいった。

ダイニングルームだ、とすぐに思い出した。かつて康之介を中心とした食事会が頻繁に行われた場所だ。

失礼します、と伯朗は室内に足を踏み入れた。

部屋の中央に細長いテーブルがあるのは、伯朗の記憶通りだった。それを挟むように椅子が並んでいるのも。そして今日は、テーブルの向こう側にすでに人がいた。男と女が三名ずつ。全部で六名だ。まるで面接官のように横に並んでいる。それ相応に老けてはいるが、見覚えのある顔もあった。

伯朗は少し意外だった。親族会というから、さぞかし大勢が集まるのだろうと思っていたからだ。「野次馬たちをたくさん呼んでも、混乱するばかりで意見がまとまりませんからね。少数精鋭でいこうということになりました」波恵が、伯朗の心の中を見透かしたようにいってから、六人のほうを向いた。「皆さん、紹介しますわね。まずは伯朗さん。覚えていらっしゃるわよね」

お久しぶりです、と伯朗は頭を下げた。

六人の男女は、頷くでも首を振るでもなく黙っている。おまえのことなどどうでもいい、といったところか。

「それからこちらが明人のお嫁さん。楓さんとおっしゃるのよ」

波恵の紹介を受け、楓が前に歩み出た。

「楓と申します。どうぞよろしくお願いいたします」深々とお辞儀をした。

六人の反応は様々だった。三人の女性は、値踏みするような目を楓に向けながらも、表情の変化は乏しい。それに比べて男どもの顔には、程度の違いこそあれ、明らかにこの新しい親戚に関心を抱いた気配が濃厚に漂っていた。もちろん彼女の美貌がその大きな理由であることは疑いようがない。

「では、うちの親戚を紹介しましょう」波恵が懐から二枚の紙を出してきた。「一度聞いただけでは覚えられないだろうと思いましたので、紙に名前と兄との関係をメモしておきました。伯朗さんにも渡しておきます。きっとお忘れだろうから」

忘れているというより、元々はっきりとは把握していなかったのだが、余計なことはいわずに伯朗はメモを受け取った。

「右からいきます。妹の旦那さんのハセクラタカシさん、妹のショウコ、そして二人の娘のユリカさんです。ただし妹の母親は父の二番目の奥さんで、私や兄にとってショウコは異母妹ということになります」

伯朗はメモに目を落とした。『義弟　支倉隆司《はせくらたかし》』、『次妹　支倉祥子《しょうこ》』、『姪　支倉百合華《ゆりか》』という字が並んでいる。

支倉は細身で色白な、繊細そうに見える男だった。祥子は夫とは対照的に、やや太めで顔も丸かった。しかし吊り上がり気味の目は細く、温厚な印象は受けない。どちらも六十歳前後といったところか。この二人のことは覚えているが、言葉を交わした記憶は伯朗にはなかった。

百合華は母親に似ず瓜実顔《うりざね》で、目も大きかった。鼻筋は通っており、眉の形もいい。間違いなく美人の部類に入る。伯朗はさりげなく胸元を一瞥したが、ベージュのワンピースに包まれた体形を類推することはできなかった。

百合華についての記憶はない。会っていたとしても子供だったのだろう。

三人を代表するように支倉が、よろしく、と楓にいった。あとの二人は会釈しただけだ。

「その横が弟のマキオ。祥子と母親が同じです」

メモには、『長弟　矢神牧雄《まきお》』とあった。

牧雄は五十代半ばのはずだった。頬骨が出て、顎が張った顔は昔のままだ。ぎょろりとした目は、何かを凝視しているようではあったが、楓を見ているわけではなさそうだった。自分が紹介されたことに気づいていないのだろうか、と伯朗は思った。子供の頃も、不気味な人だなと感じた覚えがある。

波恵の説明を聞き、そういうことだったのか、と伯朗は遠い記憶を辿っていた。この家での食事会の際など、康之介の妻の康治や波恵に対する言葉遣いや態度が、祥子や牧雄に対するものと微妙に違っていた。先妻の子供たちには遠慮があったのかもしれない。

それから、と波恵は一拍置いてから続けた。「あとのお二人は父の養子です。サヨさんとユウマさんです」

伯朗はメモに目を走らせる。『養子　矢神佐代《さよ》』、『養子　矢神勇磨』とあった。

佐代は年齢不詳だった。上品な茶色に染めた髪は短めで、小さい顔によく似合っている。肌つやは若々しく、体形も崩れていない。丁寧にメイクされた目は、十分な色気を発揮していた。伯朗と同年代に見えなくもないが、全身から発せられる風格のようなものは、もっと年上のものだった。伯朗は、この女性とは初対面だった。

そして――。

視線を最後の一人に移す。矢神勇磨。伯朗の記憶に最も強く刻み込まれている人物だ。

当然のことながら、すっかり大人の男になっていた。伯朗より少し上だったから、四十歳ぐらいか。鼻が高く、彫りの深い顔立ちだ。楓をじっと見つめている。

その目が伯朗のほうに向けられた。意味ありげに口元に笑みを浮かべてから、再び視線を楓に戻した。

嫌な目つきだった。淡泊そうに見える仮面の下から、舌なめずりをする音が聞こえてきそうだった。

さて、と波恵がいった。「伯朗さんも楓さんも、お掛けになってください。今、ランチの用意をさせますので」そういってから彼女は部屋を出ていった。

失礼します、といって楓はテーブルに近づいた。右から三番目と四番目の席に、すでにプレースマットが敷かれている。各自の座り位置を指定しているらしい。

楓が右から四番目の席についたので、伯朗は隣の椅子を引こうとした。

「そこは君の席じゃない」冷淡な声が飛んできた。勇磨だった。「波恵さんの席だ」

伯朗が見返すと、勇磨は黙って自分の斜め右、つまり一番左端の席を指差した。たしかにそこにもプレースマットは敷いてあった。

伯朗はため息をついてから、その席に移動した。

「なぜ自分だけが離れた席に座らされるんだろう、と訊きたそうな顔だね」勇磨が面白そうにいった。

「理由を尋ねれば教えてもらえるんですか」

「もちろんだ。わかりやすい理由だよ。君は部外者だからだ。君だって、自分と全く関係のない話を聞かされながら食事したくないだろ？　気を利かせたと思ってもらいたいな」

「それはどうも」伯朗は睨みつけたが、勇磨の視線はすでに楓に戻っていた。

「それにしてもねえ」支倉祥子が口を開いた。「明人さんもずいぶんと水臭いじゃない。結婚式に呼んでくれないどころか、結婚したことさえ知らせてくれないなんて」

「御報告が遅れたことはお詫びいたします」楓が謝った。

「明人さん、元気にしてるの？」

「はい、毎日忙しく動き回っています。今回は帰国できなくて、本当に残念がっておりました」

「だったらいいんだけど。ねえ、お二人の馴れ初めを聞きたいわね。どこで知り合われたの？」

お母さん、と百合華が眉をひそめた。「いいじゃない、そんなことどうだって」

「どうして？　私は知りたいわ。――ねえ、知りたいわよねえ」祥子は夫のほうに身体を捻《ひね》った。

「うーん、まあそうかな」隆司の返事は曖昧だ。

「いいよ、聞かなくて。それより伯母さん、遅いね」百合華がいった。「何をやってるのかな」

「メイドたちに指示を出してるんじゃないかな」勇磨が口元を少し曲げていった。「昔と違って、臨時雇いのコックやメイドたちだから、いろいろと手間取るんだと思うよ。見栄を張らずに、仕出し弁当でも出しておけばいいものを」

「あなたが、そう進言すればよかったじゃない」祥子がいう。「ついでに、弁当代は自分が出します、とか」

「それでは波恵さんの立場がないでしょう。この家を仕切っているのは、あの方ですから」

「仕切らせてあげてるんでしょう？」隣の佐代が勇磨のほうに顔を巡らせた。

「それをいっちゃあ――」おしまいだ、と続ける代わりに、不敵な笑みを伯朗と楓に向けてきた。

この間、矢神牧雄だけは無言だった。テーブルの一点を見つめ、時折ぴくぴくと頰の肉を動かしている。不気味さは、伯朗が子供の頃のままだった。

間もなくドアが開き、波恵が戻ってきた。ドアが開け放されたままなのは、二人のメイドたちが料理を運ぶためだった。

最初に出されたのは、オマール海老と野菜を使った前菜だった。どうやら本格的なフレンチが用意されているらしい。シャンパンも振る舞われたが、運転しなければならない伯朗は辞退した。

食事をしながら波恵が楓に、家族についての質問を始めた。楓は伯朗に打ち明けたように、実家が葛飾の焼き鳥屋であることや、自分が四人きょうだいの三番目であることなどを話した。

元CAだという話に食いついたのは勇磨だ。「主にどこの路線を?」と楓に尋ねた。

「その時期によって違います」楓は答えた。「アジア方面が多い時もあれば、ヨーロッパが多い時も」

「アメリカは? ロサンジェルスとか?」

「ロサンジェルスなら、三年ほど前によく行きました」

「それなら」勇磨は指を鳴らした。「君が勤務していた飛行機に乗り合わせていたかもしれないな。ちょうどその頃、ロスには仕事で何度も行ったからね」

「主にどんなところに行かれてたんですか」

「仕事ではやっぱりダウンタウンだね。シビック・センターとか。ロスは高層ビルが少ないけれど、あのあたりは大都会という気がする」

「ああ、そうですよねえ」

「仕事のない時には、サード・ストリート・プロムナードとか、よくぶらついたなあ」

「あっ、サンタモニカッ」楓が顔を輝かせた。「あの通りはお洒落で、あたしも大好きです。あと、オルベラ・ストリートとか」

「僕も何度か行った。最高においしいメキシカンレストランがあった。でもCAなら、ロデオドライブあたりでショッピングをすることも多かったんじゃないの?」

「よく行きました。でも、あそこは見るだけ。ハイソな雰囲気を楽しめればそれでオーケーという感じで」

「いいねえ。打てば響くように応えてくれる。こういう話で盛り上がってくれる人が今まで周りにはいなかったけど、これからはとても楽しくなりそうだ」勇磨は満足そうにシャンパングラスを楓に向かって掲げた。

「あら、海外の話をしたいのなら、いくらでも付き合うわよ。この間だって、ドバイに行ってきたんだから」祥子が対抗するようにいう。

「そうですか。だったら、今度是非」勇磨は受け流し、ふっと口の端を曲げた。

しばらく沈黙の中での食事が続いた。フォークとナイフが食器に当たる音が響く。

沈黙を破ったのは、やはり楓だった。皆さんは、と全員を見回した。「どんなことをしておられるんですか。お仕事とか、伺ってもいいですか」

「別にいいんじゃない。——ねえ？」波恵は向かい側の六人に同意を求めてから楓のほうを向いた。「まず私からいきましょうか。御承知の通り、無職です。しがない年金生活者。この家の管理と兄の看病をしながら日々を送っています」

「大変ですよね。先日もいいましたけど、これからはあたしも手伝わせていただきます」楓はフォークを置き、背筋を伸ばしていった。

「ありがとう。頼りにしてるわ」

「次は私か」文倉隆司がいってから咳払いをした。「会社を経営しています。主に介護ビジネスを扱っています。具体的にいうと、有料老人ホームです。首都圏に四箇所。あと、関西と東海に二箇所ずつ」

「そうなんですか。超高齢化社会の日本では、必要不可欠なものを扱っておられるんですね。お忙しいんじゃないですか」

楓の言葉に文倉は少し胸を反らせた。「おかげさまで需要は高いです」

「でも供給過多だという話も聞いたことがあるわ」そういったのは佐代だ。「参入企業が多くて、料金やサービス内容で競争が激しくなっているとか」

ねえ、と彼女が同意を求めた相手は隣の勇磨だ。彼は頷いた。

「たしかに日本は超高齢化を迎えているけれど、人口比率の問題であって、老人の数自体が今後も増え続けるわけじゃない。それに有料老人ホーム事業のビジネスモデルは、金銭的余裕のある老人を対象にしている。そういう老人を奪い合うとなると、自ずから限界が出てくるように思いますがね」

「だからいろいろと戦略は練っているよ」支倉が仏頂面《ぶっちょうづら》を勇磨たちに向けた。「医療機関からの紹介による入居を強化したり、ホームに看護師を常駐させたり、低価格帯の部屋を展開するとかね。心配には及ばない」

「それを聞いて安心しました」勇磨は冷めた口調でいった。

「忘れないでね、傾きかけた『矢神園』を引き取って、今の規模にまで大きくしたのは、元々は不動産業が専門だったうちの人なんだから」祥子が憤然とした様子でいった。

懐かしい名称を聞いた、と伯朗は思った。『矢神園』というのは、かつて康之介が経営していた保養施設だ。主に老人相手だから、介護施設でもあった。

「まるで押しつけられたみたいにいうのね」波恵が皮肉の籠《こ》もった声でいった。「お父さんが亡くなった時、『矢神園』をくれるなら、ほかは何もいらないといったくせに」

「うちが引き取れば、万事丸く収まると思ったからよ。うち以外で、『矢神園』を立て直せるところがあった？　佐代さん、勇磨さん、あなたたちにできた？」

おかあさん、と横から百合華がいった。「もう、そのへんにしておけば？　みっともないよ」

だって、といった後、祥子は何やらぼそぼそと呟いたが、伯朗の耳には届かなかった。

「百合華さんは、お仕事は何をしておられるんですか」楓が明るい声で問いかけた。

魚料理を食べていた百合華は手を止め、斜め向かいの楓を見つめた。

「デザインの仕事をしています」

楓が大きく息を吸うのがわかった。「すごいっ、ファッションデザイナーなんて」

百合華は眉間に皺を寄せ、ゆっくりとかぶりを振った。「ブックデザイナーです」

「えっ？」

「ブック。本の表紙やカバーの装丁を行う仕事です。ファッションデザイナーでなくて申し訳ないですけど」

「あ……あーあ」楓は口を半開きにしたまま、顔を上下に動かした。「本のデザインですか。わかります。はい、わかりました。素敵なお仕事ですよねえ。へーえ、そうなんだ」

百合華の顔には、ほんとにわかってるのか、と書いてある。

「業界からの評判も上々で、一昨年は賞をいただいたのよねえ」祥子が鼻高々で話す。

「余計なこと、いわないで」百合華はここでも母親を窘《たしな》めた。

いつの間にか、百合華の隣に座っていたはずの矢神牧雄がいなくなっていた。トイレに立ったらしい。楓は笑顔を佐代のほうに向けた。「佐代さんは、何かお仕事を？」

佐代はナプキンで口元を押さえた後、楓に微笑みかけた。「おかげさまで、銀座でお店をやらせていただいております」

「銀座？　どんなお店ですか」

ぷっと祥子が吹きだした。

「楓さん、ブティックならブティック、レストランならレストランというんじゃないかしら。お店としかいわないってことは、どういう業種なのかはわかると思うんだけど」

えっと当惑した様子の楓に、佐代は不快さを微塵《みじん》も見せることなく、「クラブです」と答えた。

「一応、オーナーママということになります」

「あっ……そうなんですか。ええと、ああいうお店って、あたしのような者が行ってもいいんでしょうか」

「もちろん、大歓迎よ。いつでも来てちょうだい。後で名刺を差し上げます」

「はい、ありがとうございます」

礼を述べる楓を見て、まさか本当に行く気じゃないだろうな、と伯朗は心配になった。

勇磨が、徐《おもむろ》にグラスを手にした。白ワインを喉に流し込んでから、口を動かした。「僕も仕事について説明したほうがいいのかな」

「あ、お願いします」楓が彼のほうに身体を向けた。

「居酒屋やダイニングバーのチェーン店を経営している。アイドルズアイという会社だけど、聞いたことはないかな」

「『カラオケ・タイフーン』とかの？」

楓の問いに、勇磨は澄ました顔で顎を引いた。「あれもそうだ」

「そうだったんですか。すごーい。青年実業家なんですね」

「勇磨は学生時代からビジネスセンスに恵まれていたものね。最初に会社を作ったのは、何年生の時だったかしら」佐代が訊いた。

「三年生の時。渋谷に開いたカフェバーが一号店」

「お父様の遺産でね」

波恵の横槍に、「いけませんか？」と勇磨は平然と訊いた。「遺産をどう使おうと、各自の自由だという話だったと思うのですが」

「いけないなどとはいってませんよ。あなたの手腕は認めております。大したものだと思います。ただ、お父様のおかげだということを忘れてほしくないだけです」

「忘れたことなどありませんよ」そういって勇磨は白ワインを飲み干した。

気まずい空気が充満する中、矢神牧雄が戻ってきた。ゆらゆらと身体を揺らすように歩き、自分の席についた。伯朗が見るかぎり、彼は他人の話にはまるで関心がなさそうだ。

「牧雄叔父様、とお呼びすればいいんでしょうか」楓が尋ねた。

だが当の牧雄の耳には入っていないらしい。ぎょろりと剝いた目を肉料理に向け、ナイフとフォークを手にした。

あの、と楓が再度声をかけた。

牧雄さん、と波恵が強い口調で呼びかけた。それでようやく気づいたようだが、牧雄の動作はスローモーだ。ゆっくりと波恵のほうを見た。

「楓さんが牧雄さんに訊きたいことがあるそうよ」

牧雄はフォークとナイフを構えたまま、顔だけを楓のほうに向けた。

「叔父様は、今、何をしておられるんですか」

質問の意味を咀嚼《そしゃく》しているのか、牧雄は楓の顔を数秒間見つめてから口を開いた。

「トイレに行っていた。そして今は、食事を再開しようとしている」

「いや、そうじゃなくて、お仕事のことをお尋ねしています。御職業は何ですか」

ごしょくぎょう、と牧雄は小さく呟いた。その様子は、初めて聞く言葉を復唱したかのようだった。

やがて彼はフォークとナイフを静かに置くと、楓を見据えて答えた。「職場は、泰鵬《たいほう》大学医学部神経生理学科だ」

楓の眉が上がった。「お医者さんだったんですか」

牧雄は首を横に振った。

「研究者だ。治療を行うことはない」

「へえ、どんな研究をしてらっしゃるんですか」

牧雄の目に、異様な光が宿ったように見えた。「聞きたいのかね」

「はい、是非っ」

この瞬間、周囲の者たちの表情に微妙な変化が生じた。勇磨などは、げんなりしたように口元を歪めた。明らかに、余計なことを、と楓を非難している。

人類の、と牧雄は切りだした。「最後のフロンティアに挑んでいる」

「フロンティア？」

「宇宙でもない。深海でもない。ここだ」牧雄は自分のこめかみを指差した。「脳だよ。脳の様々なメカニズムを解明するのが、私のライフワークだ。じつのところ人間は、脳について殆ど何もわかっていない。精神機能の自己制御理解がどのように行われるか、予測と意思決定に関わる脳内計算機構の仕組み、スパースモデリングの深化と高次元データ駆動《くどう》科学の創成、行動適応を担う脳神経回路の機能シフト機構、脳内身体表現の変容機構の理解と制御、すべてわからないことだらけなのだ」

それまでの沈黙が嘘のように、牧雄は饒舌《じょうぜつ》に語り始めた。それは読経のようであり、呪文のようでもあった。ほかの者の様子から、ひとたび彼が研究について語り始めたら、いつもこうなるのだということは伯朗にもわかった。

「牧雄さん、牧雄さん、ま、き、お、さーん」波恵が珍しく大きな声で呼びかけ、さらにはフォークを持った手を伸ばし、牧雄の前にある皿をかんかんかんと叩いた。

それでようやく牧雄の口は止まった。きょとんとした顔で波恵を見ている。

「その話の続きは、またの機会になさったら？　今日はほかに大事なことも話し合わなければならないから。それに料理もまだ残っているし」

牧雄は波恵の顔を見つめ、楓の顔に視線を移し、最後に皿に目を落とした。

「そうしよう」フォークとナイフを取り、黙々と肉を食べ始めた。

安堵の空気が流れた。伯朗も、ほっとしていた。あの講釈を延々と聞かされたらたまらない。

しかし頭に引っ掛かるものがあった。泰鵬大学医学部なら、康治と同じだ。そして楓の話によれば、康治はサヴァン症候群に関する研究をライフワークにしていたらしい。牧雄が脳のメカニズムを研究しているのなら、何らかの繋がりがあったのではないか。

もっとも、仮に繋がりがあったにせよ、どうということはないのだ。伯朗には関係がないことだし、明人の失踪に関わっているとも思えなかった。だが康治と禎子の出会いに、康治の研究が絡んでいたという話が、伯朗の中で燻《くすぶ》り続けている。だからさらりと聞き流すこともできないのだった。

それに泰鵬大学医学部――。

幼い頃、禎子に連れられて一度だけ行ったことがある。そこで目にしたものを伯朗は忘れられないでいる。彼の人生を変えた光景だった。

「というわけで」波恵が楓のほうを向いていった。「矢神の親戚といっても、いろいろな人間がいるの。これからあなたは、こういう人たちと付き合っていかなきゃいけないわけだけど、大丈夫かしら？」

「はい、もちろんです。皆さん、未熟者ですが、どうぞよろしくお願いいたします」楓はわざわざ立ち上がり、腰を四十五度の角度に折った。

「こちらこそよろしく、といいたいところだけど」勇磨が、じろりと波恵を見た。「例の相続の話はどう進める気ですか。肝心の明人がいないんじゃ、どうしようもないと思うのですが」

「大丈夫です。明人君の意向については、あたしが把握しています」楓がいった。

勇磨の目に企みの光が宿った。「ほう、どのように？」

「それは後ほど」楓は、にっこりと笑った。

「皆さん御承知の通り、今日は相続について話し合う予定です。ここでいう相続とは、兄の財産に関することだけではありません。いえ、それは後回しでも構わないのです。まずはっきりさせなければならないのは、父が亡くなった際に曖昧なままだった部分についてです。その中には兄の奥さんだった禎子さんのものも含まれています。それについて意見を伺うために、今日は伯朗さんにも来ていただきました」波恵の言葉を受け、全員の視線が伯朗に向けられた。

よかった、と彼はいった。「ここに座っていることを忘れられてはいなかったようだ」

「気楽に食事できただろ？」勇磨が唇の片端を上げた。

おかげさまで、と伯朗は答えた。

11

話し合いの前にいくつか準備しておくことがあると波恵がいいだし、食事後、一旦解散となった。

「話し合いは三時から応接室で行いましょう。それまでは皆さん、どこにいらっしゃっても構いません。応接室には飲み物などを用意させますので、先に行って待っているということでしたら、それでも結構です」そういい残し、波恵は出ていった。

「わあ、あたし、どこを見せてもらおうかな。大きなお屋敷だし、迷っちゃいそう」楓が両手の拳を胸の前で合わせ、嬉しそうな声を発した。

「よかったら、僕が邸内を案内しようか」すかさず勇磨がいった。「何しろ、高校を卒業するまで住んでいた屋敷だからね。どこにネズミの穴があるかってことまで知っている」

「いいんですか？　じゃあ、お願いしようかな」

「喜んで。僕も君のCA時代の話が聞きたいな」勇磨は椅子から腰を上げた。

楓と勇磨に続き、ほかの者も部屋を出ていった。伯朗は居場所が思いつかず、仕方なくその場に残った。すると同じように残っていた百合華と目が合った。彼が会釈すると、彼女は少し迷った顔を見せた後、「そちらに移動してもいいですか」と尋ねてきた。

「どうぞ、どうぞ」

百合華は立ち上がり、伯朗の向かい側の席に座った。

「俺のこと、覚えてる？」試しに訊いてみた。

彼女は少し首をすくめるしぐさをした。

「申し訳ないんですけど……一緒に遊んだりとかはしなかったですよね」

「たぶんしなかった。謝る必要はないよ。じつは俺だって、君のことを覚えていない。そもそも俺は、こっちの親戚とは親しくなかったし」

「大変ですね。それなのにこんなことに付き合わされて」

「まあ、そうだね。明人に会ったら、文句をいってやろうと思っている」

「アキ君とは電話とかで話をされたんですか？」

「アキ君？」伯朗は眉根を寄せ、百合華を見つめた。「明人のこと？」

「もちろん、そうです」

「少しだけ話したよ。今日のことがあったからね。妻をよろしくと頼まれた」

妻ねえ、と百合華は唇の端を曲げた。

「ほかにはどんなことを？　生活ぶりとか、お聞きになりました？」

伯朗は表情を変えずに首を振った。

「あいつは忙しそうでね、長く話す余裕はなかった。それに君も知ってると思うけど、兄弟といっても俺たちは殆ど付き合いがないんだ。今のあいつがどんな生活をしているのかなんて、興味がないというのが本音だよ」

「そうなんですか……」百合華は明らかに失望の表情だ。

「君は明人とは仲がよかったみたいだな」

そうでなければ、アキ君とは呼ばないだろう。

「かなり。だって数少ない従兄《いとこ》だから。退屈な大人たちの集まりの時なんか、いつも一緒に遊んでました」

「ふうん、そうだったのか」

中学生になったあたりから、伯朗は矢神の親戚の集まりには行かなくなった。そこにどんな人間がいて、どんな出来事があったのか、今も知らないままだ。

目の前にいる女性は、明人にとっては従妹ということになる。自分にとっては何に当たるのだろうと考え、赤の他人以外の何者でもないとすぐに気づいた。

「お互い社会人になって、一時期疎遠になっていましたけど、仕事の関係で再会してから、また一緒に遊ぶようになりました。それぞれの仲間を誘って、スノーボード旅行に行ったりしたこともあります」

「仕事の関係？　君はブックデザイナーだといってたな。明人とはどんな繋がりが？」

「何年か前にアキ君が経営学の本を出版したことがあるんです。その時、本のデザインを私に依頼してくれました。あの本、結構売れたはずですけど、御存じないですか」

「聞いてないな。ＩＴビジネスが成功している上に、副業で書いた本もベストセラーか。嫉妬する気も起きない」

「アキ君とは、彼がシアトルに行くほんの少し前にも会ったんですよ。壮行会ってことで、二人で食事をしたんです」

伯朗はグラスの水を飲もうとしていた手を止めた。

「二人で？　まるでデートじゃないか」

「はい、私はデートだと思っていました。彼は何もしてこなかったけれど」

伯朗は目を見張った。百合華の口調に冗談の響きはない。もし明人が何かをしてきても拒否していなかった、と受け取れる言い方だった。

「君は……その、何というか、明人のことを、ええと」

「従兄妹《いとこ》以上の関係に発展したらいい、発展させたいと思っていました」百合華は真っ直ぐに伯朗を見つめ、きっぱりといいきった。

伯朗は、ふうーっと息を吐いた。「率直で大胆だね」

「いけませんか」

「いや、大いに結構だと思うよ。しかしまあ明人が君に手を出すはずはなかったわけだ。その時点ですでにあいつには、楓さんという女性がいたんだから」

「そういうことだったんでしょうね。アキ君、恋人がいるなんてこと、私には一言もいわなかったんですけど」

「照れ臭かったんじゃないか」

「シアトルに行ってからも、時々メールのやりとりをしました。帰国したら、また何か食べにいこうなんて書いてくれてたけど、結婚したことは知らせてくれなかった」

「親にさえ黙ってたんだから、君にだけ知らせるわけにはいかなかったんだろう」

「今回、波恵伯母さんからアキ君が結婚したって聞いて、びっくりしてすぐに彼にメールを出したんです。本当なのって。でも返事は来ません。無視されています」

それはそうだろう、と伯朗は思った。楓のメールにさえも返信がないのだ。

「ばつが悪いんだろう」とりあえず、そういい繕った。

「彼の電話番号は御存じなんですよね。教えてもらえませんか」

「君は教わってないのか」

「聞いている番号はあるんですけど、何度かけても繋がらなくて」

「番号は変わってないはずだ。何か事情があって、電話に出られないんだろう」伯朗は平静を装って答えた。

百合華は得心のいかない様子で首を横に振り、ため息をついた。

「あんな女と、どこで知り合ったんだろ。何か聞いてます？」

伯朗は苦笑した。「馴れ初めなんて聞きたくないんじゃなかったのか」

「本人の口から自慢げに語られるのを聞くのが嫌だったんです。どうせ話を盛ってるだろうし」

「俺が聞いたのは、自慢話というほどのものではなかったな。バンクーバーの寿司屋で隣同士になったのがきっかけらしい」

楓から聞いた話を、伯朗がかいつまんで説明すると、百合華は面白くなさそうな顔で、ふうん、と鼻を鳴らした。「どこがよかったんだろ、あんな女の」

身体じゃないか、といいたくなるのを伯朗は堪えた。「さあねえ」

「おかしいなあ。あんな軽い女に引っ掛かるようなタイプじゃなかったのに、アキ君は」釈然としない表情で百合華は首を傾げる。

「あいつの好みまで知っているのか」

そこそこは、と百合華は自信ありげにいった。

「共通の飲み友達の中に彼のことを好きになった子がいて、ずいぶんと積極的にアタックしたみたいなんです。際どい内容のメールを送ったり、二人きりで会おうとしたり。雑誌のモデルをやってたこともあるぐらいだから、スタイルは抜群だし、顔も美人でした。私なんか気が気じゃなかったんですけど、とうとうアキ君がなびかなかったのでほっとしました。その時のことを後になってアキ君に確かめたら、自分を安売りする女性には興味がないんだといってました」

もったいない、という言葉を伯朗は呑み込んだ。「理想が高いんだな」

「そうでなきゃ、きりがなかったんだと思います。次から次と変な女が近づいてくるわけだし」

苦々しく話す百合華の唇を伯朗は見返した。「あいつ、そんなにもてたのか」

「もてましたよ。だって、ルックスはいいし、頭がよくて話は面白いし、何より高収入なんだから。誰だって、結婚したがると思いませんか」

「まあ、そうかもな……」

つい先程、嫉妬する気も起きないといったばかりだが、まるっきりの嘘だった。なぜあいつばかりがそんないい目に、と伯朗の胸の内では妬《ねた》みの炎が盛大にゆらめいている。

「南青山のマンション、行かれました？」

「先日、行ってきた」伯朗は答えた。「たまげた」

「私も一度だけ行きました。建物はホテルみたいだし、部屋はとんでもなく広いし、びっくりしちゃいました。家賃、百二十万円ですって」

さらりと百合華が口にした数字に、伯朗は目眩がしそうになった。「百二十……」聞きたくない、聞いてはいけない数字だった。

「あの女だって、絶対にお金目当てに違いないんだ。さっきなんて殊勝そうにしてたけど、お腹の中じゃ舌を出してるに決まってる。どうだ、うまいことやっただろうって、内心威張《いば》りたい気持ちでいっぱいなんだ」百合華の言葉遣いが乱暴になってきた。

「そういう決めつけはよくないよ」

「いいえ、そうに決まってます」百合華が険しい目を向けてきた。「胸が大きくて、自分のことを美人だと思ってる女は大抵そう。元ＣＡだか何だか知らないけど、勤務中だろうが休日だろうが、金持ちの男を捕まえてやろうと虎視眈々《こしたんたん》と狙ってたに違いないんです」

どうやら百合華は自分の胸の大きさには自信がないらしい。

「でもさっきの君の言葉を借りるなら、楓さんは自分を安売りはしなかった、ということにならないか。明人はそんな女には惹かれないはずなんだろ？」

「そうですけど……」

反論が思いつかないのか、百合華は下唇を嚙んで伯朗から視線をそらした。それから、あっ、というように口を開いた。

彼女が窓のほうを向いていたので、伯朗もそちらを見た。庭を二人の男女が歩いている。真っ赤なスーツの楓と、黒いジャケットを羽織った勇磨だ。庭に植えられた木々を指し、勇磨が何かしゃべっている。ジョークでも交えているのか、頷きながら話を聞く楓の顔には明るい笑みが広がっていた。

「やけに楽しそうだな」

「子供の頃に木登りをした時のことでも話してるんじゃないですか」百合華が冷めた口調でいった。「父親に見つかって叱られたけど、その時、高いところが好きなら、もっと勉強して人の上に立つ人間になれとはっぱをかけられた、それがその後の自分の道を決めた、とか」

伯朗は驚いて彼女の横顔を見た。「具体的だな」

「何度も聞かされてますから。あの人、女性を口説く時には、そういうことを話すんです。とにかく昔から女性には手が早いんだから」

へえ、と頷いてから、伯朗は何度か瞬きした。「君も口説かれたのか？」

百合華は小さく肩をすくめた。「さあ、どうでしょう」

「そうか。彼は養子だから、君とは血の繋がりはないわけだ」

彼女の端整な顔が伯朗のほうを向いた。「ありますよ、血の繋がり」

「えっ、でも……」

「勇磨さんも、れっきとしたお祖父《じい》ちゃんの子供です。ただし、うちの母とは母親が違うけど」

「そうなのか。じゃあ、康之介氏の三番目の奥さん？　いや、それじゃあ実子だ。養子ってことにはならないな」

戸惑いを示した伯朗を見て、百合華は楽しそうに笑みを漏らした。

「勇磨さんが生まれた時、母方の祖母がお祖父ちゃんの奥さんでした。つまり勇磨さんは、お祖父ちゃんの浮気相手、要するに愛人に産ませた子です」

「そういうことか。非嫡出子《ひちゃくしゅっし》ってわけだ」

康之介が外に愛人を作っていたとしても少しも不思議ではなかった。

「男の子だったことで、お祖父ちゃんは喜んじゃったみたい。幼稚園までは養育を愛人に任せてたけど、どうしても自分の手元に置いて育てたくて、小学校に上がる頃から、この家に住まわせることにしたそうです。よくお祖母《ばあ》ちゃんが許したなと思うけど、それぐらい独裁者だったたってことでしょうね、お祖父ちゃんは」

「勇磨氏のことはわかった。じゃあ、隣にいた女性は？　佐代さんといったかな。彼女も康之介氏が外に作った子供なのか」

伯朗が訊くと百合華は唇の片端だけを上げ、ふふん、と妙な笑い方をした。

「お気づきになりませんでした？　勇磨さんとあの人を見て」

意味がわからずに伯朗は首を捻った。すると百合華は、「あの二人、似ていると思いません？

目元のあたりとか」といった。

姉弟という意味かと考え、そんなわけはないと思い直した。歳が離れすぎている。

あっと気づいた。「まさか……」

「その、まさか、です」百合華は続けた。「お祖父ちゃんの愛人――勇磨さんを産んだのが、あの人です」

伯朗は椅子の背もたれに身を預けた。「何という家だ」

「もちろん、養子縁組の手続きがされたのは、お祖母ちゃんが死んでからですけどね。さすがの独裁者も、妻が存命中に愛人を養子にするのは遠慮したみたい」

「目的は遺産相続か。つまり愛人やその子にも財産を残してやりたかったというわけだ」

「そうだと思うんですけど、だとすれば奇妙なことが」

「どんなこと？」

それは、といいかけて百合華は小さく首を振った。「この後すぐにわかると思います」

勿体をつけられ、もやもやとした思いを抱えたまま、再び庭に目をやった。相変わらず並んで話していた楓と勇磨が歩きだした。その際、勇磨の手が楓の背中に回された。

あの野郎――伯朗は腹の中で毒づいた。

ぎっと背後でドアの開く音がした。伯朗が振り返ると、波恵が入り口に立っていた。

「話し合いの準備が整いました。三時まで少し時間がありますが、始めてはどうかと思いまして」

「俺は構いませんよ」そういって腰を上げながら、伯朗はもう一度庭の二人を睨みつけた。

12

食事時と同じ顔ぶれが揃ったのは、伯朗にとって特別な思い出のある部屋だった。大理石のテーブルを囲んで黒革のソファが並んでいる。

初めてこの屋敷につれてこられた時、まず通されたのがこの部屋だった。禎子が康治の両親に挨拶している間、一人で待っているようにいわれた。実際には庭から勇磨が入ってきて、一人きりにはならなかったのだが。

伯朗はソファの表面を撫でた。あれから三十年が経つ。上質だった革のカバーも、ずいぶんとくたびれていた。

サイドテーブルの上に飲み物の用意がされていた。ワインやウイスキーなどもあるが、どうやらセルフサービスらしい。伯朗はウーロン茶をグラスに入れた。

席順は先程と違って、ばらばらだ。楓と勇磨が角を挟んで並んでいる。伯朗は二人と対角に位置する席に腰を下ろした。

「さて、まずはおさらいから始めましょう」波恵が持っていたファイルを開いた。「父、康之介が亡くなったのは、今から二十年前です。顧問弁護士に預けられていた遺言状の内容が明かされたのは、初七日の夜でした。ここにいる大半の方が同席されていたから、その時のことはよく覚えておられると思います」

もう二十年になるのか、と伯朗は振り返った。康之介が死んだという知らせを受けた時、すでに伯朗は独り暮らしを始めていた。大学の勉強が忙しいという理由で、通夜にも葬儀にも出なかった。もちろん、初七日にも。だから遺言状のことなど何ひとつ知らない。禎子からも聞いていない。

「忘れたくても忘れられないわよねえ」祥子がいったが、誰に向かっての台詞なのかはわからない。

「遺言状の内容は」波恵は異母妹の言葉を無視して続けた。「康之介の個人資産はすべて矢神明人に譲る、というものでした」

ウーロン茶を口に含んだばかりだった伯朗は、思わず吹き出しそうになった。

楓を見たが、彼女は落ち着いた様子だ。「その話なら」と口を開いた。「明人君から聞いています」

隣で勇磨がにやにやした。「何しろ、天下の矢神家の跡取りだ。財産をたっぷり残してやろうと思ったんだろう」

「でも実際には、明人君はまだ何も受け取っていないわけですよね」

「そう、いろいろと事情があったのです。そのことも明人から聞いていますか」波恵が訊いた。

「ある程度は」

「そうですか。でも一応、お話ししておきましょう。まずこの遺言に対し、異論が出ました。いいだしたのは、ほかならぬ兄の康治です。言い分は二つ。一つは、父の子供には等しく相続権があるべきだ、というもの。そしてもう一つは、まだ小学生の明人に全財産を任せることなど非常識だ、というものでした。最初の問題については解決策があります。遺産相続には遺留分というものがあり、遺言状の内容がどうであれ、法定相続人には最低限受け取れる額が決められています。父には配偶者がおりませんでしたから、法定相続人は子供のみです。その場合、全財産の半分が遺留分です。子供は、実子と養子合わせて六人ですから、それぞれの遺留分は全財産の十二分の一ということになります」

「その話を聞いた時、ずいぶんと刻まれるもんだなと思ったわ」祥子がいった。「でも分母が大きければ、それなりの金額にはなるわけだけど」

「分母というと？」楓が首を傾げる。

「もちろん親父の個人資産の総額だ」勇磨が口元に意味ありげな笑みを浮かべ、話の続きを促すように波恵を見た。

波恵は深呼吸を一つしてからファイルに目を落とした。

「御承知の通り、父は医療法人『康親会《こうしんかい》』の理事長でした。『康親会』は、矢神総合病院や介護老人保健施設『矢神園』など、六つの事業を行っていました。しかし専門家に精査してもらったところ、いずれも極めて深刻な経営不振に陥っており、早急に解体もしくは整理する必要があることが判明しました。最終的に、銀行から融資を受けられた矢神総合病院と、隆司さんの会社が引き継いでくださった『矢神園』を除いて、四つの事業は閉鎖されました。その過程で、父の資産はかなり目減りすることになりました。かつては百億円近くあったはずですが、その十分の一以下だったことは皆さんも覚えておられると思います。しかもその半分近くが、この屋敷を含めた不動産でした。そこで兄は一つの提案をしました。屋敷などは将来明人に譲るという前提で、名義は父のままにしておく。そして、とりあえず現金だけを子供たちで分けようというものでした」

「私は辞退させられましたけどね」祥子は不満そうな声を出した。

「それはいいだろう、もう。『矢神園』を引き継ぎたいといったのはうちなんだから」隣の隆司が宥《なだ》めるようにいった。

「でもそれなら、辞退すべきだった人がもう一人いるんじゃないかしら。お父さんが生きている時に散々援助してもらった人が、遺産まで涼しい顔で受け取るっていうのはどうなのよ」

「それはたぶん私のことをおっしゃってるんだと思いますけど」ここまで沈黙を保っていた佐代が口を挟んだ。「援助を受けたということなら、皆さんだって同じではないでしょうか。育ててもらったし、学費だって出してもらったでしょ？　金額にすれば似たり寄ったり……いいえ、きっと皆さんのほうがはるかに多いんじゃないかしら」祥子とは目を合わさずにいい、白ワインのグラスを傾けた。

「学費と銀座に店を出すお金を一緒にしてもらっちゃ困るわね」

「あら、どちらも同じお金じゃありませんか。どう違うんでしょうか」

「あなたねえ」

まあまあ、と隆司が妻の肩を叩いた。「そのへんにしておきなさい。話が進まない」

「いずれにしても話し合いで決めたことです」波恵がいった。「今さらつべこべいうのは筋が通りませんよ」

夫や姉から責められ、祥子は不承不承といった様子で黙り込んだ。

「祥子の辞退によって、それぞれの取り分は現金資産の五分の一ということになりました。その金額については、ここで申し上げるまでもありませんね」

「渋谷に少々贅沢なカフェバーを作ったら、あっという間に消える額だと思ってくれたらいい」勇磨が楓にいった。

「そういう経緯があったので、その時点では明人は何も相続しなかったのです。でもこの家の相続権は明人にあります。それについては同意書を交わしており、兄が保管しているはずです。兄は明人が一定の年齢になれば、責任を持って詳しく説明するといっておりました。以上の話で、楓さんのほうに何か疑問はありますか」

波恵が確認すると、いいえ、と楓は答えた。

「明人君から聞いている話も、大体そんなところです。彼はお義父様から、高校生の時に説明を受けたといってました」

つまり、と勇磨が楓のほうを向き、ウイスキーの入ったロックグラスを回した。

「君たちはいつでも、この屋敷に移り住めるわけだ。売り払ってもいい。ただしその時には、住んでいる人に出ていってもらわなければならないけどね」グラスの中の氷が、からからと音をたてた。

「私のことなら御心配なく。いつでも出ていきます」波恵は淡泊な声でいい、皆を見回した。「ここまでで、何か質問は？」

全員が黙っているので、「では話を続けます」と波恵はいった。

「これまた御承知の通り、兄はもう長くありません。兄が亡くなれば、当然明人が遺産を引き継ぐわけですが、その前に父の遺産を整理しておく必要があります。父が死んだ時に分配しきれなかったものについてです。父が死んだ時に自分は現金を受け取ったのだから、残りすべてを明人に譲るということなら問題はありません。でもそうでないという方もいらっしゃると思いましたので、本日はリストを用意いたしました。財産目録のうち、この屋敷と、すでに現金化して相続を終えたものを除いたものです」

波恵はファイルの中から、A４サイズの書類を綴《と》じたものを出してきて、皆に配った。本来無関係な伯朗の分も用意してあった。

それを見て、思わずため息を漏らした。さすがはかつては栄華を極めた矢神家の当主だ。掛け軸や壺、絵画といった品々がずらりと並んでいる。金の仏像なんていうものまであった。推定価格が記されているが、百万単位の品がいくつもある。

「こんなにあったのねえ。全然知らなかったわ」祥子が眉をひそめていう。「お父さん、いつの間にこんなものを集めてたのかしら。柄にもなく骨董品とか美術品なんかを買ってると聞いたことはあったけど、これほどとは思わなかった」

「たぶん八〇年代後半じゃないか」隆司がいった。「所謂《いわゆる》、バブル景気の頃だ。投資目的で、骨董品や海外の名画を買い漁る連中が増えた。どこかの会社がゴッホの絵を数十億円で落札したこともあった。お義父さんもその感覚で、いろいろと手を出したんだと思うよ」

「おっしゃる通りで、当時の記録を調べましたところ、投資担当者なる者が何名かいたようです。その者たちが、片っ端から手を出したようで。今となっては、ずいぶんと損をしたのだと思われます」波恵がいった。

「当時は同じような失敗をした人が、私の周りにもたくさんいました。で、これらの品々はどこにあるのですか」

「父の書斎の隣にある書庫に保管してあります。あの部屋には貴重な古書などもあるため、年中、一定温度、一定湿度に保たれており、絵画や掛け軸などの保管にも適しているからです。もちろん、年に何度かは私が箱から出し、風を通しております」

「姉さんは、こういうものの存在を知っていたわけね」祥子が恨めしそうにいった。

「父から保管係を任されていましたからね。その際、迂闊に口外するなといわれました」

「せめて父さんがなくなった時に、教えてくれたらよかったのに」

「康治兄さんが、とりあえず皆には黙っていろと。父親の遺言状のせいで相続が複雑になっているだけに、これ以上話を難しくさせたくないと思ったようです。私も同感でした」

「たしかに話がややこしくなった」勇磨が書類をテーブルに放り出した。「ざっと計算しただけでも、一億円以上はある。これをどう分配するか、難しいな。全部売り払って、遺言通り半分を明人が取り、残りを我々で分けるというのなら話が早いが」

「それは無理でしょ」佐代がぽつりといった。「コレクションとして持っていたい人もいるかもしれない。それに何より、明人さんの意見を聞かないと」

「ちょっと訊きたいんですけど」祥子が手を上げた。「この議論に、うちが加わる意味があるのかしら。『矢神園』を引き継いだことで、残りの遺産は一切放棄しなきゃいけないってことなら、私たちがここにいること自体、意味がないと思うんですけど」

「それについても明人の意見を聞かなければならないでしょうね」波恵はいった。「ただ私の個人的な意見をいわせていただければ、二十年前、あなたがたは『矢神園』を受け継ぎ、ほかの者は現金を受け取ることで、損得なしと話がつきました。つまり現時点では再び同じスタートラインについているわけですから、あなた方にも議論に加わっていただく必要があると思います」

祥子は満足げに大きく首を縦に動かした。「それを聞いて安心したわ」

「だとすると、話が違ってくるなあ」隆司が呟きながら顎を撫でた。「そのお宝というのを、この目で見ておきたくなる。いやまあもちろん、私自身には相続権などないわけだが」

「あなた、そういうのにわりと詳しいものねえ」

「詳しいってほどじゃないが、一時期少し凝っていたこともある。ずいぶん前の話だが」

だったら、と波恵がいった。「今から皆さんに見ていただきましょうか」

「それはいい、僕も興味がある。楓さんはどうだ？」

勇磨の言葉に、「あたしも是非」と楓が声を弾ませた。「お祖父様がどんな趣味をお持ちだったのかも知りたいし」

「私は見なくていい。興味ないから」百合華が立ち上がった。「元々、遺産のことなんてどうでもよかったの。私には相続権なんてないし」

「だったら……」佐代が何かをいいかけてやめた。何のためにやってきたのか——そう続けたかったに違いない。

「会っておきたかっただけ。アキ君のお嫁さんに」

百合華は挑むような目を楓に向けたが、赤いスーツ姿の新妻は、「お会いできて光栄です」と、にこやかに頭を下げた。

「私も結構だ」牧雄が仏頂面でいった。「そんな骨董品やら美術品やらになんぞ興味がない。私の取り分は放棄する。好きなようにしたらいい」

「あなたも楓さんに会いたかっただけですか」勇磨が訊いた。

牧雄は、ぎょろりとした目を上げた。

「私が来たのは、兄貴の遺品を確認したかったからだ」

「遺品？」波恵が眉尻を上げた。「縁起でもない。康治兄さんは、まだ生きているのよ」

「さっき、もう長くないといったじゃないか」

「そうだけど、遺品なんて言い方……」

牧雄は煩わしそうに激しく首を振った。

「言い方なんかどうでもいい。兄貴が死んだ後、兄貴の所有物がどんなふうに扱われるのか、それを確かめたくてやってきたんだ。とっくの昔に死んだ父親が道楽で集めていたものを見ているほど、私は暇ではない」

「馬鹿じゃないの。兄さんが死んだら、兄さんの遺産は全部明人君のものになるに決まってるでしょ」祥子が呆れたようにいった。

するといった牧雄は苛立ったように頭を掻きむしった。

「遺産のことはいってない。所有物といっておるだろう。兄貴が所有していたからといって、兄貴のものだとは決まっておらん」

「そう、それも大切な問題です」波恵がいった。「だから余計、牧雄さんも一緒に来たらいいと思います。というのは、知っての通り、兄のマンションはすでに引き払い、すべての荷物はこの屋敷に運び込まれているからです。あなたが兄のどんな所有物を見たいのかは知りませんが、日用品や衣類などを除き、殆どすべての品は父の遺品と共に書庫にあります」

牧雄のぎょろ目に血管が浮いた。「資料や書物もか」

「そうです」

ならば、と牧雄は勢いよく椅子から立ち上がった。「見せてもらおうか」

波恵の顔が伯朗のほうを向いた。

「そういうわけですから、伯朗さんも是非一緒にどうぞ。運び入れた荷物の中には、禎子さんのものも含まれております」

「見せてもらわないわけにはいかないようですね」そういってウーロン茶を飲み干した。

全員で応接室を出て、廊下を移動した。楓は皆より少し遅れている。伯朗は横に並んだ。

「妙な展開になってきた」彼女の耳元でいった。

「そうですか。あたしは楽しんでますけど」

「康之介爺さんの遺産相続について、君がそこまで把握しているとは知らなかった」

「明人君から聞きましたから」

「驚いたな。全財産とは」

「でも明人君は、まだ何も受け取っていません。すべてはこれからです」

「明人が矢神家の人間を信用しない根拠はこれかもな。つまり遺産絡みだ」

しかし楓は答えなかった。肯定しているようであり、そんな単純な話ではないと否定しているようでもあった。

13

書庫は屋敷の二階にあった。波恵がドアを開けた。「どうぞ」

ほかの者に続いて、伯朗たちも中に入った。

室内を見渡し、息を呑んだ。三十畳はあろうかと思われる部屋に、天井まで届く棚がずらりと並んでいた。棚の幅や奥行きは様々で、書物の並ぶ棚もあれば、美術品が収められていると思しき箱を並べた棚もある。

「これ、見せてもらってもいいですか」何かを目ざとく見つけたらしく、隆司が棚を指差した。そこには高さが四十センチほどの桐の箱が置かれている。

「ちょっと待ってください」

波恵は、そばの引き出しを開けると、白い手袋を出してきた。

「扱いには気をつけてください」そういって手袋を隆司に差し出した。

もちろんです、といって隆司は手袋を受け取った。

部屋の中央にある長机に箱を置くと、隆司は慎重な手つきで箱を開けた。おお、と小さく声を漏らし、中のものを取り出した。

それはやけに派手な配色の壺だった。表面には亀の甲羅のように六角形が並んでいて、その一つ一つに鶴や亀、花などが描かれている。

「古伊万里《こいまり》だ」隆司が独り言のようにいった。「こいつはお宝だぞ」

「そうなの？」横から祥子が訊く。

「よく見ろ。六角形の枠が立体的だろ？　こういうのを作るのは難しいんだ。焼いた時に割れる率が高いからな。安く見積もって二百万。いや、三百万はするかもしれないな」

「三百万っ」祥子は棚に目を向けた。「同じような桐の箱が、まだいくつもあるわ」

「さっきのリストによれば、古伊万里だけでもまだ五つ六つあった。全部がこのレベルの品物だとしたら、それだけでも一千万は下らないだろうな」

へええ、と祥子が表情を輝かせた。

「このケースは何だろう」そういって勇磨が別の棚を指した。その手には、すでに手袋が嵌められている。

彼は棚の上の平たいケースの蓋を開け、なるほど、と頷いた。

「何だね」隆司が壺を箱に戻しながら訊いた。

勇磨はケースごと持ち上げ、皆に中のものを見せた。そこに並んでいるのは時計だった。十数個ある。腕時計もあるが、半分以上は懐中時計だった。

おう、と隆司が声を上げた。「アンティーク時計か。なかなかのコレクションだ。特に右端の懐中時計がいい。十八金らしいな」

「ヨーロッパ旅行に行った時、彼が自分で買ったものです」佐代が説明した。「たしか二百万円ほどしたんじゃなかったかしら」

彼、というのは康之介のことらしい。

「お父さんがヨーロッパ旅行に行ったのは、お母さんが病気で寝たきりになっている時だったわ」祥子が佐代を睨みつけながらいった。「仕事だとかいってたと思うけど、ふうん、あの時あなたも一緒だったのね」

佐代は答えず、ただ薄い笑みを浮かべているだけだ。内心では、何を今さら、と思っているのだろう。

かたん、と物音がした。見ると、牧雄が額に入った絵を眺めているところだった。そばには段ボール箱がいくつも積み上げられている。

「ははあ、絵画ですか。誰の絵かな」隆司が近づいた。

「これはあんたとは無関係だ」絵に目を落としたままで牧雄はいった。「父のものではない。兄貴のものだ」

「その通りです」波恵がいった。「さっきお話しした、兄の部屋から持ち込んだものです」

「そうなんですか。義兄さんが絵を集めていたとは知らなかったな」

「残念ながら、あんたが期待するような価値は、この絵にはない。私のことはほうっておいてくれ」

牧雄に冷淡にいわれ、隆司は肩をすくめて皆のところへ戻ってきた。

「父が集めた絵画は、別の場所にまとめてあります。御案内します」そういって波恵が移動を始めた。

皆が彼女の後に続いたが、伯朗は牧雄に近づいていった。絵を後ろから覗き込み、はっとした。そこに描かれていたのは、複雑に交差する無数の曲線だった。コンピュータを使ったのかと思うほどに精緻《せいち》だが、間違いなく手描きだった。

「それは何ですか」伯朗は尋ねた。

「君にも関係がない」牧雄は素っ気なく答えた。

「もしかすると、サヴァン症候群患者が描いたものでは？」

牧雄は額を置き、振り返った。「なぜ、君が知っている？」

「やっぱりそうだったんですか」

「なぜ、知っている？」牧雄は同じ質問を繰り返した。

「明人から聞いたことがあるんです。康治氏はサヴァン症候群について研究していて、患者たちの作品を収集していたって」

牧雄は警戒する目を向けてきた。「ほかにはどんなことを聞いた？」

「康治氏は、俺の実の父親もサヴァン症候群だったのではないかと考えていたらしいです。それについて、あなたは何か御存じではありませんか」

牧雄は何かを観察するような目を伯朗に向けてきた。

「君の父親のことなど、何も聞いておらん」

「本当ですか」

「本当だ。それより君は、ほかにどんなことを明人から聞いた？」

伯朗は首を振った。「康治氏の研究については、それだけです」

そうか、と牧雄は小さく頷いた。

「あなたはなぜ、康治氏の所有物に関心があるんですか」

「君がそれを知る必要はない」牧雄はそばの段ボール箱を開け、中を調べ始めた。

「そういうわけにはいきません。さっき、波恵さんがいってたでしょ。康治氏の荷物の中には、俺の母のものも含まれています。あなたよりも先に調べる権利があるんじゃないでしょうか」

「それをいうなら、あたしのほうがもっと先だと思うんですけど」後ろから声が聞こえてきた。楓だということは振り返らなくてもわかる。

彼女は伯朗のすぐ隣に来た。香水の甘い匂いが、ふわりと鼻孔を撫でた。

「あっちはどうなった？　素人鑑定団たちは？」

「浮世絵が何点か見つかりましたけど、本物かどうかでもめています」

「本物ならいくらだ？」

「隆司叔父様によれば、総額で一千万円ぐらいではないかと」

「古伊万里の壺で一千万、浮世絵で一千万か。しかもそれを飾るんじゃなくて、しまい込んでるんだもんな。金持ちの道楽ってのは理解できないな」

「そんなことより、話を戻しましょう」楓が伯朗と牧雄とを交互に見た。「お義父様の相続人は明人君だけです。そしてあたしは彼の妻であり代理人。お義父様の荷物を最初に確認する権利は、あたしにあるはずです」

「たしかにそれが筋だ」

伯朗の言葉に、ありがとうございます、と楓は微笑んだ。

牧雄がじろりと睨んできた。「君たちは字が読めんのか」

「はあ？」

「これを見なさい」牧雄は段ボール箱の側面を指した。そこには『資料・ファイル類』と記されている。「この箱に入っているのは兄貴の研究に関するものばかりだ。君のお母さんのものなど混じっているわけがないし、明人が相続する類いのものでもない」

「そんなの、見てみないとわからないじゃないですか」伯朗はいった。

「そうですよう。どっちにしても、叔父様だけが勝手に見るのは反則だと思います」

牧雄はげんなりしたような顔で頭を掻きむしり、腕組みした。「私には権利がある」

どうしてですか、と伯朗と楓が同時に質問した。

「かつて私は兄貴の共同研究者だったからだ。君がさっきいったサヴァン症候群に関する研究だ。若い頃、ずいぶんと手伝った。したがってここにある研究資料の何割かは、私のものでもあるのだ」

牧雄の言葉に二人は黙り込んだ。その話が本当ならば、反論できなかった。

自分の言い分が通ったと確信したらしく、牧雄は口元を曲げ、ふふん、と鼻を鳴らした。

「納得したのなら、私の邪魔をしないでもらいたい。段ボール箱はほかにもある。兄貴の研究に関係のない箱なら、開けるなり調べるなり勝手にやってもらって結構だ」そういうと牧雄は再びそばの段ボール箱に向かった。

伯朗は変人学者の横顔を見つめて訊いた。「動物実験も手伝ったんですか?」

牧雄が手を止め、じろりと伯朗を見返してきた。「何だと?」

「動物実験です。康治氏の研究を手伝ったというのなら、知らないはずがない」

「……動物実験のことも明人から聞いたのか」

伯朗は首を振った。

「あいつは知らないと思いますよ。俺だって、ほかの人間に話したことはありません。何しろ、とても嫌な思い出ですからね」

牧雄が警戒心の籠もった目をした。「見たのか」

「この目でね。まだ小学生の時だった。明人は生まれていなかった。さあ、質問に答えてください。あなたは動物実験も手伝ったんですか」

牧雄の大きな黒目が不安定に揺れた。この人物が初めて見せる動揺らしき反応だった。

「科学の発展のためには」徐《おもむろ》に口を開いた。「何かを犠牲にしなければならないこともある。それが動物の命という場合もある。どうせ保健所で始末される命なら、人類のために役立てたほうが有意義だ」感情を殺した、抑揚のない口調だった。

「その台詞の九十九パーセントは人間の身勝手な言い訳だ」伯朗は手を横に払った。「邪魔をしましたね。どうぞ作業を続けてください」

牧雄は何かいい返したそうな顔をしたが、そのまま段ボール箱のほうを向き、何やらぶつぶつと呟きながらファイルやら書類やらを取り出し始めた。

「何のことですか」楓が伯朗の耳元で訊いた。「動物実験って」

「後で話す」伯朗は答えた。

額縁の絵に、改めて目を落とした。心が引き込まれる感覚があった。あの絵に似ている、と伯朗は思った。一清が最後に描いていた絵だ。いや、絵自体はまるで違うのだが、心に訴えかけてくるものに共通した雰囲気がある。

不意に思いついて、ポケットからスマートフォンを出した。カメラモードにして、絵を写真に収めた。牧雄が不愉快そうに睨んできたが、何もいわなかった。

伯朗さん、と背後から声をかけられた。波恵だった。「禎子さんの荷物を見ましたか」

「これから見ようと思っていたところです。でも、どこにあるのかわからなくて」

するとと波恵は段ボール箱の山に歩み寄り、一つを指差した。「これです」

それはほかのものより、少し小ぶりの箱だった。側面ではなく上部に紙が貼られていて、『禎子さん』と書かれていた。

抱えてみると、ずしりと重かった。伯朗は少し離れた場所まで運び、蓋を開けた。

一番上に置いてあったのは、四角くて平たいケースだった。開けてみて、はっとした。指輪やネックレスが収められていた。

「お義母様のアクセサリーケースのようですね」楓が横から覗き込んできた。

禎子は決して派手なタイプではなく、出かける時でも、あまりアクセサリーを付けなかった。ケースに入っているのは、真珠のネックレスや珊瑚《さんご》の指輪といった、比較的地味なものが多かった。

金のシンプルなデザインの指輪があった。見覚えがあったので、リングの内側を見た。思った通りだった。日付が印刻されていた。

「結婚指輪？」

楓の問いに伯朗は頷いた。「二度目のね」

彼が次に手にしたのは、二本の銀色の指輪だった。同じデザインだが、大きさが少し違っている。どちらにも内側に同じ日付が印刻されていた。伯朗が生まれるより、ずっと前の日付だ。

「それが……」

「一度目の結婚指輪だ。大きいほうが親父のもので、小さいのがお袋のものだ」吐息を漏らし、ケースに戻した。「こんなものを残しているとは思わなかったな」

絵筆を持つ一清の手に指輪が嵌められていたかどうか、伯朗には記憶がなかった。ふだんは付けていなかったのではないか、という気がする。仮にそうであったとしても、禎子は亡き夫の一部として、この指輪を大切に保管していたのだ。

禎子自身は、いつまでこの銀の指輪を嵌めていたのだろうか。康治と出会った時には、もう外していたのか。母親の薬指の指輪が、どのタイミングで銀色から金色に変わったか、伯朗は思い出せなかった。

その金の指輪が二本の銀の指輪と並べられていることに、奇妙な感慨を覚えた。ここに金の指輪を入れたのは康治だろう。妻のかつての結婚指輪と一緒に収める際には、複雑な思いが去来したに違いない。

アクセサリーケースを脇に置き、段ボール箱の中を調べた。次に手に取ったのは古いアルバムだった。茶色の表紙に、かすかに見覚えがあった。

開いてみて、どきりとした。裸の赤ん坊が写っている。伯朗にほかならなかった。

「家族のアルバムというのは」隣で楓が呟いた。「大抵、最初に生まれた赤ん坊の写真から始まるものです。うちもそうです。最初のページには兄の写真が貼ってあります。そのアルバムと同じように裸ん坊の写真が。手島家はお義兄様の誕生から始まった、ということですね」

「矢神家もそうですよ」そばでやりとりを見ていた波恵がいった。「一冊目のアルバムは兄の写真ばかり。私の写真が出てくるのは、二冊目からです」

「子供のいない家は？」伯朗は訊いた。「彼等にだってアルバムはある」

「それは家族のアルバムではなく、夫婦のアルバムです」楓が答えた。「きっとそのアルバムには、結婚前からの写真も貼られているでしょう。それはそれで素敵なことです」

悪くない回答だと思ったので、伯朗は頷いてアルバムに目を戻した。

ページをめくると、懐かしい世界が次々に蘇ってきた。三輪車に乗っている伯朗、グローブを持って笑っている伯朗、遊園地でメリーゴーランドに乗っている伯朗——。

家族三人で写っているものも何枚かあった。写真の中の父は元気で、表情も豊かだ。禎子は若く、笑顔には幸福感が溢れていた。

愛されていたのだ、と伯朗は実感した。あの時、たしかに自分は愛されていた。あのまま、手島家という家族の一員でいられたらどんなに幸せだったことか。しかし今、その家族は存在しない。

アルバムは、途中から急に時間が飛んでいる。一清は登場しなくなり、伯朗は幼児から児童へと成長していた。一清が病に倒れ、家族写真を撮るチャンスも余裕もなくなったのだろう。

最後の一枚は、蔵前《くらまえ》国技館の前でピースサインを出している伯朗の写真だった。初めて康治に大相撲観戦に連れて行ってもらった時のものだ。伯朗はため息をつき、アルバムを閉じた。

段ボール箱には、ほかにも何冊かアルバムが入っていた。いずれも伯朗には見覚えのないものだった。無作為に表紙がブルーのものを引っ張り出した。

開けると、色鮮やかな赤色が目に飛び込んできた。それらはリンゴだった。大小様々な形をしたリンゴ、カットされたリンゴ、皮を一部剝かれたリンゴが、いくつも並んでいる。

よく見ると写真ではなかった。いや、アルバムに貼られているのは写真だが、実際のリンゴを撮影したものではなく、手描きされた絵を撮ったものだった。脇に、『題　林檎《りんご》　40号』と記されていた。

次のページをめくってみると、そこにも絵を撮った写真が貼られていた。アンティークの柱時計を描いたものだった。時計のガラスカバーには、桜の木が映っている。

どうやらこのアルバムは一清の作品集らしかった。描いた絵を、写真に撮って残しておいたのだろう。

あっと思わず声を漏らした。見覚えのある絵があったからだ。ジャイアンツのマークが入った、ひしゃげた古い野球帽。ひさしには『ＨＡＫＵＲＯ』の文字。題は、『息子』とあった。

「順子叔母様の家で見せていただいた絵ですね」楓も気づいたようだ。

うん、と頷き伯朗はページをめくった。

写真は、百枚以上あった。それだけの作品を一清は描き残したということだ。だが順子の家に、それだけの絵は残っていない。アルバムを見ているうちに、その謎が解けた。何枚かの写真の脇に、題のほかに、絵の号数と価格、そして画商名と思われるものが書き込まれていたのだ。

「お義兄様、この書き込みって……」

「売れたってことなんだろうな」伯朗はいい、首を振った。「売れない画家だとお袋はいってたけど、全然売れなかったわけではなさそうだ」

考えてみれば当然だった。伯朗の記憶の中では、手島家の家計を支えていたのは禎子だが、彼女と結婚する以前も、一清は自活できていたはずなのだ。

自分は手島家のことも、両親のことも、何も知らなかったのだなと伯朗は思った。

アルバムが最後のページになった。そこで眉をひそめた。最後のページには何も貼られていなかったが、明らかに写真が剝がされた形跡があったからだ。

あの絵だ、と伯朗は確信した。一清が死ぬ間際まで描き、とうとう完成しなかった絵だ。実物は見つからず、写真も消えているということか。

どういうことだろう、と伯朗は考えた。誰かが意図的に隠しているとしか思えない。

しかし一つだけ判明したことがあった。絵のタイトルだ。書き込みは、『題　寛恕《かんじょ》の網』となっていた。

寛恕という言葉の意味がわからず、伯朗はスマートフォンを使って調べてみた。寛恕――寛大な心で許すこと、とあった。

伯朗さん、と波恵が声をかけてきた。「その分だと、まだまだ時間がかかりそうですね」

「すみません。急ぎます」

波恵はかぶりを振った。

「久しぶりに母親の遺品と対面したのですから、思い出に浸る時間も必要でしょう。こちらで確認しましたが、その段ボール箱の中のものは矢神家とは無関係のようですから、持ち帰られても結構です。どのように処理するかは、明人と二人で決めてください」

「わかりました」

伯朗がアクセサリーケースやアルバムを段ボール箱に戻していると、誰かが近寄ってくる気配があった。顔を上げると、佐代と目が合った。

「気をつけたほうがいいですよ」彼女は波恵のほうを見て、囁きかけてきた。

「何をですか」

「その箱の中に、禎子さんの遺品のすべてが入っているとはかぎらないということです」

「ほかのどこかに母の遺品があると？」

「あるかもしれません」佐代は唇を殆ど動かさずに続けた。「価値のある何かが」

それはどんなものかと質問しようとした時、波恵が手を叩いた。

「では皆さん、集まってください。そろそろ今後の方針を決めたいと思います」

康之介の美術コレクションを巡って侃々諤々《かんかんがくがく》の議論を戦わせていたと思われる、支倉夫妻と勇磨が戻ってきた。

「鑑定についてはどうなりましたか」波恵が彼等に尋ねた。

「私と勇磨さんが、それぞれ鑑定士を連れてくるということで話が落ち着きました」隆司がいった。

「隆司さんを信用しないわけではないのですが、念のためということで」そういって勇磨は佐代と顔を見合わせた。

「では美術品の評価額は、そのように決めましょう。それらを含め、父の遺産をどうするかを考える必要があるわけですが、ここでいよいよ重要になってくるのが、遺言状における全財産の相続人である明人の意向です。楓さん、それを聞かせていただけるかしら」

波恵の問いかけに、はいもちろん、といって楓は一歩前に足を踏み出した。

「明人君の意向は、次の通りです。喜んで、亡き祖父の遺志を継ぎたい。すなわち、矢神邸及び、それに付随するすべてを相続する。その際、二十年前に支払われた法定相続人への遺留分についても改めて精査を行い、不正がなかったかどうかを確認したい。不正が判明した場合には、直ちに返還を要求する。――以上です」

14

「作り話？　あれは嘘なのか？」ハンドルを操作しながら、伯朗は助手席のほうに視線を投げた。「明人の意向はわかってるとかいってたじゃないか」

楓は、うーん、と唸り声を上げた。

「本当のことをいうと、お祖父様の遺産を相続するかどうか、明人君はまだ迷ってる感じだったんです。責任を負いたくないという意味のこともいってました。でも一方で、矢神家を没落させないためには自分が何らかのものを背負わなきゃいけないのかなあ、とも。だからあんなふうに宣言した可能性もゼロではないと思うんです」

「二十年前の相続について、改めて精査するって話は？」

「あれはあたしのオリジナル。なかなかインパクトがあったでしょ？」

「何がインパクトだ。親戚連中の顔を見ただろ。鬼の形相《ぎょうそう》になってたぞ」

「狙い通りの反応です。皆さん、とにかく明人君自身の声が聞きたいといいだしましたものね。いわなかったのは、牧雄叔父様だけ。祥子叔母様にいたっては、今すぐ国際電話をかけろって、すごい剣幕でした」

「不正なんて言葉を使われたら、頭に血が上りもするだろうさ。まあしかし、その後の君の対応は見事だったと思うけど」

祥子の言葉を受け、わかりました、といって楓はスマートフォンをバッグから取り出し、平然と電話をかけ始めた。もちろん、電話は繋がらない。そのことを皆に告げ、電話を切ったのだった。

「でも今後はどうする？　いつまでも電話が繋がらない、メールにも返事がない、では通用しないぞ」

「そうでしょうね。だから、明人君とはやりとりをしていると説明するつもりです。もしあの中に明人君が失踪中だと知っている人間がいるなら、その人物にはそれが嘘だとわかることになります。そうすれば、きっと何らかの行動に出るはずです」

「たとえば？」

それは、といって楓は息を吐いた。「予想がつきません」

「おいおい、行き当たりばったりの作戦か」

「ある程度は仕方がないです。蛇を出すには藪を突かないと」

「蛇を見つける前に、こっちが八方ふさがりにならなきゃいいがな。それはともかく——」伯朗は咳払いをしてから訊いた。「勇磨と、やけに楽しそうに話していたな。どんな話で盛り上がっていたんだ」

「お義兄様、あの方のことは呼び捨てなんですね」

「いけないか？　そんなことはどうでもいいから、質問に答えろよ」

「いろいろな話です。勇磨さん、矢神家についてあれこれ教えてくださいました。特に父親の康之介氏について詳しく。大物ぶってたけど、実際には裸の王様で、自分の資産が家来たちにいいように食いつぶされていることにも気づかなかったぼんくらだったとか、一度目の奥さんも、二度目の奥さんも、矢神家の財産目当てで近づいてきた性悪女《しょうわる》で、康之介氏が浮気をしようが愛人を作ろうが痛くもかゆくもなかったはずだとか」

「そのぼんくらが愛人に産ませた子供ってのが奴だ。そのことは聞いたか」

「聞きました。お母さんが佐代さんだということも」

「ふうん、自分から白状したか」

隠しておいてもいずれわかることだ。それなら先手を取って打ち明けたほうが潔いとでも思ったのだろう。

「でもぼんくら親父でも、たまにはいいことをいう、それが今の自分を作ったとも」

「ほう、どんなことだ」

「子供の頃、勇磨さんは庭に植えてあるクヌギの木によく登ったそうです。ある時見つかって康之介氏から叱られたけれど――」

「高いところが好きなら、もっと勉強して人の上に立つ人間になれといわれた、だろ？」

「どうして知ってるんですか」

「あいつが女を口説く時に披露する、定番のエピソードらしい」伯朗は自分の口元が歪むのを自覚した。「気をつけたほうがいい」

「何をですか」

「俺の話を――」

聞いてないのか、と伯朗がいおうとした時、着信音が鳴った。ごめんなさい、といって楓がスマートフォンを操作した。

「はい、もしもし……ああっ」声のトーンが上がった。「大丈夫です。今、車の中です。今日はどうもお疲れ様でした……いーえ、こちらこそ何だか厚かましくしてしまってごめんなさい。……ええ、あたしもとても楽しかったです。いろんなお話、とても興味深かったです。……えー、そうですかあ？　またまたそんな。お上手なんだからあ」

しなを作るような口調に、伯朗は落ち着いて運転に集中できなくなってきた。相手は誰だ、と考えるまでもない。噂をすれば、とはこのことか。

「……ええ、そうですね。まだ当分、明人君は帰国できないと思います。皆様に御迷惑をかけて、本当に申し訳ないんですけど。……あたしですか？　はい、そうです。明人君のマンションに一人でいます。……えっ、いいんですか。でもお忙しいんじゃないんですか。……そりゃそうですよね。青年実業家にだって息抜きも必要ですよね。……あたしなら大丈夫です。……そうですか、わかりました。……はい、では御連絡お待ちしております。……はい、どうも失礼いたします」

電話を終えた楓に、「あいつか」と伯朗は訊いた。「勇磨じゃないのか」

「そうです」楓は答えた。「今日はあなたに会えてよかった、あまりに素敵な女性なので驚いた、と」

歯の浮くような台詞にアクセルを思いきり踏み込みたくなるのを、伯朗は辛うじて我慢した。

「それだけじゃないだろ。何かに誘われている感じだった」

「おっしゃる通り、食事に誘われました。明人がいなくて寂しいようなら、一緒にディナーでもどうですか、と」

「何がディナーだ。気取りやがって。でもやりとりを聞いたところでは、君は行く気なんだな」

「当たり前です。餌に食いついてきた獲物かもしれませんから」

「獲物？」

「あの方は明人君が失踪していることを知っていて、何食わぬ顔をしているあたしの真意を探るために誘ってきた可能性があります。誘いに乗らない理由がありません」

「単なる助平心《すけべいごころ》からかもしれないぞ」伯朗は声を尖《とが》らせた。「さっきもいっただろ。あいつは君を口説く気満々だ」

「だとしても、会う意味は大いにあります。彼を籠絡《ろうらく》すれば、矢神家の内情を暴くチャンスが広がりますから」楓はいった。「その内情が、明人君の失踪と関係しているとはかぎりませんけど」

「籠絡ってどういうことだ。何をする気だ」

「それはケースバイケースです。その時になってみないとわかりません」

楓の能天気に聞こえる口調が、伯朗をますます苛立たせる。

「君は明人の妻だろ？　男と二人きりで会うとか籠絡とか、聞き捨てならないな」

「明人君の妻だから、何だってやる覚悟なんです」先程の電話の時より一オクターブほど低いのではないかと思う声を楓は出した。「あたし、何でもやりますから」

顔を見ていない分、その声は伯朗の胃袋にまで響いた。返す言葉が思いつかず、ふうん、とだけ答えた。我ながらしまらない反応だと思った。

やがて明人のマンションが近づいてきた。すると楓が少し寄っていかないかといった。

「お義母様の荷物の中に、アルバムがありましたよね。あそこに明人君の写真もあると思うんですけど」

たしかにその通りだった。いやむしろ、ほかのアルバムに貼ってあるのは明人の写真ばかりではないか。

「じゃあ、ちょっと寄らせてもらおうか。アルバム以外に、君にも見ておいてもらったほうがいいものがあるかもしれないしな」そういいながら伯朗は、言い訳めいた台詞を付け足したことを後悔した。

伯朗はマンションの前で楓と段ボール箱を下ろし、車をコインパーキングに駐めてから歩いて戻った。

部屋に行くと、楓はすでに着替えを済ませていた。ふわりとしたグレーのパーカーに、黒のスパッツという着こなしだった。

リビングに入り、伯朗はゆらゆらと頭を振った。前回来た時にじっくりと見たはずなのに、やはり広いと改めて思う。家賃百二十万円という百合華の話は、たぶん本当だろう。

例の段ボール箱がソファの横に置かれていた。その傍らで伯朗は膝をついた。

「コーヒーでも淹れます？」楓が尋ねてきた。

「結構だ。コーヒーは散々飲んだ」

「じゃあビールでも……ああ、だめですよね。運転がある」

伯朗は段ボール箱を開けていた手を止めた。「いや、ビールをもらおうか」

「いいんですか」

「正直、かなりストレスが溜まったから発散したい。車は明日取りに来ることにしよう」

わかりました、と楓は少し嬉しそうな様子でキッチンに消えた。自分が飲みたかったのかもしれない。

伯朗は段ボール箱から、先程は見なかったアルバムを出した。最初のページを開き、はっとした。てっきり明人単独の写真が貼られているのだろうと予想していたが、一枚目には四人の人物が写っていたのだ。場所は病室だ。ベッドの上で、上半身を起こした禎子が笑っている。彼女の腕の中には、生まれたばかりの赤ん坊がいた。そしてベッドの横から首を伸ばしているのは、九歳の伯朗だった。反対側に康治が立っていた。

あの時か、と思い出した。出産の知らせを受け、順子や憲三と共に病院に駆けつけたのだ。当然、康治もその場にいた。

「わあ、素敵な写真」頭上で声がした。トレイを持った楓が立っていた。「それ、明人君ですね。かわいいー」

「君の言葉を借りれば、お袋にとっては、ここが新たな家族のスタートってことになるんだろうな」

「そうなんでしょうね。幸せなことじゃないですか」楓は缶ビールを開け、二つのグラスに注ぎ始めた。トレイには、ナッツを盛った皿も載っている。

「でもその中に、まだ昔の家族の思い出を引きずっている者がいたらどうだろう？」伯朗は幼かった頃の自分の顔を指差した。

「それはそれでいいんじゃないでしょうか。昔のことを忘れる必要はないと思います。それとも何か問題がありますか？」楓は片方のグラスを伯朗の前に置き、自分のグラスを持ち上げた。乾杯がしたいようだ。

伯朗は小さく首を振り、グラスを手にした。楓が腕を伸ばしてきたので、空中でかちんとグラスを合わせた。

「見せていただいても？」ビールを一口飲み、唇にほんの少し白い泡を付けて楓が訊いた。

どうぞ、と伯朗はアルバムを彼女のほうに押した。

楓はグラスを片手にページをめくり始めた。新たな写真を見るたび、かわいいとか、こんなふうだったんだとか、感嘆符の付いた言葉を発している。伯朗は横から覗いた。やはり明人が一人で写っているものばかりだった。それだけに、一枚目に伯朗も加わった四人の写真を貼ったことに、禎子の意図を感じずにはいられなかった。彼女は何とかして、新たな家族を成立させようとしていたのだろう。そのためには伯朗に新たな父を受け入れさせねばならなかった。

伯朗だって、そんなことはわかっていた。自分が康治のことをお父さんと呼べばすべてがうまくいくと知っていた。

アルバムをめくる楓の手が止まった。最後の一枚になったからだ。その写真は明人の入学式のものだった。制服を着た明人が、門の前で直立不動の姿勢をとっている。

楓がアルバムを伯朗のほうに向け、「どうして？」と尋ねてきた。

「何が？」

「お義兄様は殆ど写っていません。特に家族写真。最初の写真を除いては、御家族と写っているものが一枚もありません」

「そうだろうな」伯朗は頷き、ビールを飲んだ。

「なぜですか。昔の家族の思い出を引きずっているから、新しい家族とは写真を撮りたくなかったんですか」

伯朗は力なく笑い、首を振った。「そうじゃなく、家族ではないからだ」

「わかりません。だってお義母様や明人君とは血が繋がっているじゃないですか。それともやっぱり、お義父様を自分の父親だとは思えなかったというわけですか」

「まあ、そういうことになるかな」

楓はビールを置き、両手を小さく広げた。「最初のお父様に義理立てを？」

「そうじゃない」

「じゃあ、どうしてそんなに頑なに、お義父様を拒否したのですか」

真摯に伯朗を見つめてくる楓の目は、これを聞き出すまでは引き下がらない、と強く語っていた。

伯朗はため息をついた。「さっきの質問に答えるのが早道みたいだな」

楓は眉をひそめた。「さっきの質問って？」

「動物実験のことだ」そういってもう一口ビールを飲んでから、伯朗はグラスを置いた。


禎子が康治と結婚して、まだ何か月も経っていない頃のことだ。たぶん土曜日だったと伯朗は記憶している。学校から帰ると、これから一緒に出かけないか、と禎子が尋ねてきた。お父さんが泊まりがけで仕事をしているので着替えを持っていく、というのだった。

この頃、伯朗は康治がどんな仕事をしているのか、具体的には何も知らなかった。お医者さんだと説明されていたので、自分がたまに行く病院にいる、白衣を着た人々を想像していただけだ。しかし家に帰ってこない日が続くこともあったので、おかしいなとは感じていた。

一人で留守番をしたことは何度もあった。行かないという選択肢もあったが、伯朗は行くほうを選んだ。理由は思い出せない。もしかすると一緒に住むことになり、いずれはお父さんと呼ばねばならない人物について、少しでも知っておこうと思ったのかもしれない。あるいは、行くと答えたほうが禎子が喜ぶだろうと考えたのかもしれない。

どちらにせよ、この選択を伯朗は悔やむことになった。

タクシーに乗り、康治が泊まりがけで仕事をしているという職場に向かった。禎子が運転手に告げた行き先は、タイホウ大学という場所だった。当時の伯朗は、どういう漢字を書くのかも知らなかった。なぜ矢神総合病院ではないのだろう、と思った。

お父さんはね、と禎子が伯朗の疑問に答えるように彼の耳元でいった。「ひと月のうち何日かは、そっちで働いているの」

仕事をする場所が二つあるのか――小学三年生だった伯朗は、ぼんやりとそう思っただけだった。

やがてタクシーが、その場所についた。正門に、泰鵬大学と記されていた。その難しい漢字を書けるようになるのは、まだずっと先なのだが。

正門をくぐり、禎子の後についていった。彼女は何度も来たことがあるのか、足取りに迷いはなかった。

灰色の建物があった。中に入ると、空気がひんやりとしていた。受付窓口のようなものがあり、そこで禎子は何やら手続きをし、二つのバッジを貰ってきた。そして一つを伯朗に渡し、胸に付けるようにいった。バッジには、来客者証と記されていた。

バッジを付けてその場で待っていると、しばらくして眼鏡をかけた白衣姿の若者が現れた。伯朗は会ったことがなかったが、禎子とは顔馴染みらしく、何やら言葉を短く交わした。

「伯朗、行くわよ」

禎子にいわれ、伯朗は座っていた長椅子から腰を上げた。

廊下を歩き、階段を上がり、一つの部屋に案内された。机がいくつか並び、乱雑にものが置かれていた。粗末な応接セットがあり、そこで待つように若者は二人にいってから部屋を出ていった。

「お父さんは、今、実験中らしいの。もう少ししたら終わるそうだから、それまで待っていましょう」

「実験？　どういう実験？」

アニメやマンガなどで、実験という言葉には馴染みがあった。科学者がすごい兵器を作ったり、奇跡的な薬を発明したりするのだ。

さあ、と禎子は首を傾げた。「お母さんは、よく知らないの」

そして、ちょっとトイレに行ってくるといって出ていった。

一人になり、伯朗は室内を見回した。書棚には難しそうな本がぎっしりと詰め込まれていた。それらのうちの何割かは、日本語ではなかった。

おや、と目を留めたのは、テレビだった。いや正確にいえば、テレビに接続されている機器だ。ビデオデッキという名称は知っている。

当時、爆発的な勢いで家庭に普及し始めていた。伯朗のクラスメートにも、家で購入したという者が何人かいた。しかしニュース番組以外はめったに観ない康治はあまり関心がないらしく、まだ買おうとはいわなかった。伯朗がほしいといえば買ってくれるのだろうが、遠慮があっていいだせなかった。

おそるおそるテレビのスイッチを入れてみた。しかし画面は暗いままだ。そこでビデオデッキのスイッチを適当に押してみた。

すると画面に変化が起きた。映像が始まりだしたのだ。それを見て伯朗は当惑した。てっきりテレビ番組を録画してあるのだろうと思っていたが、どうやらそうではなさそうだった。個人がビデオカメラで撮影した映像らしい。

そこに映っているものが何なのか、すぐにはわからなかった。画面には時折、人の手が入ってきたが、何が行われているかも不明だった。周囲には何人かがいるらしく、声が聞こえてきた。それらの言葉の殆どが、伯朗には理解できなかった。

しかし聞き取れた言葉もあった。

「これ、もうだめだな。死んじゃうな。新しいのは？」

「用意してあります」

「じゃあ、それでやろう。これ、捨ててきて」

「わかりました」

一方の、目上と思われる人物の声には聞き覚えがあった。康治に違いなかった。

背後でドアを開ける音が聞こえた。伯朗はあわててテレビを消した。

禎子は訝しげな目を息子に向けてきた。「何してたの？　勝手に触っちゃだめよ」

わかってる、と伯朗は答えた。禎子はそれ以上、何もいわなかった。単にテレビを観ていただけだろうと思ったようだ。

粗末なソファに腰掛けている間も、伯朗の頭の中では見たばかりの映像が何度も再生されていた。驚くべきことに細部までもがはっきりと記憶に残っていて、繰り返されるたびに映像は鮮明になっていくようだった。同時に、あの画面の中で何が行われていたのかも、次第にわかりかけてきた。

いや、じつはそうではない。

画面を見た瞬間、それが何なのか、どういうことが行われているのか、伯朗にはわかったのだ。しかしわかることを彼自身が拒絶していた。そんなわけはない、今見ているものは、そんなものであるはずがない、と自分自身にいい聞かせようとしていた。

息子の異変に気づいたらしく、どうしたの、と禎子が心配そうに訊いてきた。何でもない、と彼は答えた。

それから間もなく康治が現れた。先程の若者と同じく白衣姿だった。

いくつか言葉を交わし、禎子が着替えの入った紙袋を康治に渡した。代わりに彼は机の脇に置いてあった大きなビニール袋を彼女に差し出した。洗濯物のようだった。

不意に康治が険しい顔をした。その目はビデオデッキに向けられていた。彼はビデオデッキのスイッチを切り、「君が触ったのか」と禎子に訊いた。

「私は何も……」そういって禎子は、ちらりと伯朗のほうを見た。

伯朗は俯いた。康治が自分を凝視している気配を感じた。

だが結局、何も訊かれなかった。康治は、「わざわざありがとう。助かったよ」と禎子に礼をいっただけだった。

それから三人で部屋を出た。康治は一階の入り口まで送ってくれるつもりらしい。伯朗は小便がしたくなったので、一人でトイレに行った。トイレで用を足していると、学生らしき二人の若者が入ってきた。

「この後、どうする？　喫茶店にでも行くか」

「いや、俺、これから猫の当番だから」

「あっ、そうなのか。今、何匹いるんだ」

「五匹。そろそろ調達してこないとなあ」

手を洗いながら二人のやりとりを聞いていた伯朗は、その場で彼等の顔を見上げた。よく見ると、一方は先程伯朗たちを案内してくれた眼鏡の青年だった。

向こうも伯朗に気づき、やあ、と笑いかけてきた。「さっきはどうも」

ねこ、と伯朗は口に出した。「猫、いるの？」

若者は眼鏡の向こうの目を瞬かせた。「いるよ。それがどうかした？」

「病気の猫？」

「いや、違う。ただの猫だけど」

「どうして飼ってるの？」

「どうしてっていわれてもなあ……」若者は困惑した表情で、もう一人と顔を見合わせた。

「見せてやればいいじゃん」もう一人の若者が、にやにやしていった。「見せて、教えてやれば」

眼鏡の若者は伯朗のほうに顔を戻した。「見たい？」

うん、と伯朗は頷いた。

「じゃあ、ついておいで」眼鏡の若者は歩きだした。

連れていかれたのは、廊下の奥だった。ドアを開ける前から、異臭が漂ってくるのがわかった。若者はドアを開け、中に入った。伯朗は、その後に続いた。

そこには大きなケージが置いてあり、中に五匹の猫がいた。色も大きさも様々だ。雑種だということと、ひどく痩せているという点が共通していた。毛並みも悪い。五匹とも丸くなり、目を閉じていた。全く動こうとしない。だが生きているということは、かすかな背中の上下動でわかった。

眼鏡の若者がケージの扉を開け、隅に設置されている砂の入った容器を取り出した。どうやら猫たちのトイレのようだ。するとそれが合図のように、五匹の猫が目を開けた。さらに一斉に伯朗のほうを見た。

生気のない目だった。それが十個。

その瞬間、伯朗は激しい悪寒《おかん》に襲われた。同時に、胃袋から熱いものが込み上げてきた。耐えきれず、腹を折り、うずくまった。気づいた時には、嘔吐していた。

驚いた眼鏡の若者が、康治と禎子を連れて戻ってきた時も、まだ吐き気は治まっておらず、黄色い胃液を口から流していた。

「ビデオに映っていたのは猫だった」伯朗は宙を見つめながらいった。「頭蓋骨《ずがいこつ》に穴を開けられ、脳を露出させられた猫だった。実験者の手は、その脳を何かの器具で触っていた。今から思うと、たぶん電極だったんじゃないかな。脳に電流を流し、身体の各器官の反応を調べる――そういう実験が昔、よくやられたと聞いたことがある。あのケージに入れられていた五匹の猫たちも、同じ運命を辿ったのだと思う」

「そんなひどいことが……」楓は少し青ざめていた。

「そのことについて、俺は康治氏には何も尋ねなかった。向こうも俺には何も話してくれなかった。お袋もそうだ。俺たちの間では、何もなかったことになっている。でも俺は、その時に思ったんだ。この人をお父さんって呼ぶことは、たぶんできないだろうなって」伯朗はグラスに手を伸ばし、肩をすくめた。「たかが猫なんだけどね。トラウマってやつなのかな。俺はあの光景が忘れられないんだ」

「それで獣医に？」

さあ、と伯朗は首を傾げた。

「自分でもよくわからない。そうなのかもしれない。でも、動物に触っていると安心するんだ。猫だと特にそうだ。心が安まる。逆に、しばらく触っていないと、夢を見ることがある。あのビデオの映像をそのままに。実験台にされた猫の虚《うつ》ろな目とか。そういう時は、うなされているらしい。昔付き合っていた恋人が教えてくれた」

ビールを飲みグラスを持ったまま、項垂《うなだ》れた。ふだんは封印している思い出だが、口にすると少しも記憶が薄れていないことに気づかされる。

グラスを持つ手に、柔らかいものが触れた。顔を上げると、楓の手が重ねられているのだった。かわいそうに、と彼女はいった。その目が少し潤んでいる。

「その時のお義兄様が……八歳の伯朗少年が今ここにいたなら、この手で抱きしめてあげるのに」

今の俺じゃだめなのか――そう訊きたいところだったが我慢して、ありがとう、と答えておいた。

15

ケースを開けた瞬間、順子は目を見開き、ぱっと表情を輝かせた。

「わあ、これ、覚えてる」叔母が最初に手に取ったのは、赤い珊瑚《さんご》の指輪だった。「血珊瑚《ちさんご》といってね、なかなか採れないらしいの。元々はタイピンで、一清さんが知り合いの画商さんから貰ったものだけど、一清さんはネクタイなんて締めないから、指輪に作り替えてもらったそうよ。姉さん、大切にしてたわ」

「へえ、そんなことが」伯朗は江戸切子のグラスを口に運ぶ。きりりと引き締まった辛口の冷酒が、喉に心地よい。

「この真珠のネックレスも懐かしいわ。冠婚葬祭、どんなところへでも付けていけるから便利だっていってた。お祖母ちゃんの形見なのよね」

「そうだったんだ」伯朗は箸を取り、キビナゴの唐揚げを摘む。兼岩家で夕食を馳走になると、食卓に並ぶのは酒の肴ばかりだ。下戸《げこ》の客の場合はどうするのだろう、と余計なことが気になる。

今夜は伯朗が一人で訪れていた。矢神家で受け取った禎子のアクセサリーのことを順子に電話で話したところ、是非見たいといったからだ。順子によれば、若い頃は姉妹で共有していたこともあるらしい。

「ああ、このブローチにも見覚えがある。今は誰もこんなもの付けないけど、私たちの若い頃には流行ったのよねえ」蝶の形をしたブローチを手にし、順子は微笑んだ。

「お袋がアクセサリーを付けてたっていうイメージは、あまりないんだけどね」

「それは伯朗君の前では『お母さん』だからよ。でも姉にだって、ほかの顔がいろいろとあったの。私にとっては『姉』だし、旦那さんにとっては『妻』だし、時と場合によっては『女』だったわけだし」

伯朗は頷く。「なるほどね」

「まあ息子としては、母親が女の顔を見せる時というのは、あまり想像したくないだろうけれど」

「そうでもないよ。初めて康治氏を紹介された時、ああそうか、お母さんも一人の女なんだなとぼんやり思った覚えがある」

「そうなの？　かわいげがない子供ねえ」順子は苦笑しながらブローチをケースに戻した。

持ってきてよかった、と伯朗は思った。こういう機会でもなければ、禎子のことを改めて偲《しの》んだりはしなかっただろう。

「お袋が死んだ時、もっときちんと荷物を整理しておけばよかったよ。そうすれば、今頃になってばたばたすることもなかった」

「それは仕方ないわよ。姉は矢神家の人間だし、伯朗君は矢神家とは距離を置いてたし」

しかし、と憲三が伯朗のグラスに冷酒を注いだ。「矢神さんのところの相続争いに巻き込まれるとは、伯朗君も大変だなあ」

「俺は別にいいんです。直接は関係ないですから。それより楓さんが心配です。明人はいないし」

「明人君、まだこっちに来られないのかね？」

「そのようです。当分、無理みたいで」

「大変なのねえ」順子はアクセサリーケースを伯朗のほうに向けた。「ありがとう。懐かしいものを見せてもらったわ」

「もし何か気に入ったものがあれば、叔母さん、貰ってくれないかな。どれでもいい。何なら、全部でも」

伯朗の言葉に順子は笑った。

「全部は無理よ。私が姉さんたちの結婚指輪を持っているなんて変でしょ。でもそういってくれるなら、何か貰おうかな。明人君や楓さんの許可は取ってあるのね」

「もちろん」

じゃあ、といって順子は再びケースに目を落とした。迷うように首を傾げた後、真珠のネックレスに手を伸ばした。

「やっぱり、これにしておくわ。母親の形見でもあるし、一石二鳥」

「ほかのものはいいの？　珊瑚の指輪とか」

「さっきもいったでしょ。それは元々一清さんのタイピンだったって。だから伯朗君が持っていたらいいわ。あるいは楓さんにあげるとか。彼女ならきっとよく似合うわよ。雰囲気が華やかだから」そういってから順子は、早速ネックレスを自分の首に巻いた。どう、と憲三に尋ねる。

「いいんじゃないか」よく見もせずに憲三は答えた。

「楓さん、素敵な女性よねえ。明るくて、健康的で、礼儀正しくて。明人君、本当にいい人を見つけたわ。伯朗君もそう思うでしょ？」

「うん……まあ、そうだね」伯朗は冷酒を喉に流し込んだ。楓のことを褒められると何だか嬉しくなる。そのことに戸惑っていた。

「姉さんの荷物って、ほかにはどんなものがあった？」ネックレスを外しながら順子が訊いてきた。

「アルバムが三冊と愛読書、眼鏡、腕時計……そんなところかな」

禎子が死んだのは十六年も前だ。多くの遺品をいつまでも手元に置いておくわけにはいかない、という康治の事情は理解できた。

「アルバムって、どういうの？」

「一冊は、俺が生まれてから小学生ぐらいまで。もう一冊は明人が生まれてから中学に入るまで。で、もう一冊は死んだ親父の作品集だった」

「それだけ？　実家のアルバムはなかった？」

「実家って？」

「小泉の家よ。お祖母ちゃんの」

ああ、といってから伯朗は首を振った。「いや、そんなもの、俺は見たことないな」

「姉さんが亡くなった後、康治さんたちと一度だけ小泉の家へ行ったの。取り壊す前に、荷物を整理しなきゃいけなかったから。私は置きっ放しになっていた自分のものだけ持って帰ることにして、後は全部康治さんに任せちゃったのよね。姉の荷物もたくさん残ってたし、実家のアルバムもあったはずなんだけど、あれはどうなったのかな」

「わからない。とにかく俺が矢神家から持ち帰った段ボール箱には入ってなかった」

「康治さんが処分したんだろ」憲三が興味なさそうに横からいった。

「妻の実家のアルバムも？」順子は目を剝いた。「伯朗君に無断で？　ありえない」

「そういわれてもなあ」憲三は口元をすぼめ、こめかみを搔いた。

「たしかに変だな」伯朗は腕組みした。「アルバムだけじゃなく、小泉の家の荷物が、お袋の遺品の中に少しぐらい残っていなきゃおかしい」

「本人に訊いてみたらどうかね」憲三が提案した。「康治さんに。まだ意識はあるし、話もできるんだろ？」

「難しい会話は無理な気がします。それに、わざわざ訊くほどのことでは」

順子は肩を落とし、ため息をついた。

「まあ考えてみたら、矢神家の人間が、死んだ嫁の実家の荷物を大切にしてくれるとは思えないわね。康治さんはそんなことしないだろうけど、ほかの誰かに捨てられちゃったのかも。家を取り壊す前に、アルバムだけでも私が持って帰ればよかった」

「小泉の家に行ったのは、それが最後？」

「最後よ。その後、無事に取り壊したっていう連絡があって、更地になった写真が送られてきたわ」

「ああ、その写真なら俺のところにも送られてきた」

順子がふと何かを思いついた顔になり、首を傾げた。

「あの家の名義は姉になってたんだけど、その後、どうしたのかしら。土地を売ったという話は聞かないわね」

「俺も聞いてない」

ということは、と順子は思案顔になった。

「伯朗君、こんなアクセサリーとかで納得してちゃだめよ。あの土地がどうなったか、調べなきゃ。だって伯朗君にだって相続権があるわけだから」

「そういえばそうだ。考えたことがなかったな」

「ぼんやりしてちゃだめよ。下手したら、矢神の連中にとられちゃうかもしれない」

「至急、確認するよ」伯朗はスマートフォンを取り出し、今のことを忘れないよう自分宛にメールを出した。

「矢神の人々というのは、そんなに強欲なのかね」憲三が箸を止め、伯朗に尋ねてきた。

「会社やら店やらの経営者が多いので、金にはうるさそうです。でも変わり者もいます。牧雄という人物ですが」

「ああ、あの人」順子が眉をひそめ、苦いものを口にしたような顔をした。「何度か会ったことがある。ちょっと気色悪い人よねえ」

「僕は会ってないな。何をしている人かな」

「学者です。前に、康治氏がサヴァン症候群について研究していたことを話しましたよね。牧雄って人は、若い頃、その手伝いをしたそうです。今回も、康之介氏の遺産には関心を示さず、もっぱら康治氏の研究資料を漁っていました」

「ほう、たとえばどんな?」自らも研究者であったからか、憲三が興味を示した。

「よく知りません。見せてくれませんでしたから。ああでも――」伯朗はスマートフォンを操作し、例の絵の画像を表示させた。「こんな絵がありました。サヴァン症候群の患者が描いたものだそうです」

画面を覗き込んだ途端、憲三の目が大きく見開かれた。

「ちょっといいかな」手を出してきたので、どうぞ、とスマートフォンを渡した。

憲三は、じっくりと画面に見入っている。目には真剣な光が宿っている。これが研究者の顔か、と思わせる気配がある。

「その絵が何か?」伯朗は訊いた。

ふうーっと息を吐き、小さく首を振りながら憲三はスマートフォンを返してきた。「不思議なものだな」

「何がですか」

「念のために訊くんだが、これは手描きされているんだね。コンピュータなどを使ったのではなく」

「そのはずです」

憲三は唸った。そして、不思議だ、と再び呟いた。

「あなた、勿体をつけてないで、どうして不思議なのか早くいいなさいよ」順子がじれたようにいった。

うん、と頷いてから、それでもやや躊躇いがちに憲三は口を開いた。

「これはフラクタル図形の一種だ。フラクタルというのは幾何学の概念の一つで、自然界などにも頻繁に出現する」

伯朗は順子と顔を見合わせた後、お手上げのポーズをしてみせた。「何のことやら、さっぱりわかりません」

「その図形を拡大してみると特徴がよくわかる。一見、レース編みの模様みたいだろう？　しかしふつうのレース編みの場合、拡大すると編み目がどんどん大きくなる。ところがその図形は、拡大しても、その編み目の中にもっと細かい同様の編み目が現れる。もちろん、無限ではないがね。そのように全体の形と細部とが相似にあるものなどをフラクタルという。自然界では海岸線が好例だ。地図に描かれた海岸線は、その一部だけを虫眼鏡や顕微鏡などで拡大していくと次第に線は滑らかになっていく。しかし実際の海岸線は、どんなに近づいていっても、そうはならない。それなりのぎざぎざが、ミクロの世界になっても存在する」

「そういうものがフラクタル……初めて知りました」

ふふん、と憲三は笑った。「一般人には何の役にも立たない知識だからね」

「この患者は、なぜこんな絵を描いたんでしょうかね」

「それはわからんよ。僕が訊きたいぐらいだ。いやそれ以上に知りたいのは、どうやって描いたのかということだ。こんなものを手描きできるなんて、信じがたい話だ」

「サヴァン症候群患者の成せる業《わざ》ってことでしょうか」

「そういうことなんだろうね」

伯朗はグラスに伸ばしかけていた手を止めた。こうした話題になると、どうしても頭に浮かぶ絵がある。

「父が最後に描いた絵も、不思議な図形でした。あれもフラクタルだったのかな」

「その絵を見ていないから何ともいえないが」憲三は慎重な口ぶりでいった。「それはどうだろうね。サヴァン症候群といっても、特徴はそれぞれ異なるのではないかな。ダスティン・ホフマンが演じた『レインマン』の主人公は、床に落ちた数百本の楊枝を一瞬にして数えられたし、ブラックジャックで使われる何組ものカードを記憶できたけれど、フラクタルの絵は描かなかった」

「それに、そもそも一清さんがそういう患者だったと決まったわけじゃないでしょう?」順子が口を挟んできた。「前もいったけど、一清さんはふつうの人だった。少なくとも病気になるまでは。伯朗君だって、そうは思わない?」

彼女の質問に、そうだね、と伯朗は答えた。「よく覚えてないけど、優しくて、いい父親だったと思う」

少なくとも猫を殺したりはしなかった、という言葉は頭の中だけで続けた。

兼岩家を辞去する頃には午後十時を少し過ぎていた。玄関先まで見送ってくれた順子が、「楓さんのことをよろしくね」といった。「明人君が帰国するまで、伯朗君がしっかりと守ってあげるのよ」

「わかってるよ」そう答える際、もやもやした気持ちが胸に漂った。

大通りに出るとタクシーを拾った。車が動きだすなりスマートフォンを取り出し、楓に電話をかけた。

今夜、彼女は勇磨と会っているはずだった。銀座のフレンチレストランに誘われたらしい。昼間、彼女からそのことを報告するメールが届いた。『しっかりと探りを入れてきます。』と書いてあったので、『決して油断するな。なるべく早めに帰るように。』と返した。それに対する返信は、『だいじょーぶでーす。』という、伯朗を不安にさせるものだった。

食事の後、どうしたのか。勇磨は女たらしだという話だ。もう一軒、飲みに行こうとでもいったのではないか。

間もなく電話が繋がった。はーい、と楓のやけに陽気な声が聞こえてきた。

「俺だ、伯朗だ。今、何をしている？　あいつとの食事はどうなった？」

「ああ、ちょうど今、飲み直してるところです」

やっぱりそうか、と伯朗は唇を嚙む。「どこで？」あからさまに不機嫌な声が出た。

「うちですけど」

「うちっ？　青山のマンションかっ」

「はい。勇磨さんに送っていただいたので、お茶でもどうですかってお誘いしたんです」

伯朗は愕然とし、スマートフォンを握る手に力を込める。何という無警戒さだ。いやそれとも楓にしてみれば、勇磨を「籠絡」するための手段か。

「わかった。俺も今からそっちに行く」

「お義兄様が？　どうして？」

「例のお袋のアクセサリーだ。順子叔母さんに見せてきた。それを、今から持っていく」

「今から？　別に今夜でなくても……」

「ほかに話したいこともあるんだ。急を要する。構わないな」

「それは構いませんけど」

「よし、じゃあ後ほど」電話を切ると、「運転手さん、行き先を変更だ。青山のほうに向かってくれ」と指示した。「なるべく急いでほしい」

運転手の返答を上の空で聞きながら、伯朗は貧乏揺すりをした。選《よ》りに選《よ》って、あの勇磨を部屋に招き入れるとは。血の繋がりのある百合華にまで手を出そうとした男だ。何をするかわからない。焦りで手のひらに汗が滲んだ。

青山のマンションの近くでタクシーから降りると、足早に正面玄関に向かった。だが伯朗が正面玄関に到達する前に自動ドアが開き、一人の男が出てきた。チャコールグレーのスーツにピンクのシャツという出で立ちの勇磨だった。向こうも伯朗に気づいたらしく、足を止め、嫌みな笑みを向けてきた。

「何を血相変えてるんだ。弟の部屋を訪ねる兄貴の顔じゃないぞ。それとも部屋で待っている女のことが、そんなに気になるか？」

伯朗は自分の頬が強張《こわば》るのを抑えられなかった。

「いくら親戚だからって、旦那の留守宅に上がり込むのはどうなんでしょうかね」

へっ、と勇磨は身体をひくつかせた。「あんたにいわれたくないな」

「こっちには理由がありますよ」

「そうかい。こじつけの理由、じゃないのか？」

伯朗が黙って睨みつけると、「図星のようだな」と肩を揺すらせた。「無理もない。あれだけのいい女だ」

「何いってるんですか。彼女は明人の奥さんですよ。わかってるんですか」

「そういうあんたはどうなんだ。腕《うで》っ節《ぷし》にはまるで自信はないが、それでも拳を固めた。

伯朗は奥歯を噛みしめた。ああ？」

するとそれでも何かを察したか、まあいいや、と勇磨が手を横に払った。

「まだしばらく、あんたとも付き合いが続きそうだ。こんな遅い時間に、こんな場所で睨み合うこともないだろう。いずれまたな」くるりと踵を返し、歩きだした。その背中には、不気味な自信が漲《みなぎ》っているようだった。

伯朗はマンションに駆け込み、オートロックのインターホンを鳴らした。はあい、とのんびりした声が聞こえてきた。俺だ、とマイクに向かってぶっきらぼうにいう。

「どーぞー」

ドアが開いたので、大股でロビーに入った。さすがにこの時間になるとコンシェルジュはいない。部屋の前まで行ってチャイムを鳴らすと、すぐにドアが開いた。楓はピンクのスウェットに、グレーのショートパンツという出で立ちだった。そして頭にはヘアバンドを付けている。

「早かったですね。たった今、勇磨さんが出ていかれたところです」

「わかってるよ。下で会った」

「お義兄様がいらっしゃるといったら、じゃあ邪魔しちゃ悪いなとかおっしゃって」

伯朗は舌打ちをした。何が、邪魔しちゃ悪い、だ。自分のほうこそ、邪魔者が来やがると思ったくせに——。

「すっかり御馳走になっちゃいましたあ。シャネルの最上階にあるレストランなんですよう。行ったことありますう？」楓は歌うようにいった。

「行ったことはないが、そういう店があることは知っている。そういう気取った店があることは」

リビングに入ると、伯朗はソファに近づいた。テーブルの上には、スコッチのボトルとアイスペール、そしてロックグラスが載っていた。

「それがそんなに気取ってないんです。お店の人たちの愛想はいいし、窓からの眺めは最高だし、もちろん料理はおいしいし――」

ストップ、と伯朗は楓の顔の前に両手を出した。

「料理やレストランが素晴らしかったことはよくわかった。しかしいくら御馳走になったからといって、男を家に連れ込むってのはどうなんだ。しかもあんな奴を」

「連れ込むって……親戚じゃないですか」

「血の繋がりはないだろ」俺もそうだけど――もう一人の自分が頭の中で呟く。「前にもいったように、あいつは君のことを狙ってるんだ。それなのに二人きりになって、しかも酒まで振る舞うとは、一体何を考えてるんだっ」早口になり、言葉が尖った。

「そのことについては、前回、お話ししたはずです」

「あいつをたらしこんで、情報を引き出そうってわけか」

「たらしこむんじゃなくて籠絡です」

「同じことだろうが。ほかにもっとやり方があるのに」そういって頭を掻きむしりながら伯朗はソファに腰を下ろした。テーブルに置かれた二つのロックグラスを見つめ、眉をひそめた。「何だ、これは?」

「ロックグラスですけど、どうかされました?」

伯朗は二つのグラスを指した。

「二人で並んで座ってたのか。向き合ってたんじゃなく」

テーブルを挟んで向き合っていたにしては、二つのグラスの位置が近すぎるのだった。

「そうですけど、それが何か？」

「こんな馬鹿でかいソファで、もっと広々と座れるのに、どうして並んで座るんだ？」

「それはだって、近いほうが話をしやすいし」

伯朗は楓のショートパンツから伸びる脚をちらりと見た。「何かされなかったか？」

「はあ？」

「触られたり、迫られたりしなかったかと訊いてるんだ。そんな……脚をむきだしにして」

ああ、と楓は口を開けた。「着替えたのは、勇磨さんが出ていった後です。大丈夫。手を握られそうにはなりましたけど」

「何だとっ。握らせたのか？」

「今日のところは、うまくかわしました」

そうか、と頷いてから、伯朗は再び楓の顔を見た。

「今日のところはって、どういう意味だ。この次は握らせる気か」

「まあ、手ぐらいは仕方ないかなと」

おい、と伯朗はテーブルを拳で叩いた。「君は明人の妻なんだぞ」

「そうです。いわれなくてもわかっています」

「それなのにほかの男に手を握らせるのか」

「場合によっては、です。先日、何でもする覚悟だといったはずです。明人君の居場所を突き止めるためなら、あたしは何でもやります」

「ほかの男と寝てもいいとでもいうのか」

楓は肩をすぼめ、吹き出した。「そんな極端な」

「笑い事じゃない。答えろよ。どうなんだ」

伯朗が睨むと、楓は急に冷めた表情になった。

「何度もいいますけど、あたしは何でもします。もしもそれが早道なら」

伯朗は彼女の顔を見つめたまま、首を振った。

「あきれた。話にならない。そんなことをしたって、明人はどうせ――」後の言葉を咄嗟に呑み込んだ。

「どうせ……何ですか？」楓が訊いてきた。彼女にしては珍しく、冷めた目をしている。

「何でもない」

伯朗が顔をそむけると、楓は彼の肩を摑んできた。

「ごまかさないでっ。明人はどうせ――何ですか？　いいかけてやめるなんて、男らしくないですよ。いいたいことがあるなら、はっきりいったらどうなんですか」

伯朗は深呼吸を一つした。

「君は、本当に明人が戻ってくると思ってるのか」

「どういう意味ですか」

「自分の意思で姿をくらましているのなら、何か連絡があるはずだ。これだけ長い期間、音信不通というのは、何らかの事件に巻き込まれたと考えるのが妥当だと思わないか」

「思います。だから調べてるんじゃないですか」

「……生きてると思うのか」

楓の目に、険しい光が走った。「何？」

「警察は何もしてくれないといってたな。でも、全く何もしてないわけではないと思う。どこかで身元不明の死体が見つかった時なんかは――」

突然衝撃に襲われ、伯朗は言葉を切った。一瞬、何が起きたのかわからなかった。数秒して、自分の頬が熱くなってくるのを感じ、どうやら引っぱたかれたらしいと理解した。

そして引っぱたいた張本人は、赤い目で伯朗を睨んでいた。

ごめんなさい、と彼女はいって横を向いた。「今夜は帰ってください」

発すべき言葉が思いつかず、伯朗は黙り込んだ。楓も無言を続けている。重たい沈黙の時間が流れた。

深呼吸をした後、伯朗は持参したバッグからアクセサリーケースを出し、テーブルに置いた。

「順子叔母さんには、真珠のネックレスを受け取ってもらった。赤い珊瑚の指輪は、君に似合うんじゃないかといってたよ。俺もそう思う」

楓は答えない。伯朗は腰を上げた。

玄関に向かったが、彼女は見送ってはくれなかった。そのまま部屋を出て、廊下を歩いた。

マンションの外に出ると夜風が冷たかった。だが伯朗の頬は熱く火照ったままだった。

16

ミニチュアダックスフントが咳をするのを見て、気管虚脱だなとすぐに見当がついたが、一応レントゲンを撮ってみることにした。結果は予想通りで、気管は少しひしゃげていた。だが手術を要するほどではない。ただし薬と習慣の改善は必要だ。

そのことを飼い主の女性に告げると、「習慣の改善って？」と首を傾げられた。

髪はだらりと長く、眼鏡をかけていて、化粧気は少ない。体形のわかりにくいだぼだぼのシャツを着て、おまけにロングスカートだ。年齢は、もしかすると二十代かもしれないが、伯朗が最も興味のないタイプなので、どうでもよかった。

運動、と伯朗はいった。「ちょっと太り気味。明らかに運動不足だ。餌の与えすぎにも注意するように。この手の犬は気管虚脱になりやすいんだから、余計に気をつけないといけない」

「この手の犬って？」

「小さい犬。飼い主を常に見上げているから、喉が圧迫されやすい。散歩の時は首輪でなく、ハーネスを使ったほうがいいな」

「小さい犬は、全部なっちゃうんですかあ」

「全部とはかぎらない。遺伝の要素が強いといわれている。特にこの子のように」伯朗は女性が抱いている犬を指した。「人工的な交配で作られた種類は、概ね何らかの障害を抱えている。その一つというわけだ。ある意味、この子たちは犠牲者だ」

へえ、と女性は関心がなさそうな声を出す。

「人間の都合で作りだし、人間の都合で飼い、人間の都合で餌を与え、人間の都合で散歩したりしなかったりする。全く、かわいそうな犠牲者だ。それなのに大抵の飼い主は――」

先生、と横から口を挟まれた。蔭山元実が冷めた目を向けてくる。「次は、いつ診察に来ていただいたらいいですか」

「ああ……ええと」

「一週間後でいいですか」

「そうだな」

蔭山元実は犬の飼い主のほうを向いた。「では一週間後ということで」

ロングスカートの女性はミニチュアダックスフントを抱いて立ち上がり、不愉快そうな顔で伯朗に一礼してから部屋を出ていった。

「どうしたんですか」蔭山元実が訊いてきた。「今朝から、ずっとイライラしてますね」

「そんなことはない」

「彼女と喧嘩でもしたんですか」

伯朗が返答に窮すると、「当たりみたいですね」と蔭山元実は口元を緩めた。

「何のことか、さっぱりわからん。彼女って誰のことをいってるんだ」

「そんなの決まってるじゃないですか」

その時、受付のほうから振動音が聞こえてきた。スマートフォンに着信があったようだ。蔭山元実が受付に行き、伯朗のスマートフォンを持ってきた。「イライラの原因人物からじゃないですか」

スマートフォンを受け取って着信表示を見ると、まさにその通りだった。蔭山元実に背を向け、電話に出た。「はい、もしもし」

「お義兄さまー。あたしです。楓です。今、大丈夫ですかあ？　お仕事中じゃなかったですかあ？」陽気な声が聞こえてきた。

待ち合わせの場所は銀座にある喫茶店だ。一階がケーキ屋で、二階が喫茶スペースになっている。階段を上がって店内を見回すと、窓際のテーブル席で楓が手を振っていた。

どういう顔をしていいかわからず、伯朗は無言で向かい側の席に腰を下ろした。頬を引っぱたかれたのは昨夜のことだ。

ところが、「昨日はお疲れ様でした」と引っぱたいた張本人は、すっかり忘れたような笑顔でぺこりと頭を下げた。

うん、と伯朗は曖昧に頷く。

すみませーん、と楓は大声で店員を呼んだ。

若いウェイターがやってきた。伯朗がメニューに手を伸ばしかけたが、「アイスライムティーを二つ」と楓が勝手に注文した。ウェイターが去ってから彼女は伯朗のほうを向いて片目をつぶった。「この店のお薦めだそうです。ネットで見ました」

「俺はビールでも飲もうと思ったんだけどな」

楓が腕時計を示した。「まだ三時ですよ。診察室で酒臭いのはまずいんじゃないですか」

「今日は夜の診察はない。そんなことより、用件は何だ」

訊きたいことがあると楓から電話でいわれ、この店で会うことにしたのだった。

あれ、と楓は小首を傾げた。「その質問、あたしがするはずだったんですけど。だって、用があるのはお義兄様のほうでしょ？」

伯朗が当惑していると、だって、と彼女は続けた。

「昨日、部屋に来る前に電話でおっしゃったじゃないですか。アクセサリーケースを持ってくる以外に、話したいことがあるって。急を要するとも。忘れたんですか」

この指摘に伯朗は一瞬言葉を失った。たしかにその通りだった。勇磨が部屋にいると聞き、とにかく駆けつけねばという思いから口にした言葉だ。

今更、あれは単なる口実で、とはいえなかった。伯朗は何食わぬ顔で、頭をフル回転させた。上手い具合にウェイターが飲み物を運んできた。

時間稼ぎに、ゆっくりとストローを袋から出し、アイスライムティーを飲んでみた。「たしかに美味い」正直な感想を述べた。

「でしょう？　あたしは初めての店で食事をする時には、できるだけその店のお薦めを調べるようにしているんです。お茶だけの時でも一緒です」

「案外マメだな」

「楽しく生きるコツです。ねえ、それより質問に答えてください。話したいことって何だったんですか」

伯朗は咳払いをし、徐に口を開いた。

「以前、小泉の家の話をしただろ？　明人の部屋に写真が飾ってある」

「お義母様の御実家ですね」

「そうだ。昨日、叔母さんたちと話していて、あの家はどうなったんだろうってことになった。更地になったのはわかってるけど、その後の処置が不明だ。大した価値はないだろうけど、財産であることに変わりはないし、そうなると相続の問題が発生してくる。叔母さんによればお袋の名義になっていたそうだから、康治氏だけでなく、俺や明人にも相続権がある」

えー、と楓はカーリーヘアの頭を両手で抱えた。「矢神家の相続だけでも面倒臭いのに、この上まだそんなものがあ？」

「順子叔母さんにいわれたよ。ぼんやりしてたら矢神の連中にとられちゃうから用心しろって」

「その土地、どうなってるんですか」

「わからない。売却したのなら記録が残っているはずだが」

「明人君からはそんな話、聞いてないです。それにお義父様がお義兄様たちに無断で売ったりするでしょうか」

「たしかにそれは考えにくいな。康治氏はそんなことをする人じゃない」伯朗はストローに口を寄せ、アイスライムティーを吸った。

「お義父様に訊ければいいんですけどね」

「無理だろう、あの様子じゃ」

見舞いに行った時のことを思い出した。起きているのがやっとで、まともな会話を続けられそうになかった。

「いっそのこと、これから行っちゃいません？」

楓の言葉に、伯朗は眉根を寄せた。「どこへ？」

だから、と彼女はテーブルをぽんと叩いた。「小泉へ。家のあったところへ」

「何のために？」

「その土地がどうなっているのかを確認するためにです。何かが建ってたら売却されたってことだし、更地で残っているのなら、まだお義母様の名義のままなのかも」

伯朗は腕時計を見た。午後三時半になろうとしていた。「車で一時間以上かかるぞ」

「あたしなら時間は売るほどあります。それに」楓は伯朗を指差した。「お義兄様も、今日は夜の診察はないってことでしたよね。よかったじゃないですか、ビールを飲まなくて。運転、できますよ」

伯朗はタンブラーを引き寄せ、アイスライムティーを吸った。急な提案に戸惑いつつ、夕方のドライブも悪くないな、とも思い始めていた。もちろん楓と一緒だからに違いなかったが、その思いは頭から懸命に追い出した。

約一時間後、伯朗は青山のマンションに寄り、楓をピックアップしていた。喫茶店を出て一旦別れ、彼は豊洲の自宅に車を取りに戻ったのだ。

「小泉か。またあそこへ行く日が来るとは思わなかったな」

「思い出の土地なのに？」

「さほど思い出はない。行ったのは、祖母さんが生きてた頃だけだからな」

あの家のことを思い出す時、真っ先に頭に浮かぶのは禎子の死に顔だ。仮通夜で、明人と二人で眺めていた。

ところで、といってから伯朗は空咳《からぜき》をした。「昨日の首尾《しゅび》はどうだった？　勇磨は明人の失踪に関係していそうか」

うーん、と楓の唸る声が隣から聞こえた。

「まだ何ともいえません。ただ、明人君のことをしきりに訊かれました。どんな仕事をしているのかだとか、どういう人間と付き合っているのかとか。聞きようによっては、明人君の失踪を知っていて、探りを入れているように思えます」

「君を口説く前に、ライバルについての情報を仕入れているだけかもしれんぞ」

「そういう見方もできますね」楓はあっさり同意した。「でもいくつか気になることも訊かれました」

「どんなことだ」

「明人君が今の仕事を始めた時、資金はどうやって調達したのか、とか。あとそれから、母親から何か特別なものを譲り受けたという話は聞いてないか、とか」

「特別なもの？　何だ、そりゃあ」

「あたしも妙な質問だと思ったので、どんなものですかと訊いてみたんです。そうしたら、何でもいい、とにかく価値の高いものだといわれました」

「なんで、そんなことを訊くんだ？」

「そういうものを持っている、あるいは持っていたはずだと思うからだ、と勇磨さんはいってました。そうでないと、あの若さで事業に成功するはずがないとも」

「なんだ、単なる嫉《ねた》みか」

「そうかもしれませんけど、その話をする時だけやけに真剣な口ぶりでした。それ以外の時は、下ネタ絡みのジョークが多いんですけど」

「下ネタ？」聞き捨てならない話だった。「たとえばどんな？」露骨に不機嫌な声が出てしまった。

「話してもいいですけど、聞きたいですかあ？」

伯朗は返答に迷った。男が女に下ネタを振るのは、下心がある時だ。そこから少しずつ性的な垣根を下げていき、最後には口説こうという魂胆《こんたん》なのだ。勇磨がどんなふうに仕掛けたか聞いてみたい気はする。だが実際に聞くと、ますます苛立ちが募るに違いなかった。

いや、と伯朗は呟いた。「やめておこう」

「それがいいと思います」

「話を戻すが、勇磨のやつが嫉みからそんなことをいってるんでなければ、たしかに気になるな。どういうことだろう」

「わかりません。それっきり、その話は出ませんでしたから。今度会う時、それとなく探りを入れてみます」

伯朗は、ふうーっと息を吐いた。心を静めるためだ。「また会うのか」

「何か手がかりが得られるか、勇磨さんが明人君の失踪に無関係だと確認できるまでは」楓は淡泊な声でいった。「ちなみに今月の七日から八日にかけて、勇磨さんは出張で札幌に行っておられたようです」

七日は明人が消息を絶った日だ。

「どうやって聞き出したんだ?」

「ストレートに訊いたんです。今月の七日はどこにおられましたかって」

「怪しまれなかったか」

「そのことを訊く前に占いの話をしたんです」

「占い?」

「カレンダー占いの話です。ある特定の日にどこにいたかによって、一か月後の運勢が決まるというものです。今月の場合、その特定の日というのは七日なんだって」

「へえ、カレンダー占いか。そんなものがあるのか」

「ありません」楓はしれっと答えた。「あたしの創作です。勇磨さんが信じたかどうかはわからないけど、質問する口実にはなるでしょ?」

「……たしかに」

頭のいい女だ——改めてそう思う。

「でも本当にあいつが札幌にいたかどうかはわからないぞ」

「おっしゃる通りです。そのあたりも、追々《おいおい》明らかにできればと思っています」

伯朗は心がざわつくのを感じつつ、それが態度に出ないよう気をつけた。

「何度もいうけど、あいつには気をつけろよ」

わかっています、と楓は小声で答えた。それから、お義兄様、と改まった口調で呼びかけてきた。「ごめんなさい。昨夜は売り言葉に買い言葉でした。あたし、愛のないセックスはしません」

伯朗は大きく息を吸い込み、そして吐き出した。「安心した」

ふふっと笑う声が聞こえた。「やっぱりお義兄様は、明人君がいってた通りの人でした」

「あいつは俺のことを、どんな人間だって？」

「心の真っ直ぐな人だといってました。嘘がつけなくて、曲がったことが大嫌い。駆け引きも苦手。考えていることはすぐに顔に出る」

伯朗は舌打ちした。

「馬鹿にされているみたいだな。あいつがどれだけ俺のことを知っているというんだ。一緒に暮らしてた期間なんて何年もないのに。しかもあいつは子供だった」

「子供だから見抜けることってあるんですよ。あたし、明人君の目は確かだと思います。彼はこうもいってました。兄貴の心は真っ直ぐなだけじゃなくて温かい。自分を犠牲にしてでもみんなに幸せになってもらいたいと考えるほどだって」

「それは買い被りだ」

「そんなことないと思います。お会いしてから短いですけど、あたしもそう思います。だってあたしのことを、すごく大事に思ってくださっている。あたしはお義兄様と出会えて、本当によかったと思います。それだけでも明人君に感謝です」

「やめてくれよ、大げさな」

こんなに人から褒められたのは久しぶりだった。いや、初めてではないだろうか。明人が兄をそんなふうに見ていたとは意外だった。家族の一員になろうとしないことに対して腹を立てているだろうと想像していた。

そしてそれ以上に、楓の最後のほうの言葉が伯朗の心を揺さぶっていた。どういうつもりでいったのかはわからない。出会えて本当によかった——社交辞令に決まっていると思いつつ、真に受けたい気持ちを抑えられない。

「俺からも謝らなきゃいけないことがある」伯朗は前を見たままいった。「明人の消息について、無神経なことをいった。もちろん俺だって、元気なあいつに会いたいと思っている。会えると信じたい。それは嘘じゃない」

しかし楓からの返答はすぐにはなかった。彼女が何を考えているのかわからず、伯朗は、自分の発言に何か問題があったのだろうかと不安になった。

「忘れてならないのは」ようやく楓がいった。「根拠のない憶測を口にしても何の意味もないってことです。それが悲観的なものである場合には余計に。だって、誰も勇気づけられないじゃないですか」

胸に突き刺さる言葉だった。楓にしても、明人の無事を心底信じているわけではなく、何らかの覚悟は抱えているのだと察せられた。伯朗は、そうだな、と相槌を打つのが精一杯だった。

青山のマンションを出てからちょうど一時間、伯朗の運転する車は小泉の町に入った。前に来たのは二十年近く前だ。だがその頃から町並みは殆ど変わっていなかった。幹線道路からそれると、細い道が続く、その道を挟んで、駅のそばでは小さな商店が並び、駅から離れると住宅が増えてくる。さらに進むと町工場や倉庫が目立つようになった。

記憶を辿りつつ、伯朗はハンドルを切った。車では一度だけ来たことがあったのだ。禎子に頼まれ、粗大ゴミを運んだ。祖母が亡くなった直後のことだ。伯朗は免許を取り立てで、友人から車を借りた。

細い坂道を上がっていった。小さな稲荷《いなり》神社を過ぎると古い民家が建ち並んでいた。その中の一つが、祖母の家だった。しかし今はもうない――。

そのはずだった、今はもうないはず、だった。

車のブレーキを踏んだまま、伯朗は言葉を失っていた。何かの間違い、何かの錯覚ではないかと思った。

お義兄様、と楓が隣でいった。「これ、あの写真の家じゃないですか」

伯朗は答えられなかった。頭の中が混乱している。

彼女のいう通りだった。目の前に建っているのはあの家、祖母の家、そして禎子が亡くなった家にほかならなかった。

17

車から降り、家の前に立った。門扉が錆びた小さな門、形ばかりの庭があり、その先に玄関ドアがあった。ドアまでのアプローチに置かれているのは、四角い石がたったの四枚。

何もかもがこぢんまりとした家は、かつて何度か訪れた祖母の家そのままだ。違っている点といえば、当然のことながら、一層古びている点か。それにしても、外から見るかぎり傷みは少なそうだ。廃屋の気配はない。

「どうなってるんだ。まるで狐につままれたような気分だ」そう口に出さずにはいられなかった。「更地になったはずじゃなかったのか。俺はたしかに写真を見たぞ。俺だけじゃない。順子叔母さんだって、あの写真を見たといっていた」

「でも実物を見たわけじゃないんですよね。写真だけで」

「それで十分だろ？　ほかの場所を写したものなら、すぐに気づく。たしかに、この土地だった。隣の家の壁だって写ってた」

「だからといって、それが事実だとはかぎらないんじゃないですか。そういう写真が存在した、という事実があるだけで」

「どう違うんだ？」

伯朗の問いに楓は意外そうに目を丸くした。

「ネット上に流れている画像が全部事実だとしたら、大変なことになりますよ。空飛ぶ円盤や幽霊の存在が証明されたことになります」

彼女のいいたいことが伯朗にもわかった。

「俺が見た写真は、加工された画像だったというのか」

「そうでなければ、この家の存在を説明できません」楓は家を指差した。

たしかにその通りだった。それしか考えられない。ではなぜそんな写真が送られてきたのか。更地にしたように見せかける必要があったのか。

何ひとつ答えが見つけられずに伯朗が立ち尽くしていると、楓が門扉を開け、敷地内に入り込んだ。そのまま、つかつかと玄関に向かっていく。

「おいおい、こらこら」伯朗は彼女を追った。「何をする気だ」

「せっかくここまで来たんですから、中がどうなっているかを見ておこうと思って」

「どうやって？」

すると彼女はバッグの中から写真立てを出してきた。明人の部屋に飾ってあったものだ。

「持ってきてたのか？」

「実際にこの場所に立ってみて、どんな家だったかを想像したいと思ったんです。その必要はなくなっちゃいましたけど」楓は写真立ての裏を開け、中から鍵を取りだした。それを玄関ドアの鍵穴に近づけた。

「不法侵入だ」伯朗はいった。

「そうですかあ？」楓が不思議そうに振り返る。「どうして？　勝手に他人の家に入るわけだから――」そこまでしゃべったところで、そうじゃないのか、と思い直した。この家は禎子のものだ。そして彼女は死んでいるのだから、伯朗たちに相続権がある。おまけに鍵は明人が持っていたものだ。

「納得しました？」

「したけど、大丈夫か、こんなボロ家に入って。床が抜けたりしないか」

「その時はその時です」楓は鍵穴に鍵を差し込み、ぐるりと回した。十数年間、解錠されることはなかったはずなのに、がちゃりとスムーズな音が聞こえた。

彼女がドアノブに手を伸ばしかけたので、待て、と伯朗は制止した。

「俺が先に行く。中がどうなってるかわからないからな。ネズミの死骸がいっぱい、なんてこともあり得る」

「おっしゃる通りですね。ではお任せします。ああでも、その前にこれを」楓はバッグの中からペンライトを出してきた。

「用意がいいな」

「このあたりの土地の様子がわからなかったので。夜は危険かもしれないでしょ」

どうやらかなりの田舎だと思っていたようだ。

ドアを開けると中は真っ暗だった。早速、ペンライトの出番だ。照らすと奥に階段があった。そうだった、と思い出した。一階には仏間と居間、食事室を兼ねた台所、二階には和室が二間あったはずだ。

階段に続く廊下には、小さな棚がぽつんと置かれていた。その上に載っているのは電話機だ。さすがに黒電話ではない。

お義兄様、と楓が後ろからいった。「あれがブレーカーみたいですよ」

彼女が指したのは、靴脱ぎの壁の上部だ。ブレーカーボックスらしきものがある。

「それがどうした？」伯朗は訊いた。「電気なんて、止められてるに決まってるだろ」

「そんなの、やってみないとわからないじゃないですか」

「あの埃だらけのブレーカーボックスに触るのか。手袋もないのに」

「じゃあ、あたしがやります」

「いいよ、俺がやるよ。どうせ無駄だろうけど」

伯朗はブレーカーボックスの下に立つと、腕を伸ばし、まずは蓋を開けた。埃が舞い落ちてくることを覚悟したが、さほどではなかった。向かって左側に主電源ブレーカーがある。人差し指をスイッチに添え、ぐいと上げてみた。

　次の瞬間、あっけなく、嘘のように、伯朗にしてみれば魔法の如く周囲が明るくなった。見上げると天井の明かりが点いている。

「信じられない」伯朗は両手を広げた。「またしても狐につままれたようだ」

「試してみるものですね」楓が、さらりという。

「そんな軽い感想なのか？　お袋が死んで以来、誰も住んでいないはずなんだぞ。それどころか取り壊されたことになっていた。それなのにどうしてここにまだ建っていて、しかも電気まで来てるんだ？」

「それを突き止めるには、とりあえず中に入ってみないと」楓は靴を脱ぎ始めた。

「ちょっと待て。土足でいいんじゃないか」

　でも、と楓は床を指した。「結構、奇麗なんですけど。土足で上がるのは気が引けちゃいます」

　伯朗は近づいて下を見た。板張りの床は、淡い光をうっすらと反射させている。

「たしかにそうだな」

　楓は床を撫で、自分の指を見た。「うん、大丈夫そう」靴を脱ぎ、上がり込んだ。ついでに壁のスイッチを入れる。蛍光灯が点き、室内がさらに明るくなった。階段に向かう廊下が黒光りしている。つい最近、磨かれたようだ。

　伯朗も靴を脱いで上がり、首を振った。「一体、何回狐につままれたらいいんだ」

「きっと狐がたくさん潜んでるんですよ。そういえば、御稲荷さんが近くにありましたよね。あそこから出張してるのかも」なかなか上手いことをいいながら楓がすぐそばの襖を開けた。

　そこは日本間だった。広さは十二畳ほどか。楓が中央まで進んだ。天井からは四角い笠の付いた昔ながらの照明具がぶら下がっている。彼女が紐《ひも》式のスイッチを引っ張ると、ここでもさも当然のように輪っか型の照明が点灯した。

室内は、がらんとしていた。ただし床の間には掛け軸がかかり、その横には仏壇があった。掛け軸は鶴と亀を描いたものだが、貴重品ではないだろう。仏壇を見て、伯朗は懐かしさがこみ上げてきた。中の飾りを空気銃で撃って遊んでいて、禎子からこっぴどく叱られたことがあった。その空気銃は祖母が誕生日にプレゼントしてくれたものだった。外で撃つのは危ないから家の中で遊びなさいといわれ、いろいろなものに向かってぽんぽん撃って遊んだ。襖や障子を穴だらけにした挙げ句、ついには仏壇に手を出したというわけだ。

伯朗は視線を落とした。ここの畳にも埃は積もっていない。明らかに誰かが手入れをしている。誰なのか。

楓が隣の部屋に通じる襖を開いた。その先にあるのが和洋折衷《せっちゅう》の居間だということを伯朗は覚えていた。畳敷きだが、テーブルと籐《とう》の椅子が置いてあった。

楓が明かりを点けた。そこに広がる光景は、伯朗の記憶のままだった。テーブルも椅子も残っていた。ただし、どちらも思った以上に小さかった。

壁に茶簞笥《ちゃだんす》があった。ガラス戸越しに茶道具が見える。

楓が扉を開けた。何かのファイルやらノート、書物といったものが並んでいる。その中から彼女は分厚い一冊を引っ張り出してきた。アルバムだということは、すぐにわかった。

「見てもいいですか」楓が訊いてきた。

「それは俺のものじゃない」

楓は微笑み、籐の椅子の表面を指で触ってから腰を下ろした。汚れていないことを確かめたのだろう。

彼女はテーブルの上にアルバムを置き、一ページ目を開いた。そこに貼られていたのは、赤ん坊を撮った白黒写真だった。傍らに、『禎子　八日目』と記されていた。

楓が顔を上げ、伯朗を見た。二人で苦笑し合った。

「君がいうところの、家族アルバムの典型例らしいな」

「お義母様がプリンセスとして扱われていた時代もあったんですよ。あまり考えたことがないかもしれませんけど」

いわれてみればその通りだった。伯朗は素直な気持ちで頷いた。

楓はページをめくっていく。当然のことながら、今ほど頻繁に写真を撮る時代ではなかった。赤ん坊だったお姫様は、すぐに幼児になり、小学生になり、セーラー服姿となっていく。さらには傍らに、もっと小さな女の子が加わるようになっていた。妹の順子だ。家族四人で写っているものも少なくない。昭和の良き時代だ。

禎子が友人らしき奇麗な女の子と並んでいる写真があった。どちらもセーラー服姿だ。青春、という言葉が伯朗の頭に浮かんだ。

だがやがて二人の娘たちの写真は激減していく。たまに散見されるのは、入学式や誰かの結婚式の時のものだけだ。

そして禎子、順子の順に、アルバムから姿を消していく。その理由は容易に推察できた。大人への階段を上がり始めた彼女たちを親が撮影する機会は、ついに失われてしまったということだ。彼女たちが恋人や友人たちと撮った写真は、各自のアルバムに収められていくのだ。

しかし――。

このアルバムに関していえば、そんなほろ苦い結末を迎えてはいなかった。後半に入り、再び禎子の姿が戻ってくる。まずは花嫁姿だった。綿帽子を被った白い顔の禎子は、伯朗には別人に見えた。

さらにお宮参りの写真。祖母に抱かれているのは、もちろん伯朗だ。その横に禎子の姿があった。それからも数少ないながらも、禎子と伯朗の写っているものが何枚かあった。伯朗一人の写真もあった。例の空気銃を構えている写真だ。

意表をつく一枚があった。写っているのは、ほかならぬ康治だった。きちんとスーツを着こなし、神妙な顔で、禎子と祖母、そして伯朗と共にカメラに収まっていた。場所は、この家の仏間だ。そういえば、と遠い記憶がかすかに蘇ってきた。矢神さんがお祖母ちゃんに挨拶に行くからといわれ、禎子に連れられてきたことがあった。

禎子が矢神家へ挨拶に行った時と同様、康治もここへ来たわけだ。結婚するのだから当然といえば当然だが、別の世界の出来事のような気がした。

楓が、あっと声を漏らした。どうした、と伯朗は訊いた。

彼女はアルバムを開いたまま持ち上げ、伯朗のほうに向けた。さらに一枚の写真を指した。どうやらそれが最後の写真らしい。

それを見て、伯朗は一瞬言葉を失った。

中学生ぐらいの伯朗が立っていた。場所は、この家の前だ。Tシャツにジーンズという格好だった。隣に幼い明人がいた。半ズボンを穿き、ランニングシャツを着せられていた。二人は手を繋いでいた。

いつ撮ったものか、なぜ撮ったのか、まるで覚えていなかった。だがきっと楽しい出来事があった後に違いなかった。二人とも、嬉しそうに笑っていたからだ。

「とてもいい写真です」楓がいった。「どちらも幸せそうで」

「俺が不幸せだったとは一言もいってないだろ」伯朗はアルバムを押し返した。「それはともかく、一つだけ謎が解けた」

「どんな謎です？」

「矢神家で受け取ったお袋の荷物の中に、この家に関するものが何ひとつなかったことだ。順子叔母さんがいってたんだ。ほかのものはともかく、妻の実家のアルバムを勝手に捨てることはありえないんじゃないかって。謎の答えは簡単だった。この家は処分されておらず、荷物はすべてここに保管されたままだったんだ」

「お義父様は、どうしてそんな嘘を？」

「問題はそこだ。更地にした写真を偽造してまで――」

ばたん――突然、玄関ドアの閉まる音がした。伯朗はぎくりとし、口を開きかけた状態で全身の動きを止めた。

何だ、今の音は？

空耳ではない。伯朗は楓と顔を見合わせた。彼女にも聞こえたらしく、表情を強張《こわば》らせている。

風の仕業ではない。ドアはたしかに閉めた。風で勝手に開くわけがない。

続いて、みしりと床の軋《きし》む音が聞こえた。誰かが家に上がってきたのだ。伯朗は身構えた。逃げるための準備だった。

開けっ放しになっている仏間の襖を睨むのと、その向こうからぬっと男の顔が覗くのが同時だった。わあ、と伯朗は声を上げたが、向こうからも同じような声が聞こえた。

一旦襖の向こうに消えた男の顔が、再び現れた。頭の禿げた、小柄な老人だった。髭を生やしているが、いかつい印象はない。年齢は七十代半ばか。作業服のようなものを羽織っている。

「なんだ、おまえはっ」伯朗が叫んだ。

老人は顔を引っ込めた。それとほぼ同時に、伯朗の脇を何かが風のようにすり抜けていった。横を見ると楓の姿がなかった。

次には、「うわっ、離せっ、ひいい」という男の声が玄関から聞こえてきた。

伯朗が行ってみると、先程の老人が靴脱ぎで跪いていた。携帯電話を握りしめた右手が、後ろにねじり上げられている。

老人を組み伏せているのは楓だった。ジーンズを穿いた脚を大きく広げている。

「ひいい、助けてくれ、痛い、痛い。年寄り相手に何するんだ」老人は情けない声で訴えた。

「そんなに強くはやってないでしょ。大げさな」楓は携帯電話を奪い取り、男を解放した。

老人は靴脱ぎに尻をついたまま、伯朗たちを見上げた。

「だ、だ、誰なんだ、あんたたちは？　ここ、こんなところに忍び込んだって、かか、金目のものなんてないよ」

「そういうあんたは何者だ。勝手に人の家に入ってきて」

「私は、ここ、この家の管理を任されてる者だ」

「はあ？」伯朗は楓と目を合わせてから、再び老人を見下ろした。「誰から？」

「誰って、そりゃあ矢神さんから――」そういった後、老人は何かに気づいたように瞬きし、伯朗の顔を指差した。「あんた、もしかして、禎子さんの最初の息子さんじゃあ……」

伯朗は老人の顔を凝視した。どこかで見たことがあるような気がしてきた。

「あんた、誰？」

「私だよ、わたし」老人は自分の鼻の頭を指した。「この家の裏に住んでるイモト。昔よくあんたから、イモのおじさんって呼ばれたよ」

「イモのおじさん……」

伯朗の白く靄《もや》のかかった記憶が、弱々しく形を作り始めた。


そういわれれば、そんな男性が出入りしていた。祖母は元気ではあったが、独り暮らしをするにはいろいろと苦労することも多かったようだ。しかし力仕事などを気軽に引き受けてくれる人が近所にいて助かる、とよくいっていた。実際、伯朗も何度かその人物と顔を合わせた。階段の壁にパイプ式の手すりを取り付けに来ていたこともある。愛想がよくて腰が低く、作業を済ませた後は茶菓子を食べながら祖母の話し相手をし、必要以上に長居することもなく帰っていった。イモのおじさん――そんなふうに呼んでいたかもしれない。いずれにせよ、遠い昔の話だ。

「うちは父親が早くに死んだせいで、長らく母親と二人暮らしだったんだよ。それでも私が三十の時に嫁をもらったんだけど、母親と折り合いが悪くてねえ。たった一年で出ていっちまった。それからはまた母親と二人だ。その母親ってのが、こちらの奥さんと仲がよくて、何かにつけ世話になったわけさ。だからまあ、助け合いだよね」この家の裏に住む伊本《いもと》老人は、しみじみとした口調でいった。禎子ではなく祖母のことだろう。

三人はテーブルを囲み、籐の椅子に腰掛けていた。コーヒーでも飲みたい局面だったが、残念ながらこの家には何もない。

「そうかあ、あの時の息子さんがあんたかあ。いやいや、立派になられたもんだ。うんうん、面影があるよ」伊本は伯朗の顔を見て、何度も首を縦に動かした。

「祖母が亡くなった後は、うちの母がこの家の管理をしていたはずなんですが」

伯朗の質問に、うんうんと老人は再び頷いた。

「禎子ちゃんは、たまに掃除に来ていたね。でもしょっちゅうというわけにはいかないから、時々様子を見てくれないかと私に頼んできたんだ。いいよ、と引き受けた。人の出入りがないと、家ってのは傷んじゃうし、何より物騒だからね。おかしな輩《やから》が忍び込んで悪さをせんともかぎらんし」

禎子ちゃんと呼ぶのを聞き、伊本とこの家との関係が窺《うかが》えた気がした。

「母が亡くなった後は、あなたが管理を引き継がれたというわけですか。さっき、矢神さんから頼まれたとおっしゃいましたね。具体的には、誰にですか」

「そりゃあ禎子ちゃんの旦那さんにだよ。ある時訪ねてみえて、こっちは預かっていた鍵を返そうとしたんだけど、逆に、引き続き家の管理を頼めないかといわれたんだ。しばらくは取り壊す予定がないからってね。謝礼まで出すとおっしゃって、そこまでいわれたら断る理由がない。こっちは定年退職したばかりで、特にすることもなかったから、私なんかでよければと引き受けたわけだよ」

「しばらく取り壊す予定はない――たしかにそういったんですね」

「そうだよ。実際、こうしてまだ残してあるしね」

「なぜ残すのかという理由については聞いてませんか」

「これといった大きな理由はなかったみたいだけどね。いろいろと忙しくて処分する時間的余裕がなかったんじゃないかな。ただ、息子が思い入れがあるようだ、とはおっしゃってたなあ」

「息子?」

「うん、たしかにそうおっしゃってた。といっても、あんたのことではないようだがね」老人は上目遣いに伯朗を見た。

明人か——。

彼がこの家を残すよう父親に進言したということか。何のために?

「この家の掃除は、どれぐらいの頻度で?」今まで黙っていた楓が訊いた。

「少なくとも一か月に一度はしてるよ。掃除機をかける程度だけどね。でも、わりと奇麗だろ?空き家というのは、一旦荒れだすとどうしようもなくなるからね。手抜きなんぞしとらんよ。時々、見に来られることもあるようだから、そんなことをしたらすぐにばれちまう」

「見に来る? 誰が?」伯朗は訊いた。

「掃除をしていたら、息子さんがひょっこり現れたことがあったんだ。ちょっと様子を見に来たといってたね。だからさっきも、この家の明かりが点いているのを見て、息子さんかと思ったんだ。ところがそうじゃないもんだから、びっくりして逃げ出しちまったわけだ」そういってから伊本老人は楓のほうを向いた。「それにしてもお嬢さん、大した腕前だ。気がついた時には取り押さえられとった」

「泥棒と間違えて警察に通報されたら面倒だと思って……。無我夢中でした。ごめんなさい」楓は両手を膝につき、申し訳なさそうに頭を下げた。

「弟が……明人がここへ来たことがあるんですね」

「うん。その時の口ぶりだと、たまに来ているようだった。何のためかはわからんがね。でもお母さんを偲んでいるのは確かだった」

「どうしてですか」

「変なところをじっと見ていたからだよ。ただ事でない目をしてね」

「変なところ?」

「風呂場だよ。禎子ちゃんは風呂場で亡くなったそうだね。それで、息子さんは今もまだ無念なんだろうと思ったよ」伊本老人は世間話のような口調でいった。

だが伯朗は平静を保ってはいられなかった。虚空《こくう》の一点を見つめ、拳を握りしめていた。お義兄様、と楓から呼びかけられ、ようやく我に返った。

「そろそろ家に帰らなきゃいけないって、伊本さんが」

「あっ……どうもすみませんでした」

「また何か訊きたいことがあったら、声をかけてくれたらいい。大抵、家にいるんでね」どっこいしょと声を掛けて伊本は立ち上がった。「それでええと、私はこれからも今まで通りにしとればいいのかな。月にいっぺんほど掃除をするということで」

「それで結構です。よろしくお願いいたします」

老人を玄関まで見送った後、伯朗たちは再び居間に戻った。わけがわからない、と彼はまず口にした。

「この家を残すというのはわかる。あの爺さんに管理を任せるというのも。問題は、なぜそれを隠していたかだ。取り壊して更地にした、なんていう嘘をついてまで」

「あたしは勇磨さんの言葉を思い出しました。あの人は、明人君がお義母様から何か高価なものを譲り受けたんじゃないかと疑っていました。もしかすると、それはこの家ではないでしょうか」

「このボロ家が?」伯朗は両手を広げ、周りを見回した。「さっきの爺さんのおかげで廃屋にならずに済んでいるだけの家が？　あの爺さんもいってただろ？　金目のものなんて、たぶん何もないぞ」

「でもこの家の存在を明人君はお義兄様にさえ隠していました。何の価値もない家なら、そんなことはしないと思うんです」

楓の言い分は尤《もっと》もなものだった。伯朗は反論が思いつかない。

「とりあえず、もう少し中を見て回るか」

「それがいいと思います」楓は腰を上げた。

二人で屋内を調べて回ることにした。まずは台所から。食器棚に古い食器が少々。調理器具も残っていたが、刃物の類いは見当たらない。万一忍び込む者がいたとして、犯罪等に使われるのを防ぐためだろう。

廊下に出て、階段を上がった。ペンライトを持っていたが、出番は殆どなかった。どこの明かりも正常に点灯するからだ。伊本老人の管理ぶりは、なかなか優秀なようだ。

二階の和室のうち、荷物が置いてあるのは一部屋だけだった。鏡台と箪笥が置いてあった。鏡台の引き出しには、口紅や化粧品の瓶などが入っていた。あの祖母も化粧をしていたのだな、と皺だらけの顔を伯朗は思い出した。

箪笥には衣類が少し入っていた。ナフタリンの臭いがかすかにした。

押し入れを開けてみたが、見事に空っぽだ。念のために天井裏をペンライトで照らしてみたが、何かが隠されている様子はなかった。

「ふつうだな」階段を降りてから伯朗はいった。「ふつうの空き家だ。秘密の財宝が眠っているとは、とても思えない」

「じゃあ、どうして明人君は、この家を残したかったんでしょう?」

さあね、と首を捻りながら居間に戻ろうとして、伯朗は足を止めた。

「どうしたんですか」

「肝心なところを見るのを忘れていた」

伯朗は階段のすぐ脇にあるドアを開けた。そこからさらに短い廊下があるのだ。左側に洗面台、そして奥にはドアがもう一枚。開けたところは脱衣所だ。

そばのドアを開けた。カビとカルキが混じったような臭いが鼻をつく。伯朗は敢えて明かりをつけず、ペンライトで照らした。薄闇の中に、灰色の湯船が浮かんでいる。

「お義母様は、ここで……」背後で楓が声を詰まらせた。

「明人がこの家を残したかった理由はわからない。でも、一つだけ考えられることがある」伯朗は続けた。「あいつはお袋の死に疑問を持っていた。いや、今もずっと持ち続けている可能性がある。だからこの家を、証拠物件として残す必要があると思ったんじゃないだろうか。殺人事件の証拠物件として」

「それが……この家の価値?」

「そうかもしれない」

伯朗はペンライトのスイッチを切った。母の遺体が沈んでいたという灰色の湯船は、闇の中に溶けていった。

18

小泉の町を出る頃には、すっかり夜になっていた。時計を見れば、午後八時近くになっている。運転しながら道路脇に出ているラーメン屋の看板を見て、伯朗は急に空腹になってきた。そのことをいうと楓も同感だという。

「どこかで食事します？　駐車場のあるファミレスとかで」

「それだとビールが飲めない。外で食事をするにしても、東京に戻って、この車をどこかに置いてから出直したい」

「そういえば喫茶店でもビールを注文しようとしてましたね。お酒、お好きなんですねえ」

「ふつうの時ならともかく、今夜は飲みたい。取り壊されたとばかり思っていた家が存在してたんだ。酒でも飲まなきゃ、頭の中を整理できそうにない」

「わかりました。おなかはすいていますけど、そういうことならもう少し我慢します」

「悪いけど、そうしてくれ」

楓がスマートフォンを取り出し、何やら検索らしきことをしているのを伯朗は目の端で捉えた。

「何をしている？」

「お店を探してるんです。遅い時間でも入れて、密談できそうな個室があって、しかも美味しくてお洒落なお店を。お義兄様、何か苦手なものはありますか。アレルギーとか」

「アレルギーはないが、カリフラワーはだめだ。それ以外なら平気だ」

「了解です。じゃあ、何にしようかなあ。希望、あります？」

「特にない。何でもいい。任せるよ。明人と食事に行くことも多いんだろ？　行きつけの店とかないのか」

「ありますよ。西麻布のワインバーとか」

「そこ、食事はできるのか」

「結構美味しいです」

「落ち着いて話せそうか」

「個室はないけど、テーブル席なら大丈夫だと思います」

「そこでいい」

「はーい。じゃあ、予約しちゃいますね」

スマートフォンに店の番号を登録してあったらしく、楓はすぐに電話をかけた。今夜九時から二名で、と話している。どうやら席は空いていたらしく、「手島といいます」と名乗った。すると相手は下の名前も尋ねてきたようだ。「楓です」と彼女は付け足した。さらに、「はい、手島楓です。……よろしくお願いします」といって電話を切った。会話の流れで、名字を変更するのが面倒だったのだろう。

手島楓――その響きに伯朗の胸は高鳴った。考えたこともない名前の組み合わせだ。思春期じゃあるまいし、いい歳をして何を狼狽しているんだと自らを叱咤しつつ、頭の片隅では、字画はどうなんだろう、なんてことを考えている。

「無事、予約取れました」楓は特に変わったことを口にした自覚はないらしく、平然と報告した。

御苦労、と伯朗も「手島楓」については聞こえなかったふりをした。

「ところでお義兄様、あの家のことは今後どうするおつもりですか」

うーん、とまずは唸った。

「明日、矢神総合病院に行こうと思う。ダメ元で康治氏に会ってくる。話ができるかどうかはわからないけどな」

「だったら、あたしも行きます。あれ以来、お見舞いに行ってないので気になってたんです。波恵叔母様に叱られちゃうかも」

「それはいいが、小泉の家が存在することは、当分の間、俺たちだけの秘密にしておきたい。波恵さんにも教えないでおこうと思っている」

「そうなんですか」

「あの家の存在が隠されてきたことには何か大きな理由があるはずだ。少なくともそれがわかるまでは迂闊に口外しないほうがいい。わかったな」

「わかりました。アイアイサー」

「明日、君も行くというのならちょうどいい。何か口実を作って、波恵さんを病室から連れ出してくれ。その間に、俺が康治氏に小泉の家のことを尋ねてみる」

「了解でーす」

伯朗は運転に集中しようと思いつつ、やはりあれこれと考えを巡らせてしまう。あの家が取り壊されずに残っていることを知っているのは誰と誰なのか。康治と明人以外にいるのだろうか。矢神家の連中はどうなのか。

楓の話も気になっていた。彼女によれば勇磨は、明人が禎子から何か高価なものを譲り受けたのではないかと疑っていたという。それがあの家のことなのだろうか。

そういえば、と思い出すことがあった。伯朗が相続問題で矢神邸を訪れ、禎子の遺品が入った段ボール箱を持ち帰ろうとした際、佐代が、「気をつけたほうがいいですよ」と囁きかけてきた。さらに、「その箱の中に、禎子さんの遺品のすべてが入っているとはかぎらない」と続けたのだった。

ただし断定的な言い方ではなかった。価値のある何かがあるかもしれない、という程度のニュアンスだった。彼女も確信を得ているわけではないということか。

小泉の家からは、例の古いアルバムだけを持ち出してきた。いずれ順子にも見せてやりたいと思ったからだ。もっとも、家が存在することは彼女にもまだ話せないから、少し先になるだろうが。

やがて都内に入った。豊洲にあるマンションの駐車場に車を置いた後、タクシーを拾って西麻布に向かった。

「お義兄様って、すごいタワーマンションに住んでおられるんですね」車内から後ろを振り返り、楓がいった。

「別にすごくない。このあたりはタワーマンションだらけだ」

「部屋の広さはどれぐらいですか」

「狭いよ。はっきりいって、明人の部屋の半分ほどだ」

「何階なんですか」

「三十二階」

「わお」楓は身体をよじらせ、胸の前で両手を組んだ。「きっと景色がいいんでしょうね。今度、遊びに行ってもいいですか」

どうぞ、とぶっきらぼうに答える。内心では、あの部屋に楓が来ることを想像し、わくわくしていた。

「訂正しておきたいことがある」

「何ですか」

「部屋の広さについてだ。明人の部屋の半分ほどといったが、実際には三分の一以下だ」

「あらあら」

「小さな見栄を張った。すまん」

「まさか階数も三分の一以下なんてことは……」

「それはない。本当に三十二階だ」

「だったら素敵。遊びに行きますね」

うん、と頷きながら、近々掃除をしなきゃなと思った。

「お義兄様は、ずっと独り暮らしなんですか。同棲とかしたことはないんですか」

「ない。そんな面倒臭いこと、するわけがない」

「結婚しないのも、面倒臭いからですか」

「それは違う。単に相手がいないだけだ。独身主義者というわけじゃない」

「お義兄様なら、すぐに良い相手が見つかりそうですけど」

「ありがとう」

「あの方なんかどうですか。病院で助手をしている女性。美人じゃないですか」

楓がそんなふうな目で蔭山元実を見ていたとは意外だった。

「彼女が俺なんかを相手にするわけがない。そんな想像をするだけでセクハラだと訴えられそうだ」

「そうかなあ。じゃあ、ペットの飼い主さんとかは？」

「残念ながらペットを連れてくる女性は大抵既婚者だ。そしてペットを飼っている独身女性は、結婚する気がないか、諦めている場合が多い」

「そうなんだ。案外、出会いが少ないんですね」

「そういうことだ。で、いつの間にか、おっさんになっていた。しかし――」伯朗は楓のほうを向いた。「まさか明人に先を越されるとは思わなかった」

「そうでしょうね」

明人は、と伯朗は彼女の顔を見つめながら思わず続けた。「幸せなやつだ。いい出会いがあって……羨ましい」

口にしてから、最後の言葉は余計だったと後悔した。

楓はにっこりと微笑み、「ありがとうございます」といった。唇から覗く歯が白かった。

タクシーが西麻布に着いた。楓に導かれて入ったワインバーは、ビルの地下一階にあった。欧風の田舎町を模したような店だった。映画の古いポスターが壁に貼ってあり、樽《たる》の模型が置かれている。大きなカウンターに向かって、数名の客が座っていた。

伯朗たちが案内されたのは、隅のテーブル席だった。周りに客はおらず、落ち着いて話ができそうだ。

はい、と楓がメニューを差し出してきた。

伯朗は首を振った。「任せる。君のお薦めを頼んでくれ」

わかりました、といって楓は店員を呼んだ。注文したのは、シャンパンとオイスターのセットだった。グラスシャンパンと、三種類のソースが付いた生牡蠣《なまがき》のセットらしい。

「明人君とこの店に来た時には、まずはそれをオーダーするんです。で、牡蠣を食べながらゆっくりと次の料理を考えるのがあたしたちのパターンです」

楓の解説に、なるほどね、と伯朗は頷いておいた。どんなものにも作法はある。

間もなく飲み物と料理が運ばれてきた。特に乾杯する理由はなかったが、グラスを空中で合わせてからシャンパンを口に含んだ。きりりと引き締まった辛口だった。これなら生牡蠣に合いそうだ。

「矢神家に佐代という女性がいただろ？　覚えてるか」

「もちろん。色っぽい人でしたよね。銀座のクラブのママだとか」

「彼女の店に行きたいとかいってたな。名刺は貰ったのか」

「貰いました。今も持ってますよ」

「見せてくれ」

楓は傍らに置いたバッグを開け、一枚の名刺を出してきた。「これです」

その名刺には、『クラブ　ＣＵＲＩＯＵＳ　室井小夜子《むろいさよこ》』と印刷されていた。室井が旧姓かどうかは不明だが、小夜子というのは若い頃からの源氏名《げんじな》だろう。ホステスは店を移っても源氏名を変えないことが多い。昔からの贔屓客を呼ぶためだ。

名刺の裏に店の場所を記した地図が印刷されていた。伯朗は自分のスマートフォンを取り出し、地図を撮影してから名刺を楓に返した。

「もしかして、行こうとか思ってます？」名刺をつまみ上げ、楓が上目遣いをした。

「彼女に訊きたいことがあるんだ」

伯朗は、矢神邸で佐代から意味ありげな言葉をかけられたことを話した。

「そういうことなら、あたしも行きます」

「それはだめだ。俺たちが組んで何かを調べているという印象を持たれたくない。向こうは勇磨と通じている。下手をすると、君が勇磨から警戒されることになるぞ」

納得したらしく、楓は渋面《じゅうめん》で肩をすくめた。「銀座のクラブを覗きに行く機会なんて、めったにないのに」

「すべてが片付いてから行けばいい。何しろ親戚なんだ。歓迎してくれるさ」

三種類のソースで味わう生牡蠣は絶品だった。思った通り、シャンパンとの相性もいい。ただ伯朗は牡蠣を味わいながら、ぼんやりとした違和感を抱いていた。何となく心に引っ掛かるものがある。だがその正体は摑めなかった。

いつの間に注文したのか、次の料理が運ばれてきた。マリネだったが、皿の上を見て、顔をしかめた。魚介類にパプリカとカリフラワーが添えられている。

「わあ、ごめんなさい」楓が謝った。「カリフラワーが付いてるなんて誤算でしたあ」

「それは君が食ってくれ。なるべく早く」伯朗は手で払うしぐさをした。

「わかりました。でもどうして嫌いなんですか。見るのも嫌って感じですね」

「見るのも嫌なんだ。理由は訊くな」

「美味しいのになあ」楓はカリフラワーをフォークに刺し、ぱくぱくと口に放り込む。だが途中で動きを止めた。「知ってます？　カリフラワーとかブロッコリって、数学的に面白い存在なんですよ」

「数学的？　何だ、それ」

「ほら、こうやって」楓は指先でカリフラワーの一部をちぎり取った。「小さく切ったカリフラワーをよく見ると、ちぎる前の姿とほぼ同じ。これをさらに小さくちぎっても、拡大して見たら元の姿と同じ。こういうのを数学ではフラクタルというんだそうです。面白いと思いません？」

その言葉を聞き、伯朗はフォークを持つ手を止めた。「海岸線とか？」

そうそう、と楓は嬉しそうな顔でカリフラワーを口に入れた。「よく御存じですね」

「昨日、聞いたばかりだ」

伯朗は、矢神邸で見た絵はフラクタル図形だと憲三に指摘されたことを話した。

「へえ、あの絵がねえ」

「叔父さんは、あんなものを手描きできること自体が信じられないといってたな」

「サヴァン症候群の患者って、すごい力を秘めているんですね」

「みんながみんなというわけじゃない。だからこそ研究する価値があるんだろう」

楓は何かを思いついた顔になり、バッグからスマートフォンを取り出した。

「何をしている？」

「調べてるんです。サヴァン症候群の患者でフラクタル図形を描けるようになった人が、ほかにもいるかどうか」

「なるほど」

シャンパンを飲み干したので、白ワインを注文した。スマートフォンを操作する楓の姿を見ながら、便利な時代になったものだと伯朗は改めて思った。西麻布のワインバーにいながら、サヴァン症候群と数学の関連について調べられる。

あっと楓が声を漏らした。驚いたような顔をしている。

「どうした？」

これ、といって彼女は液晶画面を伯朗のほうに向けた。「あの絵じゃありません？」

伯朗は目を見張った。たしかに似ている。自分のスマートフォンを操作し、絵の画像を表示させた。似ているどころか同一だということが判明した。

「その絵、どこにアップされてる？」

「えーと……ブログですね。書いてるのは女の人です。プロフィールによれば、元中学校の国語教師で現在専業主婦。趣味は読書、演劇鑑賞、山登りとなっています」

「あの絵との関係は？」

楓は画面を何度か指で擦り、ありました、といった。「ああ、そういうことなのかあ」

「ひとりで納得するな。どういうことなんだ」

「描いたのは、この女性のお父さんみたいです。ある日、それまでは全く興味がなかったはずの絵画に突然目覚めて、絵筆を持つようになったとか。それがどれも不思議な絵ばかりで、知り合いの建築家からフラクタル図形ではないかと指摘されたそうです」

「突然目覚めた？　何かきっかけはあるのか」

「ええと、そのあたりのことは詳しく書かれていませんね。ただ、お父さんが絵を描いていたのは長い期間ではなく、絵を描き始めてから数年後に病気で亡くなられたようです」

「いつ頃の話だ」

「三十年ほど前、と書いてあります」そういって楓はスマートフォンから顔を上げた。

康治がサヴァン症候群について研究していた時期と合致する。

「ちょっと見せてくれ」

伯朗は楓からスマートフォンを受け取り、ブログを読んだ。そこにはほかの絵もアップされていた。いずれも不思議な作品だった。だがフラクタル図形だという点では一致しているらしい。

「このサイトのアドレスを、俺にメールしておいてくれ」そういいながら伯朗はスマートフォンを楓に返した。「この女性と話がしたいな」

「メールアドレスが記されています。あたしから連絡を取ってみましょうか」

「いや、俺が連絡する。お父さんの絵の原画を持っている者だと書けば、向こうも興味を持ってくれるだろう」

「わかりました」

その後、ワインを飲みながら食事をし、店を出たのは十一時過ぎだった。

「どこかで飲み直します？」楓が訊いてきた。「うちに来ていただいても結構ですけど」

魅力的な誘いだった。「そうしたいところだ」伯朗は正直にいった。「しかし今夜は、これから行きたいところがある」

「もしかして」楓が窺ってくる目をした。「銀座？」

「そうだ。まだ間に合うだろう」

楓は神妙な顔で敬礼をした。「そういうことなら、がんばってきてください」

「収穫があるかどうかはわからんがな」

「少なくとも目の保養はできると思いますよ。たっぷりと」

「それならいいが」

「大丈夫ですよ。あの女性が、不美人のホステスに高い給料を払うようなことはしないと思いますから」楓が片目をつむる。あの女性とは、もちろん佐代のことだろう。矢神邸では脳天気に振る舞っていたが、彼女なりに人間観察をしていたらしい。

タクシーの空車が通りかかったので、手を挙げて止めた。

「じゃあな」

「健闘を祈ります」

「だから期待するなって」顔をしかめて楓にいい、素早く乗り込んだ。銀座まで、と運転手に告げる。

ドアが閉まった。窓の外を見ると楓が手を振っていた。伯朗は頷いて応じた。

車が動きだしてからしばらくしてスマートフォンが震えた。メールを受信していた。楓からだった。先程のサイトのアドレスを送ってきたのだ。さらに、次のように続けられていた。

『今夜は、どうもごちそうさまでした。せっかく銀座の高級クラブに行くんだから楽しんできてください。たまには美女に囲まれるのもいいですよ。それからカリフラワー、食べられるようになるといいですね。好き嫌いいってると大きくなれないですよ。昔、ママからいわれませんでした？』

伯朗は、ふっと唇を緩め、スマートフォンをポケットに戻した。

複雑な思いが胸に去来していた。

カリフラワーを食べられないのは、猫の脳みそを連想するからだった。それを話したら、楓はどんな顔をしただろう。いつかの夜のように、彼に同情してくれただろうか。同情し、少年だった伯朗を抱きしめてやりたいといってくれただろうか。

好き嫌いをいってると大きくなれない、か――。

心の中で呟いた瞬間、何かが頭に引っ掛かった。先程、生牡蠣を食べている時に抱いた違和感だ。あの時には気づけなかったその正体が不意に明らかになった。

「好き嫌いいっちゃだめ。何でも食べられるようにならないと」

耳に蘇ったのは禎子の声だった。しかしその言葉は伯朗にかけられたものではない。

叱られていたのは明人だ。彼はまだ小学生だった。目の前にある皿には、カキフライが盛られていた。

明人は牡蠣が苦手だったのだ。見た目が気持ち悪いというから、禎子はカキフライにした。それでも彼は食べようとしなかった。

ずいぶん昔のことなので忘れていた。しかし確かなことだ。明人は牡蠣が嫌いだった。生牡蠣などは論外だったはずだ。

いや——伯朗は小さく頭を振る。

所詮、昔のことだ。時が経てば人は変わる。食べ物の好みが変わってもおかしくない。子供の頃に苦手だった食べ物が、大人になり、大好物になることもあるだろう。

さっきの店で、明人と楓がシャンパンを飲みながら生牡蠣に舌鼓を打ったとしても少しも変ではないのだ、と伯朗は自分にいい聞かせた。

19

『クラブ　ＣＵＲＩＯＵＳ』は銀座八丁目にあった。近未来を連想させる洗練された外観をした建物の七階だ。エレベータを降りるとすぐに入り口がわかった。開け放たれたドアには、薔薇の彫刻が施されていた。

伯朗が店内に足を踏み入れると、そばに立っていた黒服が、いらっしゃいませ、と挨拶してきた。短い髪を奇麗にセットした若い男だった。少し戸惑った表情をしているのは、初めて見る客だからだろう。

「まだいいかな」伯朗は訊いた。

「構いませんが、営業時間は十二時までとなっております」

「それでいい」

「恐れ入ります。では、席に御案内いたします」

黒服の後について店内を移動した。百人ぐらいは楽に座れる広さがあった。席は半分ほどが埋まっている程度だが、閉店時刻が近いことを考慮すれば盛況といっていいだろう。

ホステスの質を見極めようと視線を走らせ、一人の女性と目が合った。佐代だった。今夜は和服姿だ。いや、店ではいつもそうなのかもしれない。彼女は伯朗に気づき、まずは驚いた表情を示した。だがそれを長く引きずることはなく、間もなく意味ありげな微笑を唇に浮かべた。

伯朗が案内されたのは、小さなテーブルを二つ並べた席だった。すぐ隣には数名のグループが座っていて、ずいぶんと盛り上がっていた。接待だろうか、一人の威張った男と低姿勢の男たちの色合いが明らかだ。

「お飲み物はいかがいたしましょうか」そういって黒服がオシボリを差し出した。

「うん……どうしようかな」

ビールでも頼もうかなと思った時、別の男性が近づいてきて、黒服に何やら耳打ちした。若い黒服の顔に、さっと緊張の色が走った。

お客様、と彼は伯朗のほうを向き、両手を合わせた。「別のお席を御用意したのですが、そちらに移っていただいてもよろしいでしょうか」

「別の席?」

「はい。あの、ママがそのほうがいいのではないか、と」

伯朗は首を傾げた後、視線を感じて遠くを見た。佐代が通路に立ち、彼等のほうを見ていた。黒服に頷きかけた。「わかった」

「申し訳ございません」

立ち上がり、再び黒服の後について移動した。次に通されたのは、仕切りで囲まれた席だった。ほかの客の喧噪からは隔離されている。所謂ＶＩＰ席らしいと察した。

新たに渡されたオシボリで顔を拭いていると、佐代が笑顔で現れた。

「こんばんは、伯朗さん。よく来てくださいました」柔らかい口調でいい、伯朗の隣に座った。薄い橙色を基調にした着物は、近づくのが憚《はばか》られるほど高級そうだ。

「突然、すみません」

「とんでもない。まさか来ていただけるとは思っていなかったので驚きましたけど、嬉しいサプライズです」

先程の若い黒服が再び現れた。彼が抱えているものを見て、伯朗はぎょっとした。ドン・ペリニヨン——高級シャンパンのボトルだった。

「僭越《せんえつ》ながら、私からのプレゼントです」佐代がいった。

「いや、こんなことをしてもらっちゃ申し訳ないです」

「私の気持ちです。どうか御遠慮なく。それに私が飲みたいんです」

伯朗はシャンパンのボトルと佐代の顔を交互に見て、頭を掻いた。「参ったな」

佐代は黒服に目配せした。黒服は頷き、下がっていった。それを見送りながら、伯朗は機先を制されたような気分になっていた。

「佐代さんは何かペットを飼ってますか」

「ペット？　人間のオス以外で？」

思わぬ回答に伯朗が言葉を返せないでいると、彼女は苦笑し、顔の前で手を払った。

「ごめんなさい。下品なことをいいましたね。ペットは飼っていません。どうして？」

「いや、もし飼っておられるのなら、そのペットが怪我をしたり病気になった時、診察代をサービスさせていただこうと思って。シャンパンのお礼に」

うふふふ、と佐代は笑った。「じゃあ、何か飼おうかしら」六十歳を優に超えているとは思えない妖艶さを唇に滲ませた。

だが彼女の顔を見ているうちに、奇妙な感覚が伯朗の胸の内に生じた。どこかで似た人物を見たような気がしたのだ。しかも、それほど前のことではない。つい最近だ。芸能人だろうか。

その答えが見つからぬうちに黒服がやってきて、テーブルにシャンパンの入った二つのグラスを置いた。シャンパンの中では細かい泡が踊っている。

「では再会を祝して」佐代がグラスを手にした。

伯朗もグラスを取り、かちんと乾杯した。今夜は二度目の乾杯だなと思いながらシャンパンを含むと、先程のワインバーで飲んだものとは別格の香りが口中に広がった。

グラスをテーブルに置いた時、お邪魔します、といって二人のホステスが入ってきた。どちらも二十代半ばといったところか。スタイルが抜群で顔も美形だ。艶のある肌、剝きだしになった太股、胸の谷間——伯朗の視線はめまぐるしく飛び回ることになった。こういうシチュエーションでなければ、遠慮なくにやけているところだ。

だが残念ながら、今夜はそういうわけにはいかない。

「いや、あの、佐代さん」伯朗は若い二人をちらちらと見ながらいった。「じつはあなたに訊きたいことがありまして……。できれば二人だけで話したいのですが」

ああ、と佐代は口を半開きにしたまま首を縦に動かした。

「そうだろうとは思ったんですけど、一応ね。わかりました。——あなたたち、ちょっと下がってなさい」

はい、と返事し、二人のホステスは立ち去った。その華奢《きゃしゃ》な後ろ姿を眺めながら楓の言葉を思い出していた。彼女がいうように、佐代は不美人のホステスを雇ったりはしないのかもしれない。

さて、と佐代が伯朗のほうを向いた。

「邪魔者は追い払いました。何でしょうか、私に訊きたいことというのは」楽しい会話をする前のように、生き生きとした表情を見せる。やはり一筋縄ではいかない女だ、と伯朗は心の中で身構えた。

「じつは、先日のあなたの言葉がずっと気になっているんです。母の荷物を矢神邸から持ち帰ろうとした時、あなたはいいましたよね。気をつけたほうがいい、それが禎子さんの遺品のすべてとはかぎらない、と。あれはどういう意味だったのですか」

あら、と佐代は小首を傾げた。「そんなこと、いいましたかね」

「今更とぼけないでください。わざわざ耳元で囁いたじゃないですか」

佐代は意味ありげに微笑み、グラスを口元に運んだ。ゆっくりと瞬きし、シャンパンを飲み干した後、しげしげと伯朗の顔を眺めた。

「何ですか。俺の顔に何かついてますか」

「よく似ているな、と思って。やっぱり親子ね。目元のあたりなんか、そっくり」

「話をそらさないでください。なぜあんなことをいったのか、説明してもらえますか」

佐代はグラスを置き、小さく首を振った。

「それほど深い意味があっていったわけじゃないんですよ。ただ、矢神家の人間たちを信用しすぎてはいけませんよといいたかっただけで。何しろ、沈没寸前の船に乗っているようなものですからね。逃げ出すことばかりを考えているはずです。逃げ出すだけならいいけど、誰も火事場泥棒にならないとはいえません」

「沈没寸前とは？」

「そのままの意味です。矢神総合病院はすでに経営が破綻しており、銀行の支配下にあります。唯一の財産といえる矢神邸にしても、今後の状況次第ではどうなるかわかりません」

伯朗は目を見張った。「そうなんですか」

康治を見舞った時のことを思い出した。たしかにあの病院には凋落《ちょうらく》の気配が漂っていた。

「だから禎子さんの財産が何か残っていないか、きちんとチェックしておいたほうがいいんです」

「それはたとえばどんなものですか」伯朗は佐代の反応を窺いながら訊いた。「不動産とかですか」

「さあそれは」彼女は表情を殆ど変えなかった。「私にはわかりません。何もないかもしれません」

「本当に、それだけの意味であんなことをおっしゃったのですか。俺にはとてもそうは思えないのですが」

「それだけの意味です。何だか、深読みさせちゃったみたいですね。ごめんなさい」佐代は両膝に手を置き、丁寧なしぐさで頭を下げた。

伯朗は密かにため息をついた。佐代の言葉が本当なのか嘘なのか、まるでわからなかった。だからといって、ここで小泉の家のことを明かすわけにはいかない。勇磨が禎子の遺産について楓にあれこれ尋ねていたという話も、控えておいたほうがいいだろう。

「お尋ねになりたいことというのは、それだけ？」

「ええ、まあ、今夜のところは」

「だったら、先程の女の子たちを呼びましょう。今夜は私の奢《おご》りです。あまり時間はありませんけど、楽しんでいってください」

「いや、そういうことなら」伯朗は腰を上げた。「これで引き上げます。シャンパン、ごちそうさまでした」

「遠慮なさらなくてもいいのに」

「今度また来ます。もちろん自腹で」

「そうですか。わかりました。ではお待ちしていますね」

見送らなくてもいいといったが、佐代はビルの下までついてきた。さらに、歩きだした伯朗に向かって手を振ってくれた。営業用の笑みを湛えたその顔はまさに海千山千の銀座のママのもので、安易に内心を推し量ろうとした彼を嘲《あざけ》っているように見えた。

新橋まで歩き、タクシーに乗った。佐代との短いやりとりを反芻《はんすう》しながら、見送ってくれた時の顔を思い出す。

その瞬間、唐突に閃いたことがあった。店内で彼女と顔を合わせた際に生じた、奇妙な感覚が蘇った。

運転手さん、と声をかけていた。「少し急いでください」

銀座から豊洲は目と鼻の先だ。約十分後にはマンションの地下駐車場に着いていた。

「ここでちょっと待っていてください」運転手にそういってからタクシーから降りると、伯朗は自分の車に駆け寄り、後部ドアを開けた。シートの上に小泉の家から持ち出したアルバムを載せてあった。

立ったままでページを開いた。一枚の写真を見つけ、やはりそうだ、と確信した。爪の先で写真を剝がすと、アルバムを後部シートに戻し、ドアを閉めた。

写真を手に、タクシーに乗り込んだ。「銀座まで戻ってください」

先程のビルに着いた頃には十二時を過ぎていた。伯朗は構わずにエレベータホールに向かった。ドアが開き、ホステスたちと共に大勢の客が降りてきた。彼等と入れ替わるように乗り込み、七階のボタンを押した。

『クラブ　ＣＵＲＩＯＵＳ』のドアの前にも、帰ろうとする客たちの姿があった。彼等をかきわけ、店に入った。

「お忘れ物ですか」声をかけてきたのは、伯朗を席に案内した若い黒服だった。

答えずに店内を見回した。佐代は奥のテーブル席についていた。スーツを着た、太った男性客の相手をしている。伯朗は足早に近づいた。

佐代が気づいたらしく、顔を向けてきた。「あら、どうされました？」口元は笑っているが、目が険しく光った。

伯朗は彼女の顔の前に、アルバムから剝がした写真を出した。「これについて説明を」

佐代の顔から作り笑いが消えた。今夜初めて見せた彼女の素顔だった。

「何だ、この男は」スーツの客が口を尖らせた。

ちょっと失礼します、と佐代は客に詫び、立ち上がった。テーブルから離れるよう伯朗を促しつつ、耳元に口を寄せてきた。

「向かいのビルの地下一階に、『ナインティーン』というバーがあります。そこで待っていてください」

「必ず来てくれますね」

伯朗がいうと佐代は睨んできた。

「馬鹿にしないでください。私を誰だと思ってるんです。逃げも隠れもしませんよ」

20

店に入ってすぐ、オーナーがゴルフ好きなのだろうと察しがついた。壁にはどこかのゴルフ場と思われる絵が掛けられているし、骨董品のゴルフクラブが飾られている。そして丸いコースターにはゴルフボールのディンプルをイメージさせる模様が付いていた。『ナインティーン』という店名は、ゴルフが十八番ホールで終わりだということに引っ掛けたものだろう。

客はカウンターに二人の男女がいるだけだった。客とホステスだということは、後ろから見てもわかる。かなり親しそうだ。

隅のテーブル席でギネスビールを飲みながら、伯朗は写真を眺めた。古いカラー写真で、少し変色している。しかし画質は鮮明だ。

二人の女性が写っていた。セーラー服姿で笑っている。一人は禎子、そして隣にいる整った顔立ちの娘は、若い頃の佐代にほかならなかった。小泉の家でこの写真を見た時に気づかなかったのは、禎子の隣にいるのが自分の知っている人間のはずがない、という思い込みがあったからだろう。だが改めて見ると、この頃の面影が今もしっかりと残っている。

それにしても思いがけないことだ。禎子と佐代がこの頃から知り合いだったとは想像もしていなかった。二人が知り合ったのは禎子が康治と結婚してからだと思い込んでいた。

写真を見るかぎり、二人は高校生のようだ。かつての旧友と、矢神家を通じて偶然再会したということなのか。

不意に手元が暗くなった。顔を上げると和服姿の佐代が立っていた。唇に浮かべた笑みには企みが満ちているようだ。彼女は無言で向かい側の席に座った。

白シャツの上に赤いベストを着た、髭面のバーテンダーがやってきた。

「いつものやつを」佐代はいった。バーテンダーは頷いて下がっていく。どうやら、かなりの常連らしい。

佐代は伯朗の手元に目を移した。「そんな古い写真、よく見つけましたね」

「昨日、叔母が実家のアルバムを貸してくれましてね。今日の昼間に眺めていて、この奇麗な女の子、誰かに似ているなあと思っていたんです」用意しておいた説明を述べながら、伯朗は写真を佐代のほうに押した。

彼女は写真を手に取り、小さく首を振った。「若いわねえ、どっちも」

「母とは同級生ですか」

「高校三年の時、同じクラスでした。よく一緒に遊んだものです。卒業後、しばらく会わなかったんですけど、同窓会で再会したんです。どちらもすっかりおばさん。おまけに子持ちでした。禎子さんは画家の奥さんで、こちらは愛人の身という違いはありましたけど」

「画家の奥さん？」

伯朗が聞き直した時、バーテンダーが佐代の飲み物を持ってきた。シェリーグラスに透明の液体が入っている。

佐代はグラスを傾けて一口含んでから、ふうーっと息を吐き出した。「おいしい。この一杯で、いろんなストレスが吹き飛びそう」

「何というカクテルですか」

「ジンビター。ビターを塗ったグラスに、思いきり冷やしたジンを注ぐんです。飲んでみます？」グラスを差し出してきた。

「強そうですね」

「アルコール度数は四十度」

「やめておきます」伯朗は伸ばしかけた手を引っ込めた。「あなたが母と再会した時、父はまだ生きていたんですか」

はい、と佐代は顎を引いた。「お会いしたこともありますよ」

「どこでですか」

「入院中だったお父さんを見舞いに行ったんです。だからさっきいったじゃないですか。目元のあたりがそっくりだ、やっぱり親子だ、と」

はっとして伯朗は佐代の顔を見返した。「あれは父のことだったんですか」

「そうです。でも、あなたはそうは受け取っていない様子でした。だから、たぶん禎子さんと私の関係も知らないままなのだろうと判断しました。それなら何も教えないほうがいいと思い、黙っていることにしたんです」

「ちょっと待ってください。母と康治氏が出会ったきっかけは、康治氏がどこかの画廊でうちの父が生前に描いた絵を見つけたことだと聞いています。その康治氏の父親である康之介氏の愛人が、たまたま母の高校時代の同級生だったというわけですか」

佐代はグラスを手にしたまま、伯朗の顔を覗き込んできた。「そうだといったら？」

伯朗は見つめ返した。

「偶然にしてはできすぎている。それに、もしそうなら、母が教えてくれていたはずです。黙っている理由がない」

佐代は微妙な笑みを浮かべてグラスの中を見つめていたが、何かの決心を固めるように頷くとグラスをテーブルに置いた。

「おっしゃる通りです。その馴れ初めの話は作り話です。端的にいうと、禎子さんと康治さんが出会ったのは偶然じゃないんです。ほかでもない、私が引き合わせたんです」

「あなたが？　どうして？」

「同窓会で再会した後、私と禎子さんは頻繁に会うようになりました。最初の頃、彼女は御主人の病気のことを隠していました。でも何度目かの時、ようやく話してくれたんです。同時に悩みを打ち明けてもくれました」

「どんな悩みですか？」

「御主人は脳腫瘍でしたよね。その影響で、しばしば錯乱状態に陥るという話でした。ひどい時には暴れて、禎子さんが誰なのかも認識できないとか」

伯朗は首を振った。「そんなことが……。覚えていません」

「そうでしょうね。伯朗さんはとても小さかったから。そのことを私は彼に……康之介に何気なく話したんです。すると彼は、康治に任せてはどうかと提案してきました」

「康治氏に？　なぜですか」

「当時康治さんは、脳に電気を流すことで痛みを和らげたり、精神的な疾患を改善するという研究をしておられたんです。禎子さんの御主人も、康治さんに任せれば何か道が拓けるのではないかと康之介は考えたわけです」

「脳に電気を……」

当然のことながら、この話は伯朗の記憶を刺激した。猫を使っての実験だ。ただ、吐き気を催すのは回避できた。

「私が禎子さんにそのことを話すと、是非一度治療を受けさせたいと彼女はいいました。そうしてあなたのお父さん――たしか一清さんでしたよね。彼は泰鵬大学で特別な治療を受けるようになったのです。詳しいことは知りませんが、康治さんにとっても貴重な研究だったみたいです」

それで、と伯朗は前のめりになった。「それからどうなったのですか」

「治療の効果はかなりあったようで、一清さんが錯乱することはなくなったそうです。やがては退院し、ふつうの生活に戻れたとか。定期的に治療を受ける必要はあったみたいですけど、精神的にも落ち着いて、また絵を描くようになったと禎子さんも喜んでいました」

あの絵を描いていた頃のことか、と伯朗は思い出していた。

「でも俺の記憶によれば、その後、父が生きていた期間はそれほど長くないはずです」

「その通りです」佐代は頷いた。「見た目には快方に向かっているようでありながら、じつは急速に脳腫瘍は悪化していたらしいのです。やがては亡くなられて……。康治さんは、自分が施した治療が原因ではないかとお考えになりました。禎子さんは、そんなことはない、たとえそうだとしても主人に平穏な時間を与えてもらったのだから感謝しているといったそうですけど」

そんなことがあったのか――意外な話ばかりで、伯朗は頭の中を整理するだけで精一杯だった。自分の気持ちを確かめる余裕などない。

黒ビールを飲み、深呼吸をした。次々と疑問が湧いてくるが、どこから手をつけていいかわからない。

「でもそのことを、なぜ母や康治氏は隠していたのでしょうか。いや、母たちだけじゃない。康之介氏もあなたも隠していたわけだ。なぜですか」

「隠すというか、わざわざいいふらす必要もないから黙っていよう、という程度の意識だったんですけどね。でも強いていえば理由は二つあります。ひとつは、一清さんが生きている時に禎子さんと康治さんが出会っていたとなれば、あれこれ邪推する人間も出てくると思われたことです。極端な話、康治さんが禎子さんを手に入れるために一清さんの死期を早めたんじゃないか、なんていわれるかもしれないでしょう？」

「ああ……」伯朗は小さく頷いた。たしかにそういうことは考えられる。

「そしてもう一つは、康治さんが行った治療行為自体を隠しておく必要があったことです。なぜならそれは正式に認められた治療ではなく、研究の一環、むしろ実験と表現するのがふさわしいものでした」

「人体実験……ということですか」

「そんな言い方をすると、とても恐ろしく聞こえますね。でもまあ、そういうことです。だから康之介は、私たちに口止めを命じたんです」話しながら佐代は時折ジンビターを口にする。酔っている様子はまるでないから、余程酒に強いのだろう。

「康治氏がそんなことをしていたなんて、ちっとも知らなかった。いやまあ、意図的に知ろうとしなかったわけですが」

「元々、康之介の名誉欲から始まったことなんですよ」

「というと？」

「御存じかもしれないけど、矢神家の先祖は代々医学界に大きな功績を残していて、それが豊かな富を生み出しました。康之介はそれを受け継いだわけですけれど、自分も何か足跡を残さねばと焦っていたんです。そんな彼が憧れたのは、画期的な発見とか発明でした。そうして脳の分野に目をつけました。未知の部分の多い、最も魅力的なフロンティアだと思ったからです。康治さんや牧雄さんが脳を研究しているのは偶然ではありません。康之介の影響なんです」

伯朗が初めて聞く話だった。思い返せば、これまで矢神家のことを何ひとつ知らないままだったのだ。

「そんな話を聞くと、父のことをあなたから聞いた康之介氏が、康治に任せてはどうかと提案したという話も、単なる親切心からではないような気がしますね」

「さすがですね、御明察です。康之介は、息子に実験の機会を与えたかったのでしょう」

「人体実験の」

そうです、と佐代は頷いてからバーテンダーを呼んだ。いつの間にかジンビターのグラスが空になっていた。

「その実験対象となった男性の妻と、康治氏は結婚したわけですね。それはどういった心境からなのかな」

「贖罪《しょくざい》などではないと思いますよ。一人の男性の命を救おうと協力し合った二人が、男性の死後に惹かれ合うというのは、むしろ自然なことではないでしょうか」

「よく康之介氏が二人の結婚を認めましたね」

「康治さんが選んだことですから認めざるをえないでしょう。それに禎子さんを身内に引き込んでおいたほうが何かと都合がいいと考えたはずです。実験のことを口外されないためにも」

聞けば聞くほど、康之介という人物の狡猾《こうかつ》さが浮き彫りになってくるようだった。そんな男のどこがよかったのかと佐代に尋ねたいところだったが、質問すべきことはほかにあった。

「その実験は、その後どうなったのですか」

「私は知りません。ただ禎子さんによれば、康治さんは二度と同じ過ちは犯したくないといっていたそうです。やはり、一清さんの死期を早めたのは自分だという意識があったんでしょうね。康之介も、康治さんが研究に消極的になったことについて不満を漏らしていましたから、少なくとも人を使っての実験はしなくなったのだと思います」

その代わりに猫が使われるようになった——伯朗は心の中で呟く。

バーテンダーが二杯目のジンビターを運んできて、佐代の前に置いた。

「あなたと母の関係はよくわかりました。今まで隠してきた理由も。そこで改めて伺いますが、あなたが意味ありげにいった母の遺品とは何ですか。もうごまかさないでください。答えてもらえるまで帰しません」

グラスを口に運びかけていた佐代が小さく吹き出した。「帰しません、ねえ。そんなふうに殿方からいわれたのは何十年ぶりかしら」

「はぐらかさないでください」

「そんな気はありません。わかりました、お答えします。でも満足はしてもらえないでしょうね。なぜなら、それが何なのかは私も本当に知らないからです。知らないけれど、何かがあることは知っている、としかいえないんです」

「どういうことですか」

「あれはたしか康之介が死んでからしばらく経ってのことだったと思います。禎子さんと二人で話す機会がありました。私は彼女に、遺言状には全財産を明人さんに与えると書いてあるのに、結果的に彼はまだ何も相続していない、そのことについて何か不満はないのかと尋ねてみました。禎子さんの答えは、元々矢神家から何かを相続しようとは考えていなかったからこれでい い、というものでした。明人のためにもよかった、と。それに、自分はすでに貴重なものを康治さんから貰っているといったんです。私はそれを、幸せな家庭のことだと解釈しました。でも彼女はその後で、こう続けたのです。貴重すぎて手に余るほどのものだ、と。それから急に我に返ったように私を見て、ごめんなさい、今の話は聞かなかったことにして、といったんです」

「母がそんなことを……」

「変でしょう？　気になったから、しつこく問い詰めたんですけど、それ以上のことを話してはくれませんでした。むしろ、ほんの少しでも話してしまったことを後悔している様子でした。その時のやりとりが、私の頭から離れなくてねえ。いつの間にか、禎子さんは何か大きな宝物を康治さんから与えられたのではないかと考えるようになりました。だから——」佐代は伯朗のほうを向いた。「私の単なる思い込みなのかもしれません」

「貴重すぎて手に余るほどのもの……」伯朗は口に出してから、首を傾げた。「まるで心当たりがない」

「それはやっぱり愛情とか献身といった抽象的なもので、形のあるものではないのかもしれませんけど」

「この話を誰かに話しましたか」

「何かの折に勇磨にだけは教えました。ずいぶん昔ですから、覚えているかどうかはわかりませんが」

覚えているのだ、と伯朗は思った。だからその「宝物」の正体を楓から聞きだそうとしたに違いない。

「私からお話しできるのはこれぐらいです。ほかに何か訊きたいことはありますか。こんなふうに二人だけで話せるのはこれっきりかもしれないから、この際、何でも尋ねてくださいな」

それなら、と伯朗は口を開いた。

「なぜあなたは康之介氏の養子になったんですか。やっぱり財産目当てですか」

佐代の表情が一瞬引き締まり、また穏やかなものに戻った。

「単刀直入な質問ですね。でも遠回しに訊かれるより、よっぽどいいです。はい、もちろん財産が目的です。ただし少々の遺産を相続するとか、そんなけちなことは考えちゃいません。私はね、矢神家を乗っ取ってやろうと思ったんですよ。いえ、今でも思っています」

「乗っ取る？」

「そうです。考えてみてくださいよ。こっちは、ずっと日陰の身で康之介を支えてきたんです。息子のためだと思って養子に出したけど、奥様にいじめられたりして、ずいぶんと嫌な思いをさせたようです。だから康之介から私にも養子にならないかと打診された時、密かに決心しました。いずれは勇磨が矢神家の当主となれるよう、後ろ盾になってやろうってね。そのためには私も矢神家に入ったほうがいいと思ったんです。波恵さんには子供がいないし、祥子さんは家を出ている。牧雄さんは御存じの通りの変人で、問題は康治さんと明人さんだけ。どう？　可能性のない話ではないでしょ」

「なるほど。でもそういうことなら、康之介氏の遺言は誤算だったでしょうね」

「とんでもない」佐代は小さく手を振った。「それどころか、遺言状の内容は私が希望したことなんです」

「まさか」

「本当です。康之介はね、財産を養子を含めた子供たち全員で等分に相続させようと考えていました。それが一番余計な争いを生みませんからね。でも私が、それでは矢神家が没落しますよと進言したんです。だってそうでしょう？　大きな氷山も、崩れてしまえばあっという間に融《と》けてしまう。だから私は、唯一の直系である明人さんにすべて譲るよういいました。そうすれば財産の分散は免れますからね」

「明人は息子さんのライバルですよ。敵に塩を送るようなことをしていいんですか」

「いったでしょ。大事なのは財産の分散を防ぐこと。今は自分たちの手元になくても、ひとところに集めておけば、いつかそれが回ってくるかもしれないじゃないですか」

伯朗は佐代の顔を見つめた。

「とはいえ、あなた方にとって、明人は邪魔者ですね。いなくなってくれたらいい、とか考えていませんか」

とんでもない、と彼女は身体を揺すった。

「明人さんは義理の甥で、旦那の孫で、友人の息子ですよ。そんなこと、考えるわけないじゃないですか」芝居がかっているが、本心のようにも聞こえる口調だった。「ほかに何かお尋ねになりたいことは？」

伯朗は少し考えてみたが思いつかなかった。

「今日のところは、このへんにしておきます。ここでのやりとりは口外無用ということでいいですか」

「私はどちらでも」

「ではとりあえず二人だけの秘密ということで」伯朗はグラスの黒ビールを飲み干した。

佐代が人差し指を立てた。「私から一つだけ質問していいでしょうか」

「どうぞ」

「あの女性は何者ですか」

「どの女性ですか」

「もちろん、楓さんのことです」

「はあ?」質問の意図がわからず、伯朗は佐代の顔を見返した。「彼女は明人の奥さんです」

「それはわかっていますけど、どういう人物なのかしら」

「元CAで明人とはバンクーバーで知り合ったとか。なぜそんなことを訊くんですか」

「いえね、私の目にはただ者に見えなかったものですから。長年、いろいろな人を見てきた人間の勘です」佐代は、じっと伯朗の目を見つめてくる。彼の胸の内を見透かそうとでもするような鋭い視線だった。

彼が戸惑って答えないでいると、ごめんなさい、と彼女は謝った。「変なことをいってしまったようね。あまりに素敵な女性だから、そんなふうに思ったのかもしれません。忘れてください」

「いえ、心に留めておきます」

伯朗はバーテンダーを呼び、精算を頼んだ。

「明人さんとは」佐代が口調を明るくした。「その後話をされましたか。電話とかで」

「ええ……相変わらず忙しくしているようです。なかなか帰国できなくて申し訳ないといっていました」

「そうですか。でも不思議ですね」

「何がですか」

「何年も疎遠だったのに、明人さんのためにずいぶんと奔走されているようですね。いずれ明人さんが帰国するのなら、あなたがそこまでする必要はないのではないですか。それとも急に兄弟愛に目覚めたのかしら」

伯朗が言葉に詰まっているとバーテンダーがやってきて勘定《かんじょう》書を置いた。するとそれを佐代が素早く手に取った。

「ここは俺が払います。さっき、シャンパンを御馳走になりました」

「今夜は私が奢りますといったはずです。払わせてください。それに、私はもう少し飲んでから帰ります」

伯朗は息をつき、頷いた。「では御馳走になります」

「またいつでもお店にいらしてください。今度は、かわいい子をいっぱい紹介しますから」

「ええ、是非。楽しみにしています」伯朗は立ち上がり、頭を下げた。「貴重なお話、ありがとうございました」

店を出ると小雨が降っていた。通りかかったタクシーに乗ってから、この一日、いや半日の出来事を振り返った。あまりにもいろいろなことがありすぎた。小泉の家を見つけたことさえ遠い過去のような気がする。

家に帰ってから飲み直そうと思った。このままでは眠れそうにない。

21

『突然のメール、失礼いたします。

私は東京に住む手島伯朗という者です。

動物病院で勤務しておりますが、そのことは今回の用件には無関係です。

メールを差し上げたのは、お父様についてお尋ねしたいことがあるからです。

あなた様のブログでお父様の絵の写真を拝見しましたが、それと全く同じ絵の現物が私の知人の元にあります。参考までに撮影した画像を添付しておきます。

もし興味を持っていただけたなら、お手数ですが御連絡をいただけないでしょうか。

ぶしつけなお願いで、誠に申し訳ございません。

以下に私のメールアドレスを記しておきます。

御連絡をいただけることを祈っております。』


何度か読み返し、非礼な表現や配慮に欠けた点がないかどうかを確認した後、送信した。気味悪がられるかもしれないが、こうするしかない。

例のブログの主に送ったのだ。とにかく一度、詳しい話が聞きたかった。

スマートフォンを受付の机に置いてから、診察室に戻った。蔭山元実の姿がないのは、院長に話があるとかで奥の母屋に行っているからだ。会計ソフトのことで提案があるのだという。どうせ池田は手島君と相談しろというに決まっているが、律儀な蔭山元実は正当な手順を省略しないのだ。

チャイムの音がした。診療時間外は入り口の自動ドアが開かない。代わりに訪問者には、脇のチャイムを鳴らしてもらうようになっている。

待合室に行ってみると、自動ドアの向こうに意外な人物が立っていた。伯朗を見て、ぺこりと頭を下げたのは支倉百合華だった。濃紺のワンピースは、細身の彼女によく似合っている。スカート丈は膝頭のあたりで、清楚《せいそ》な雰囲気を醸し出していた。

「驚いた。よくここがわかったな」招き入れてから伯朗はいった。

「連絡先を聞いてなかったので、インターネットで検索したんです」百合華は待合室を見回した。「座ってもいいですか」

「ああ、どうぞ」

百合華が椅子に座ったので、伯朗も並んで腰を下ろした。「ネットで調べたのなら、電話番号も記されていたはずだが」

「電話しようかとも思ったんですけど、診療時間外なら迷惑じゃないだろうと」

「昼飯を食いに出ていることもあるんだ。まあいい。で、用件は？」

伯朗が訊くと、百合華はくるりと彼のほうに身体を向けた。「お訊きしたいことがありまして」

「何かな」

「まず、あの女のことです」険のある口調から、誰のことをいっているのかは明らかだ。

「よっぽど楓さんのことが気に食わないみたいだな。仕方がないだろう、明人は君ではなく彼女を選んだんだから」

「でも怪しいんです」

「どこが？」

「あれから、私とアキ君の共通の友達何人かに連絡を取ってみました。アキ君が結婚したことなんて、誰も知りませんでした。それどころか、あんな女と付き合っていたことさえ、知っている人間が一人もいないんです。そんなことあると思います？　その友人達は、私と一緒で、アキ君がシアトルに行った後もメールとかでやりとりを続けているんですよ。矢神の人間に知られたくないから私には教えなかったというのはわかるけど、ほかの友達にまで隠してるなんて、絶対におかしいです」百合華は早口でまくしたてる。その様子はヒステリックそのものだが、いっていることは筋が通っていた。

それは本当に変だな、と伯朗も思った。だがそうは口に出せない。

「何か事情があるんだろ。今度、明人に確かめてみよう」

百合華が訝しむ目をしたので、なんだ、と訊いた。

「シアトルとは時差がありますよね。伯朗さんはいつ電話をしているんですか。帰宅してからですか」

伯朗は素早く計算する。シアトルとの時差はどれぐらいだろう。十数時間か。だとすれば、帰宅してからだと現地は真夜中になっている。

「そりゃあもちろん、ここにいる時だ」伯朗は下を指差した。「仕事の手が空いた時なんかに」

「じゃあ、今電話をしてください」

「今？　いやあ、それはちょっと」

「今は午後二時だから、シアトルは午後十時です。アキ君、まだ寝てないと思います」

「だったら、君が電話したらいいじゃないか」

「してます。さっきから何度も」百合華はバッグからスマートフォンを取り出した。「でも繋がらないんです」

「たまたまだろう」

「前にお会いしてから、毎日かけています。それでもたまたまですか。伯朗さんは、本当にアキ君と電話で話したんですか」

「もちろんだ」腋の下を汗が流れていく。

百合華の目に宿る疑いの色が濃くなった時だ。先生、と不意に声をかけられた。受付を見ると、いつの間に戻ったのか蔭山元実が座っていた。受話器を手にしている。

「ヤマダさんのところのシマちゃんが、また例の症状だそうです。ほかの患者さんがいない時のほうがいいだろうから、これから連れていってもいいかと」

「シマちゃん？　例の症状とは？」

「スカンクのシマちゃんです。おならが止まらない症状です。だからもし連れてきてもらうとなると、準備が必要です」蔭山元実は百合華のほうをちらりと見た。「どうします？　お客様とお話し中みたいだし、お断りしますか」

伯朗は女性助手の狙いを察した。スカンクを飼えないことはないが、おならが止まらない症状など聞いたことがない。それにスカンクの悪臭ガスの正体は、おならではなく分泌物だ。そしてペット用のスカンクは、分泌する臭腺《しゅうせん》が除去されている。

「いや、来てもらっていい。ヤマダさんには何かと世話になっている」伯朗は百合華に目を戻した。スカンクと聞いたからか、彼女は少し怯《おび》えた表情になっている。「聞いただろ。そういうことだから、間もなくここに病気のスカンクがやってくる。ガスの臭いが身体についたら、君はたぶん一週間は人前に出られない」

百合華は唇を噛み、立ち上がった。「近いうちに、また来ます」

「そうしてくれ」それまでに言い訳を考えておかなければ、と伯朗は思った。

百合華が受付の前を通る時、どうもすみません、と蔭山元実が彼女に謝った。「それから、ちょっと話が耳に入ったんですけど、手島先生、たしかに弟さんと国際電話で話をされてましたよ。私、そばで聞いていましたから。——三、四日前でしたっけ？」伯朗に同意を求めてきた。

「あ、うん。そんなものだった」

「そういうことですから」蔭山元実は百合華に笑いかけた。

百合華は悔しそうな顔を伯朗に向けた後、何もいわずに出ていった。

少し待ってから伯朗はドアを開け、外の様子を窺った。百合華の後ろ姿が遠ざかっていくのが見えた。

待合室に戻り、受付に近づいた。蔭山元実は黙々と事務仕事をしている。

蔭山君、と声をかけた。「ありがとう。助かった」

「どういたしまして」彼女は顔を上げることも手を止めることもなく答えた。

「君のいいたいことは大変よくわかる。おそらく、たくさんの疑問が頭の中で渦巻いているのだろう。だけど申し訳ないのだが、現時点では事情があるとしか——」

先生、とここで蔭山元実が顔を上げた。いつもの無表情だった。「私は何も訊いてませんけど」

「あっ……そうだったな」伯朗は鼻の横を掻いた。

蔭山元実の冷めた顔が、入り口のほうを向いた。「新たなお客様がお見えになったみたいですよ」

伯朗が自動ドアを見ると楓が笑顔で手を振っていた。ウエストがきゅっと締まったオレンジ色のワンピースを着たスカートの丈は、百合華のものより二十センチは短い。やっぱり俺は清楚よりこっちのほうがいいな、と思いながら伯朗はドアを開けた。

車で矢神総合病院に向かう途中、伯朗は佐代から聞いたことを楓に話した。当然のことながら、彼女は驚きの台詞を連発した。「うっそ」、「マジでえっ」、「信じられない」、「オーマイガッ」――声をあげながら助手席で足を踏みならした。

佐代と禎子が同級生だったことや脳研究の実験話にも驚いた様子だったが、楓が最も強い関心を示したのは、禎子が康治から貰った「貴重すぎて手に余るもの」のことだった。

「気になりますね。一体何のことなんだろう」

「俺にも見当がつかない。小泉の家のこともあるし、こうなったら康治氏を叩き起こしてでも問い詰めないとな」

「波恵さんのことは任せてください。何とかして病室の外に連れ出しますから」

「よろしく頼む。それから二つほど問題がある」

伯朗は、百合華が病院にやってきたことを話した。

「ブックデザイナーをしているお嬢様ですね。案外気が強そうなところのある」楓はここでもなかなかの人間観察ぶりを披露した。「あたし、嫌われてますよね」

「かなりな。明人が君を選んだことがどうにも納得できないらしく、本人に連絡を取ろうとしているらしい。ところが電話は繫がらないし、メールにも反応がないということで怪しみ始めている。今日のところは何とかしのげたが、この次はどうしたものかと頭を悩ませているところだ」

「うーん、それはたしかに困りましたね」

「彼女だけでなく、佐代さんも怪しみ始めている様子だった。いざとなったら、明人が失踪していることを明かしたほうがいいのかもしれない」

「いえ、それはだめです」楓が即座にいった。「そんなことをしたら、これまでの苦労が水の泡になります。何か方策を考えてみましょうよ」

「そうはいっても、いい考えが浮かびそうにない」

「何か考えます。もう少し待ってください」いつになく真剣な口調だった。

「君がそういうなら仕方ないな」

「問題は二つあるとおっしゃいましたよね。もう一つは何ですか」

伯朗は彼女のほうをちらりと見た。「君のことだ」

「何でしょう?」

「今もいったように、百合華さんは明人の結婚が信じられないらしく、いろいろな方面に問い合わせたそうだ。その結果、明人が矢神家の人間だけでなく、誰にも結婚したことを知らせていないことが判明したといっている」

えっ、と楓が驚いたような声を出した。「やっぱりそうなんですか」

「やっぱり……とはどういうことだ」

「だって、結婚のお祝いが誰からも届かないんですもの。祝福のメールを貰ったという話を明人君から聞いたこともないし、変だなと思ってたんです。そうかあ、誰にも知らせてなかったんだ」

楓の口ぶりから察すると、どうやら彼女も知らなかったようだ。

「理由に心当たりはあるか」

「心当たりですかあ? 強いていえば、サプライズ狙いかな。帰国した時、みんなを驚かせたかったとか。彼、そういう悪戯《いたずら》が好きですから」

あり得る話ではあるが、それならそのように楓にいっておくのではないか。

「百合華さんによれば、君と明人が付き合っていたことさえ、誰も知らなかったそうだ。明人は君のことを誰にも紹介しなかったのか」

「ええと、どうだったかな。仕事関係の人には会ってますけど、新しい秘書だと紹介されただけで恋人とはいわれなかったと思います」

「友達には紹介してもらってないんだな」

「そうですね。シアトル行きの準備に忙しくて、そんな暇がなかったし」

楓の受け答えは淀みがなく、不自然さもない。だがうまくいいくるめられているような気がしないでもない。佐代の、「ただ者ではない」という言葉が頭に残っている。

間もなく矢神総合病院に到着した。今日、見舞いに行くことは波恵に伝えてある。

車を駐めた後、正面玄関に向かいかけたところで楓が足を止めた。どうした、と伯朗は訊いた。

「病室にはお義兄様が一人で行ってください。あたしには波恵さんを連れ出すという仕事がありますから」

彼女は自分の考えを述べた。それはなかなかのグッドアイデアだった。

「わかった。うまくやってくれ」

楓を残し、伯朗は一人で病院に入っていった。ロビーを通り過ぎ、エレベータホールに向かう。経営破綻していることを佐代から聞いたせいか、前に来た時より、一層閑散としているように見えた。廊下を歩いている看護師たちの表情も、覇気が欠けているように感じられた。

特別室の前に立ち、ドアをノックした。返事が聞こえることはなく、いきなりドアが開いた。

今日の波恵は和服ではなく、黒っぽいカーディガン姿だった。

「楓さんは？」

「買い物をしてから来るそうです」

そう、と頷いてから、どうぞ、と波恵は無機質な声でいった。

ベッドの上の康治の様子は、先日見た時と大差なかった。もしかすると、もう変わりようがないのかもしれない。顔は灰色で、痩せこけている。これ以上悪化するとすれば、それは最期を迎える時なのだろうか。

「相変わらず、眠ってばかりですか」

波恵は諦めたような顔で頷いた。

「目を開けていても、こっちの声が聞こえているのかどうかもわかりません。時々声を発しますけど、言葉なのかどうかも怪しくて」

それでは会話は無理か、と伯朗は思った。やはり無駄足だったか。

「禎子さんの荷物、確認していただけましたか」波恵が訊いてきた。

「一通り、確認しました。それでお尋ねしたいんですが、母の荷物は本当にあれですべてなんでしょうか。ほかに残っているものはありませんか」

「ほかに、とは？　たとえばどんなものでしょう」

「それはわかりません。わからないからお訊きしているんです」

「私共で兄の荷物を整理したかぎり、禎子さんの遺品と思われるものはあれだけでした。お疑いになるのでしたら、いつでもうちにいらしてください。兄の荷物は、まだあのままにしてありますので」

「わかりました。では近いうちに。疑っているわけではないのですが、念のため」

「納得するまでお調べになってください」波恵は平然といった。

狐を連想させる彼女の顔を見返し、この女性が本当のことをいっている保証はないのだ、と伯朗は思った。禎子が残した「貴重すぎて手に負えない」何かを、別の場所に保管している可能性だってある。

ノックの音がし、ドアが開いた。入ってきたのは白衣姿の若い看護師だった。矢神さーん、と呼びかけてきた。「ナースセンターに電話が入ってるんですけど」

波恵が怪訝そうに顔を向けた。「電話?」

「矢神波恵さんを呼び出してほしいってことなんです。親戚の女性だそうです」

「楓さんじゃないですか」

伯朗の言葉に、ああ、と合点したように波恵は頷き、立ち上がった。「何かしらね、一体」

波恵が出ていくのを確かめてから、伯朗はベッドに近づき、康治の顔を覗き込んだ。依然として目を閉じたままだった。

矢神さん、と呼びかけた。しかし全く反応がない。肩を摑み、少し揺すってみた。それでも身動き一つしない。本当に生きてるのか、と疑いたくなった。

耳元に口を寄せ、矢神康治さんっ、と少し大きな声を出した。するとかすかに痙攣するように瞼が震えた。

「矢神さんっ、康治さんっ、目を覚ましてください。俺です。伯朗です」両手で肩を摑み、大きく揺さぶった。波恵に見つかったら、どやされるだろう。

それでも康治が意識を取り戻す気配はなかった。伯朗は時計を見た。楓は何とか十分ぐらいは電話で時間を稼いでみるといっていた。急がねばならない。

「起きてください、矢神さんっ。今だけでもいいから目を開けてください。起きてっ。目を覚ませよ、この野郎っ」伯朗はやけくそで康治の頬をぱちんぱちんと引っぱたいた。

くっそー、だめか、と思ったその時だった。永遠の眠りについているのかと思われた康治が、うっすらと瞼を開いた。それどころか、黒目を動かした。何かを探すように揺らめいた視線が、ぴたりと伯朗の顔を捉えた。

「あっ、わかりますか。俺です。伯朗です。禎子の息子です。声が聞こえますか」耳に思いきり顔を近づけて怒鳴った。

康治の顔の筋肉がわずかに動いた。かすかにだが、笑っているように見えた。

「あなたに訊きたいことがあるんです。まずは家だ。小泉の家。どうして嘘をついたんですか。取り壊したなんて嘘を」

しかし康治の瞼は今にも閉じそうだ。答えてくれる気配はない。

「じゃあ、これだけでも答えてください。お袋に……禎子に何かをあげましたよね。貴重な何かを。それって何ですか？」再び肩を前後に激しく揺すった。

康治の口が開いた。何かを話したそうにしているように見えた。

「えっ、何ですか？　いってください」伯朗は康治の口に自分の耳を近づけた。

康治が声を発した。あまりにも弱々しい声だった。とりあえず聞き取れたが、その言葉は伯朗を当惑させた。

「どういうことですか？　もう一度いってください」

だが伯朗の問いかけに反応することなく、康治は再び目を閉じた。

「あっ、ちょっと待って。まだ眠らないでっ」

その時、がちゃりとドアの開く音がした。伯朗はあわてて元の場所に戻ろうとし、椅子を倒してしまった。

部屋に入ってきた波恵が不審そうに眉をひそめた。「何をしているんですか」

「何もしていません。目を覚まさないかと思って覗き込んでいただけです」

「ここしばらく、兄は眠ったままです」

「そうみたいですね。ところで楓さんは何と？」

「急用ができたので、今日は見舞いには来られないとのことでした」

「あっ、そうなんだ」

「次は必ず行きます、と。その際、何か持っていったらいいものはありますか、と尋ねられました。私は、特に何も必要ないといったのですが、看病のお手伝いをしたいからどんなことでも遠慮なくいってくれ、としつこく粘られました。まるで電話を長引かせるのが目的のように」波恵は細い目でじろりと見つめてきた。

その視線に気づかぬふりをし、伯朗は立ち上がった。「そういうことなら、俺もそろそろ失礼します」

「目的は果たせましたか？」

「何のことです」

「自分は矢神家とは関係がないといったのはあなたですよ。そのあなたが、父親と認めていない人間の見舞いに一人で来るわけがない、と思うのはひねくれた考え方でしょうか」

伯朗は肩をすくめた。「どんな人間でも、気まぐれを興《おこ》すことはあります」

波恵は口元を曲げた。「ふっ、まあそういうことにしておきましょう」

「失礼します」伯朗は頭を下げ、病室を後にした。

駐車場に行くと、車の中で楓がスマートフォンをいじっていた。先程、別れ際に車のキーを渡しておいたのだ。

「波恵さんの様子、どうでした？」伯朗が運転席に座るなり、楓は訊いてきた。

「怪しんでいた」

「あー、やっぱり」楓は眉尻を下げ、天を仰いだ。「ごめんなさい。話を長引かせようとして、自分でも変だと思うことをいっぱいしゃべっちゃいました」

「仕方がない。元々、無理なことをやろうとしてたんだ」伯朗はエンジンをかけた。しかしすぐには発進させない。

「それで、お義父様とは話せましたか」

ふうーっと息を吐き、伯朗は楓のほうを向いた。「話せたとはいいがたいな」

「そうですか……」楓は肩を落とす。

「ただ、少しの間だけ目を覚ました。そうして言葉を発した。俺の問いかけに対する答えなのかどうかはわからない」

「何と？」

伯朗は唇を舐《な》め、口を開いた。「明人、恨むな……と」

楓は瞬きし、唇を動かした。復唱したのだろうが、聞こえなかった。

22

明人、恨むな――たしかに康治はそういった。伯朗の耳には、そう聞こえた。そうとしか聞こえなかった。

どういうことなのか。

「お義兄様の質問にお答えになったのかどうかはともかく、そんなふうにおっしゃったのは、お義父様がずっと伝えたいと思っていたことだったからでしょうか」ティーカップを持ったまま、楓が小さく首を傾げた。

「そうなのかもしれないが、だったらもうちょっと何かしゃべったらどうなんだ。あれだけじゃ、何のことかさっぱりわかりゃしない。まあ、重病人を相手に文句をいっても仕方がないが」伯朗はコーヒーを啜る。久しぶりに入ったファミレスのコーヒーは、やっぱり香りも味も物足りなかった。

病院からの帰り、喉が渇いたと楓がいうので入ったのだ。

「何に対して恨むなってことなんでしょうねえ」

「俺には見当もつかない。あいつのことなんて、殆ど何も知らないからな。むしろ君に訊きたい。あいつが恨んでいる人間に心当たりはないか?」

「えー、どうかなあ。恨むってことは、明人君がひどい目に遭わされたわけですね。仕事でもプライベートでも、そんな話は聞いたことないですけど」

「ひどい目に遭わされたのが明人本人とはかぎらない。あいつにとって大事な人間が何らかの被害に遭って——あっ」そこまでしゃべったところで突然閃いた。「お袋のことを忘れてた」

あっ、と楓も口を開けた。彼のいいたいことがわかったようだ。

「明人は、お袋は殺されたんじゃないかと疑っていた。当然、犯人を恨んでいたはずだ」

「その犯人を恨むなってことですか」

「そうかもしれない。何か特殊な事情があって、お袋は誰かに殺された。その特殊な事情を考えれば、殺した人間を責められない、だから恨むな、と」

楓が両手でテーブルを叩いた。「どんなものなんですか、その特殊な事情って」

「でかい声を出すな」周りを気にしながら伯朗はいった。「俺にだってわからない。ただ康治氏の言葉がお袋の死についていったものなら、そういう可能性もあるというだけだ」

「どんな事情があろうと人殺しは人殺しです。恨むなというほうが無理です」

「だからそういう可能性があるといってるだけだろうが」伯朗がげんなりしてコーヒーカップに手を伸ばした時、上着の内側でスマートフォンが震えた。

取り出してみて、はっとした。例のブログの主から返信メールが届いたのだ。そのことを楓にいうと、「早く読んでください」と身を乗り出してきた。

メールの文面は以下のようなものだった。

『手島伯朗様
メールを拝読させていただきました。私なんかのブログをお読みいただき、恐れ入ります。さてお知り合いの方が父の絵、しかも原画をお持ちだとのこと、大変驚きました。もしかするとその方というのは、お医者様ではないでしょうか。だとすれば、心当たりはございます。』

「すぐに返信を」メールを読むなり楓はいった。「お義父様の名前を出して、大至急会いたいと書いてください」

「会う？　相手が北海道や沖縄の人間だったらどうする？」

「飛行機の手配をします」楓は平然といった。「何か問題が？」

「いや、いい」彼女が少し前まで世界中を飛び回っていたことを伯朗は思い出した。

考えを巡らせながらメールを書き、これでどうだ、と楓に見せた。


『返信、ありがとうございます。お尋ねの通り、絵の持ち主は医師で、矢神康治といいます。泰鵬大学の教授でもあります。しかし矢神は現在闘病中で、意識がありません。そこでこの絵の扱いについて問題になっているのです。できれば大至急、お会いしてお話を伺いたいです。どこへでも参りますので、お時間をいただけないでしょうか。どうかよろしくお願いいたします。』


「いいと思います。送りましょう」そういうなり楓は勝手に伯朗のスマートフォンを操作し、メールを送信した。「この方はお義父様のことを御存じのようですね。しかもなぜあの絵をお義父様がお持ちなのかも了解しておられるようです」

伯朗は彼女の手からスマートフォンを奪い返した。「あとは、向こうがどう出るかだな」

「さほど悪くない反応が返ってくると思います。返信メールを読むかぎり、さすがに元教師というだけあって、礼儀正しい常識人という印象です。お会いして話を聞くのが楽しみです」

ミルクティーを飲む楓の顔を、伯朗はやや不可解な思いで眺めた。ネガティブなことは考えないようにしているのだろうが、それにしてもこの快活さは理解しがたかった。夫が失踪中だとはとても思えない。

彼の視線に気づいたのか、「何か？」と尋ねてきた。

「いや、何でもない」伯朗は意味もなくスプーンでカップの中をかきまぜ、コーヒーを飲み干した。「おかわりを取ってくる」

席を立ち、ドリンクバーでカップにコーヒーを注いでいると、お義兄様っと声が聞こえた。席で楓が大きく手招きしていた。

コーヒーをこぼさないよう気をつけながら席に戻った。「メールが届きました」楓がスマートフォンを指す。

急いで中身を確認した。ブログの主からだった。

『メール拝受しました。やはり矢神先生でしたか。先生には、父が生前、大変お世話になりました。闘病中で意識がないとのこと、とても心配です。

父の名前は伊勢藤治郎《いせとうじろう》といいます。私は仁村香奈子《にむらかなこ》、元教師の専業主婦です。

そういうことなら私も是非お会いしたいのですが、生憎《あいにく》足を傷めており、遠出ができません。自宅の近くまで来ていただけるようでしたら助かります。私の住まいは横浜で、最寄り駅は東急東横線の東白楽《ひがしはくらく》です。御検討くださいませ。』

横浜と聞き、楓の目が光った。「これから行ってもいいですかと返事を」

「これから？　無茶をいうな」

「なぜ無茶なんですか。横浜なんて、ここから小一時間で行けます」

「六時には病院に戻らなきゃいけないんだ。診察がある」

午後六時から八時が夜の診察時間なのだった。

「わかりました。では、あたしが一人で行きます」

「君が？　一人で？」

はい、と楓は顎を引いた。

「相手のお名前は仁村さんでしたっけ。仁村さんに、これから弟の妻が会いに行きたいといっている、とメールしてください」

「ちょっと待て。俺が行かなきゃまずいだろう」

「どうしてですか。あたしだって、細々とした事情はお義兄様と同程度に理解しているつもりですけど」

「……仁村さんにはどんなふうに話すつもりだ」

「話すよりもまず質問します。なぜあの絵をお義父様が持っているのか。絵を描いた仁村さんのお父様とはどういう方だったのか」

当を得た質問だ。文句のつけようがなく伯朗は黙り込んだ。

「納得されたのならメールを」楓がテーブルに置かれたスマートフォンを指差した。「それともあたしからメールを送りましょうか」

「いや、俺が送るよ」

伯朗は、楓にいわれた文面をそのままメールにして送信した。

「急な話で、たぶん仁村さんは面食らっているだろう」

「そうでしょうか。お義兄様からの最初のメールで、すでに十分面食らっていると思いますよ。こちらが東京にいることは知らせてあるわけだし、これから会いたいといわれる程度のことは予想しているかもしれません」

「そうかな」伯朗は首を傾げる。

「あたしが仁村さんならそうです。すごく好奇心を刺激されていると思います。だって、余程のことがなければ、見ず知らずの人間にメールを出したりしませんから」

間もなくスマートフォンがメールの受信を告げた。中身を読み、驚いた。了解しました、東白楽駅の近くまでなら行けます、と書かれていたからだ。

「ほら」楓が勝ち誇ったように鼻先を上げた。

「本当に一人で行く気か」

「はい」

複雑な思いが伯朗の胸中を駆け巡った。たしかに楓が一人で会いに行けばいい。その間、伯朗は仕事に集中できる。仁村香奈子からどんな話が聞けたかは、後で報告を受ければいい。そうわかっていながら、何かが引っ掛かっている。楓を一人で行動させたくない、という気持ちがある。

伯朗はスマートフォンを手に取った。「少し待っててくれ。交渉してみる」立ち上がり、出入り口に向かった。

店の外に出てから病院に電話をかけた。どうされました、と蔭山元実の淡泊な声が尋ねてきた。着信表示で伯朗からの電話だとわかったのだろう。

「今夜の予約状況を教えてくれ」

伯朗の目的を察したのか、一瞬考え込む気配があった。

「吉岡《よしおか》さんがミーちゃんを連れてきます。肛門腺の絞り出しと爪切り、歯の掃除。あとは根上《ねがみ》さんのところのルルちゃんです」

ミーちゃんもルルちゃんも猫だ。

「ルルちゃんは輸液と静脈注射だな。それから投薬と目薬点眼」

「そうです」

「蔭山君、ちょっと用ができて戻れなくなった。予約のない診察は断ってくれ。ミーちゃんとルルちゃんの処置は君に任せる。全部、できるだろ？」

返事がなく、気になる無言の時間が続いた。蔭山君、と呼びかけてみた。

「先生」蔭山元実が硬い口調でいった。「深入りは禁物です」

「えっ？　どういう意味だ」

すると、またしても無言。だが今度は数秒ほどだった。

すみません、と蔭山元実は謝った。「余計なことをいいました。わかりました。ミーちゃんとルルちゃんの処置は私がします。急患はお断りします」

「すまない。よろしく頼む」そういって電話を切った。一瞬、スマートフォンの液晶画面に、蔭山元実の憂える顔が映ったような気がした。

席に戻り、自分も行くと伯朗は楓に告げた。

「素敵」彼女は嬉しそうに胸の前で指を組んだ。

伯朗はテーブルの伝票を手にした。「行こう」

カーナビに東白楽駅までのコースを表示させ、ファミレスの駐車場を出発した。予想到着時刻は午後六時二十分となっている。

仁村香奈子と詳しい待ち合わせ場所を決めるよう楓に指示した。彼女は早速何度かメールでやりとりし、東白楽駅の近くにある喫茶店で会うように決めた。

「仁村さんは五十代のふつうのおばさんで、グレーの上着を着てくるそうです」

「こっちの特徴も伝えたのか」

「伝えました。四十歳前後で顔が濃く、モスグリーンの服を着たやや猫背気味の男性と、ちりちり頭でオレンジ色のワンピースを着た三十路女のコンビだと」

「御苦労」ハンドルを握ったまま、伯朗は背筋を伸ばした。猫背は昔から指摘される悪癖だった。

ほぼカーナビの予想した時刻に東白楽の駅前に到着した。コインパーキングがあったのでそこに車を駐め、徒歩で喫茶店に向かった。

そこは裏路地に面した昔ながらの小さな喫茶店だった。入り口のドアを開けると、からんからんと頭上で鈴が鳴った。

テーブル席がいくつか並んでいて、近所の老人たちと思われる三人組が奥の席で談笑していた。ほかには中年の女性客が一人、中程のテーブルに座っている。グレーの上着は、伯朗が思い浮かべていたものより明るい色だった。

女性客が伯朗たちを見て、すぐにわかったらしく会釈してきた。上品な顔立ちで、金縁の地味なデザインの眼鏡はいかにも元教師という感じだ。

近づいていき、名前を確認した後、改めて挨拶を交わした。伯朗は名刺を出した。

店のマスターと思しき白髪の男性が近づいてきたので、コーヒーを二つ注文した。仁村香奈子の前には、すでにコーヒーカップが置かれている。

「急に無理なことをいって申し訳ありませんでした」伯朗は謝った。「驚かれたでしょう」

「メールをいただいた時には少し。でも矢神先生のお名前を見て、得心しました。御病気だとか。かなりお悪いのでしょうか」仁村香奈子は心配そうに眉をひそめた。

「末期癌です」

「まあ……」

「いつ息を引き取ってもおかしくない状態です」

「そうなんですか。お気の毒に……。あの、矢神先生とはどういう御関係で？」

「矢神康治は私の母の再婚相手です。ただし私は矢神の籍には入っていないので、義理の父というわけではありません」

「あっ、そうだったんですか」

伯朗は、矢神康治と禎子の間には一人息子がいて、その妻が隣にいる楓だと説明した。

「弟は海外にいるので、代わりに私と彼女とで矢神の荷物を整理していて、例の絵を見つけました。どういう絵なんだろうといろいろと調べているうちに、仁村さんのブログをたまたま目にし、事情を知りたくなったという次第です」

彼の説明に、仁村香奈子は何度か頷いた。「あんな絵が見つかれば、そりゃあ戸惑われるでしょうね」

「お父さんは画家ではなかったそうですね」

「違います。芸術なんかとは全く無縁の銀行マンでした。ところがある時、居眠り運転で電柱に激突し、脳に重度の損傷を受けたんです。歩くことができず、記憶力にも問題が残り、銀行は退職せざるをえなくなりました。収入がなくなった上に、看護費がかかり、私や母は途方に暮れるばかりでした。当の本人も絶望していたようです。ところが、ある時期から急に奇妙な絵を描くようになったのです。線を複雑に組み合わせた図形です。父によれば、頭の中に浮かんでくるのだそうです。その絵をたまたま目にした知り合いの建築家が、これはフラクタル図形ではないかといいだしたんです」

ブログに書かれていたくだりだ。

マスターがコーヒーを運んできてくれた。香りがいいのでブラックで飲んでみる。じつに芳醇な味で、ファミレスのドリンクバーとの違いに驚いた。

カップを置いてから、「それで？」と伯朗は先を促した。

「なぜそんな絵を突然描きだしたのかわからず、何となく気味が悪くなって母は病院に相談したらしいのです。でも担当医も、ただ首を傾げるだけだったといいます。ところがそれからしばらくして、一人のお医者さんが訪ねてきました。それが矢神先生だったのです。先生は父のことを担当医から聞いたとおっしゃっていました」

「なぜ矢神はお父さんのところへ？」

「研究のため、ということでした」

「研究……それはもしかするとサヴァン症候群の研究ですか」

伯朗の問いに仁村香奈子は頷いた。

「そうです。ただ、ふつうのサヴァン症候群とは少し違います」

「どう違うのですか」

「先生は、後天性サヴァン症候群という言葉を使っておられました」

「後天性？」伯朗は楓と顔を見合わせた後、仁村香奈子に目を戻した。「そんなものがあるのですか」

「私もその時に初めて知りました。先生によれば、世界的にも殆ど知られていない症例で、論文もないに等しいということでした。でも先生は、ある出来事がきっかけでそうした症例の可能性に気づき、同様の患者を探しているのだとおっしゃいました」

「ある出来事とは？」

「詳しいことは知りませんが、先生が全く別の目的で一人の患者さんの治療をしていたところ、そういう症状を示したそうなんです。その患者さんは絵描きさんだったそうですけど、治療を始めてから、それまでとは全くタッチの違う絵を描き始めたとかで」

伯朗は身を乗り出さざるをえなかった。「その絵描きの名前は？」

「そこまではちょっと……」

仁村香奈子は首を振ったが、伯朗は確信した。それは間違いなく一清のことだ。

「それで矢神はあなたのお父さんにどんなことをしたんですか」

「一言でいうと検査です。脳の状態を細かく調べたいといわれました。その代わり、父の看護はすべて引き受けるとのことでした。高額な看護費に悩まされていた私たちにとっては、まさに救いの神でした」

「でもブログによれば、お父さんは数年で他界されたとか」

仁村香奈子は諦念の表情で首を動かした。

「矢神先生のお世話になってから四年ほどで亡くなりました。でもその間、本当によくしていただいたと感謝しています。だから父の死後、遺作となったあの絵を受け取っていただいたのです」

「そういうことでしたか」

「矢神先生は、ほかにも父のような症状を示す人を何人か調べておられて、その方々の作品なんかも収集しておられると聞きました。父の場合は絵画、というかフラクタル図形を描く才能に目覚めたわけですけど、脳の病気がきっかけで音楽の才能を発揮した人もいるそうです」

「音楽？」

「はい。病気になる前は音楽とは無縁だったのに、ある時から突然頭の中でメロディが鳴り響くようになったのだそうです。それを何とか再現したいと思ってピアノを習いつつ、楽譜の書き方も勉強したとか。矢神先生によれば、心を惹かれる不思議な曲らしいです」

明人の部屋で聞いた曲だ、と伯朗は確信した。楓を見ると彼女も同じことに思い当たったらしく、小さく頷きかけてきた。

「その後、矢神の研究がどうなったか、御存じですか」

仁村香奈子は首を横に振った。

「父が亡くなった後は、賀状のやりとりをするだけでしたので……。でも父の葬儀の時、おかげでとても有意義な研究成果を得られたといっていただけました。自分の仮説が証明できそうだ、もしかすると画期的な発見かもしれない、と」

「その仮説とは？」

「よくわかりませんが、研究のきっかけとなった患者さんのことをおっしゃったのだと思います。先生の治療と後天性サヴァン症候群に関係があった、ということではないでしょうか」

何でもないことのように仁村香奈子は話したが、その内容は伯朗の思考を刺激するものだった。これまでばらばらだったパズルのピースが、一気に形を成しそうな予感がある。

カップにコーヒーが残っていることを思い出した。飲んでみたが、味がよくわからない。興奮しているせいだった。

あの、と楓が初めて口を挟んだ。

「医者が論文などを発表する場合、たとえ名前を出さなくても、被験者や症状の観察に協力した患者さんの同意を得る必要があります。矢神氏から、そうした同意を求められたことはありますか」

「いえ、ないと思います」

「一度も？」

「はい、ございません」仁村香奈子の口調は穏やかだが、言葉に揺らぎはなかった。

楓は伯朗のほうを見た。彼女の考えていることは彼にもわかった。

コーヒーカップを空にしてから、仁村さん、と伯朗は背筋を伸ばした。「本日はどうもありがとうございました。大変、参考になりました」

「この程度のお話でよかったのでしょうか」

「もちろんです。貴重なお話を聞かせていただき、感謝します。我々も思い残すことなく、矢神を看取れます」

「お役に立てたのならよかったです。矢神先生のこと、もしよろしければ、その時には知らせていただけないでしょうか」

その時とは、息を引き取った時という意味だろう。

必ず連絡しますといい、伯朗は立ち上がった。

店を出ると二人で駐車場に向かった。どちらも早足になっている。

「鍵は康治氏の研究にあった。うちの親父に施したという、脳への電気刺激治療だ」歩きながら伯朗は話した。「脳腫瘍による錯乱を防止するためにやったことだが、思わぬ副作用があったというわけだ」

「後天性サヴァン症候群の発症。つまり、人為的に天才脳を作りだすことができる。たしかに画期的な発見です」

「しかしそれを康治氏は発表していない。それどころか、研究自体をやめてしまった感じだ。なぜなのか」

「お義兄様のお父様の死期を早めたという意識があるからでしょうか」

「わからない。そうかもしれない」

車に戻ると、すぐに発進した。首都高速の東神奈川入り口を目指す。

お義兄様、と楓がいった。「その研究記録が残っていれば、とても大きな価値があるのではないでしょうか」

「俺も同じことを考えていた。問題は、誰がそのことを知っているかだ」

「牧雄氏は？　あの変人の学者」

「当たってみる必要はありそうだな。しかしその前に作戦を練ろう」

「じゃあ、うちのマンションでビールを飲みながらというのは？」

「いいねえ」

青山のマンションの前に着いたのは午後八時前だ。楓を先に降ろし、伯朗は車をどこかに駐めてくるつもりだった。

「おなかすきましたね。ピザでも注文しましょうか」楓が人差し指をくるくると回した。

「悪くないな。それにしても、ずいぶんと楽しそうだな」

「だって大きな謎が解けそうですもん。浮き浮きしちゃいます」

でも、と伯朗はいった。「明人の行方がわかったわけじゃない」

一瞬にして楓の顔から明るさが消失した。

「今、俺たちのしていることが、明人の失踪原因に繋がっているのかどうか、まるでわからない。それでも君はいいのか？」

いいわけがない、という答えが返ってくることを伯朗は予想した。

はい——ところが楓の答えは正反対のものだった。

「お義兄様、何事にも手順は必要です」

「手順？」

「どんなことが起きても、決して後悔しないための手順です。あたしは今、あたしにできることを精一杯やっています。もしかすると明人君の行方を摑むことには繋がってないのかもしれない。でもただ立ち止まっているより、ただ待っているより、何かにぶつかっていくほうがあたしには向いているんです」

伯朗はぎくりとした。彼女は明人が帰ってこないことを覚悟しているのだ。そのための心の準備が、彼女のいう「手順」なのだ。

もちろん、と楓は続けた。

「こんなふうにあたしががんばれるのも、お義兄様と一緒だからです。お義兄様がいなかったら、どうなっていたか。今はもうお義兄様だけが頼りです」

楓の潤んだ目に、伯朗の胸の奥が熱くなった。同時に、なぜ仁村香奈子のもとへ彼女を一人で行かせたくなかったのか、わかった。

頼られたいから、なのだ。彼女に必要とされ、常に主導権を握っていたいからだ。

車中の薄暗い中で見つめ合った。伯朗の心は激しく揺れた。このまま背中に手を回して引き寄せれば、瞼を閉じ、唇を預けてくれるのではないかという気がした。

左手を動かしかけた時、遠くでクラクションの音がした。

伯朗は我に返り、瞬きしてから楓を見た。彼女は不思議そうに首を傾げた。

「君の決意はよくわかった」伯朗はいった。「ただ、今夜はここまでにしておこう。病院に戻らなきゃいけないことを思い出した。何もかも助手に任せっぱなしというわけにはいかないからね」

「わかりました。じゃあ、また連絡します」楓が左手を上げた。その薬指には、いつものスネークリングが嵌められている。「お疲れ様でした。おやすみなさい」

「おやすみ」

楓が降りると、伯朗は車を出した。バックミラーに彼女の姿が映っている。

薬指の指輪が、妙に目に焼き付いていた。

蛇は――。

生殖器が左右にある。どちらでも交尾できる。だから一匹の雌に対し、二匹の雄が交尾することもある。

伯朗は頭を振った。おかしなことを考えるなと自分にいい聞かせた。

23

動物病院に戻ってみると、まだ明かりがついていた。蔭山元実は帰ってはいないらしい。診療時間は、とうに過ぎている。入り口の前に立ったが、自動ドアは開かなかった。伯朗は鍵を使い、ドアを開けた。

診察室に入ると、パソコンに向かっていた蔭山元実が振り向いた。意外そうな顔をする。

「今夜はもういらっしゃらないかと」

「少し気になったものでね。何か問題は？」

「ありません。ルルちゃんの投薬内容を記録しておきました。確認していただけますか」

「いいだろう」

蔭山元実が立ち上がったので、入れ替わりにパソコンの前に腰を下ろした。モニターでカルテを確認する。「問題ないようだな」

「ルルちゃん、この一週間は吐いてないそうです。食欲もあり、元気だとか」

「それはよかった」伯朗はくるりと椅子を回転させた。すると、すぐ目の前に蔭山元実の腰があった。デニムのスカートに包まれた細い腰だ。彼女は驚いたように少し後ろに下がった。

伯朗は咳払いをし、彼女を見上げた。

「今日は無理なことを頼んですまなかった。おかげで助かった」

「それならよかったです。ただ、動物病院とはいえ、医師が不在の状態で診療行為をするのはやはり問題かと。報酬を受け取るのに、罪悪感を覚えました」

「君のいう通りだ。悪かった」

「飼っているプードルが自転車とぶつかってぐったりしているから診てほしい、というお婆さんが来ました。かなりあわてている御様子でした。でも事情を話し、お引き取りいただきました。別の病院を教えましたけど、お婆さんの落胆した後ろ姿が頭から離れません。あのプードルがどうなったのか、今も気になっています。ああいう方を助けたいから、ああいう人たちの力になりたいからこの仕事を選んだのに、何もできなくてとても悔しかったです」蔭山元実は俯いたまま、淡々と語った。抑揚のない口調は、逆に彼女の中にある感情の起伏を伯朗に思い知らせた。

「もう、二度としない。約束する」そう答えるしかなかった。

「そのようにお願いします」蔭山元実はいった。「それでは私はこれで」傍らに置いてあったバッグを肩にかけた。

「お疲れ様。ありがとう」

「失礼します」頭を下げ、蔭山元実は診察室を出ていった。

伯朗はため息をつき、椅子を回した。パソコンの画面を眺めるが、何も頭に入ってこない。女性助手の言葉が耳に残っている。

その時、スマートフォンにメールが入った。取りだしてみると楓からだった。内容を読み、はっとした。勇磨から連絡があり、もし時間があるならこれから会わないか、と誘われたらしい。何か情報を摑めるかもしれないから行ってくる、という。

あわてて電話をかけた。すぐに繫がり、はーい、という明るい声が聞こえた。

「こんな時間から行くのか？」あからさまに不機嫌な声で名乗りもせずに訊いた。

「何だか大事な話があるみたいなんですよ。気になるから行ってきます」

「大事な話？　何に関する件か、尋ねなかったのか」

「尋ねましたけど、直に会って話したいんだそうです」

伯朗は舌打ちをした。下心のある男が女性を誘う時の常套句ではないか。

「それは怪しいぞ。電話をかけ直して、少しでもいいから用件を聞かせてくれと要求してみろ」

「えー、でももうタクシーに乗っちゃったし、いいです。会ってきます」

「どこで会うんだ」

はないか。

「恵比寿《えびす》です。あたしがまだ食事をしてないといったら、食事のできるバーがあるって」

勇磨のにやけた顔が目に浮かんだ。カウンター席に並んで座り、背中に手を回したりする気ではないか。

「じゃあ、食事はしてもいいけど酒は飲むな」

「えっ、バーなのにい？」

「君を酔わせるつもりかもしれない。用心しろ。あいつは、たぶん酒が強い血統だ」佐代の飲みっぷりを思い出しながらいった。

「あたしがお酒を飲めること、勇磨さんは知ってるし、バーに行ってお酒を飲まなかったら逆に怪しまれちゃいますよう。大丈夫、あたしもそこそこ強いから、酔いつぶれるなんてことはありません。じゃあ、行ってきますね」

「待て、だったらジンビターだけは飲むなよ」

「ジンビター？　苦いジン？　わあ、それ、おいしそうっ」

「馬鹿、飲むなといってるんだ」

「何ですか？　よく聞こえません。とにかく行ってきまーす」

「おいこら――」ちょっと待て、といった時には電話は切れていた。

伯朗はスマートフォンを机の上に放り出した。髪の毛に指を突っ込み、がりがりと頭を掻いた。

ふと気配を感じ、後ろを振り返った。蔭山元実が立っていたので、わっ、と声を上げた。

「戻ってきてたのか」

彼女は、ばつが悪そうな顔でデパートの紙袋を持ち上げた。「忘れ物をしちゃって……」

伯朗は空咳をした。「ええと、いつからそこに？」

「今、入ってきたところです」

「そうか……」

「今度こそ失礼します」

「ああ、気をつけて」

蔭山元実が軽く会釈してから診察室を出ていった。伯朗は耳をすまし、自動ドアが開閉する音を確認してから、再びスマートフォンを手に取った。『日付が変わるまでには帰宅するように。あいつを絶対に部屋に入れるな。帰ったら連絡をくれ。』とメールを書き、楓に送った。

そのまましばらく待っていたが、返信メールは届かなかった。すでに勇磨と会ったのかもしれない。さっきの電話で酒がどうのこうのより、帰宅後に必ず電話かメールをするようにいうべきだった、と激しく後悔した。

そして数時間後――。

その後悔は一層大きく膨らんでいた。

ベッドの中で伯朗はスマートフォンを睨んだ。もう一度だけ、と自分にいい聞かせ、発信ボタンにタッチする。祈るような思いで耳に当てた。

だがこれまでに何度もかけた時と結果は同じだった。スマートフォンから聞こえてくるのは、お留守番サービスに接続します、という色気のかけらもない声だった。


せんせい、と声をかけられ、意識が戻った。レントゲン写真が、すぐ目の前にあった。カメを撮影したものだ。眺めているうちに居眠りをしてしまったらしい。

隣を見た。蔭山元実が眉をひそめて彼の顔を覗き込んでいた。「大丈夫ですか?」

「ああ、大丈夫だ」指先で目頭を揉んでから、おそるおそる椅子を回転させた。四十歳前後の太った女性と野球帽を被った十歳ぐらいの少年が、疑わしそうな目をして座っていた。今日は学校の創立記念日だから一緒に来た、というようなことを最初に話していた。彼等の前にはプラスチックケースが置かれており、中ではカメが動いている。

失礼、と伯朗はいった。「入院中の蛇がいましてね、一時間ごとに検査する必要があるんです。おかげで徹夜同然に」

「大変ですね」母親が冷淡な口調でいった。

「ええと、それで」伯朗は蔭山元実のほうを向いた。「どこまで話したかな」

「軽い肺炎だろうから、薬を与えて様子をみようと」

「ああ、そうだった。それから、ええと」伯朗はレントゲン写真に視線を移した。何をいいたかったのか、ようやく思い出した。「少し便秘気味でもありますね。そちらの薬も出しておきましょう。飼育環境は清潔にしてください。水温は少し高めにしたほうがいいです。二十八度程度に」改めて母子を見て、お大事に、と続けた。

ありがとうございました、といって母親が立ち上がった。しかし息子のほうは獣医に対して芽生えた疑念を払拭できないらしく、不機嫌な顔でプラスチックケースを持ち上げ、黙って母親の後についていって部屋を出ていった。

時計を見ると午後一時を少し過ぎたところだ。昼間の診察はここまでだ。

蔭山元実が受付に行くのを見送り、白衣のポケットに入れっぱなしにしてあったスマートフォンを取り出した。電話をかける先は、もちろん楓だ。

しかし電話はやはり繋がらなかった。今朝から何度かけたかわからない。

朝一番にはメールも打った。矢神牧雄のところへ話を聞きにいこうと思うから打ち合わせをしたい、至急連絡をくれ、という内容だ。ところが未だに返信はない。

パソコンに向かい、カメのカルテを作り始めたが、まるで集中できなかった。貧乏ゆすりばかりしてしまう。

一体、楓はどこで何をしているのか。なぜ連絡をくれないのか。なぜ電話が繋がらないのか。そして何より、勇磨とはどうなったのか。

やはり巧妙に酒を飲まされ、酔いつぶれてしまったのではないか。酔った彼女を勇磨はどうしたか。自分の部屋まで連れ帰ったのではないか。あるいはラブホテルを使ったか。悪い想像ばかりが膨らむ。

がらり、と引き戸の開く音がした。ぎくりとして振り返った。受付から蔭山元実が出てくるところだった。

「先生、お昼はどうされますか。どこかへ食べにいかれるのなら、お付き合いしますけど」

「君、今日は弁当じゃないのか」

彼女はいつもは弁当持参で、伯朗が外食している間に受付で食べている。しかし稀に二人で食べに出ることもある。

「作ってる時間がなかったんです。寝坊しちゃって」

「ふうん、珍しいな」

蔭山元実は時間に正確だ。遅刻などしたことがない。

「どうしますか。前におっしゃってた蕎麦屋にでも行きます?」

「そうだな……」伯朗は小さく首を振った。「いや、やめておく。何だか食欲がない。君、一人で行ってきていいよ」

「食べないと身体に毒ですよ」

「そうだろうけれど……」下を向き、小さく頭を振った。

「気が気でないですか」

えっ、と顔を上げた。蔭山元実と目があった。

「連絡、つかないみたいですね」彼女は机の上のスマートフォンを指した。伯朗が何度も電話をかけていることに気づいていたらしい。

伯朗が黙って頷くと、先生、と彼女はいった。「最初にいったはずです。気をつけたほうがいいですよ、と。あの女性が初めてここに現れた時に」

たしかにそうだった。意味ありげな目をして蔭山元実はそういった。なぜそんなことをいうのか、わからなかった。今も彼女が何をいおうとしているのかわからない。

「先生は」蔭山元実が憐《あわ》れむような目をして徐にいった。「惚れっぽいんです」

「えっ」

「前は、私のことも好きだったでしょう？」

伯朗は絶句した。ばれてたのか、と思わず口に出さなかったのは幸いだ。

「何人かの飼い主さんからいわれました。先生はあなたに気があるんだろうって。ある飼い主さんは、先生のあなたを見る目はハート型だ、あれは獣医が助手を見る目じゃないとおっしゃってました」

どこのどいつだ、と訊きたいところだが黙っていた。

もちろん、と蔭山元実はいった。「私自身が誰よりも気づいてましたけど」

こんなことをこれほど自信たっぷりにいえるものなのか、それぐらい俺の態度は明白だったということか、何人もの飼い主に気づかれていたとは——伯朗は俯いた。恥ずかしくて顔を上げられない。

「あの方を一目見た時、先生はきっとこの人を好きになると思いました。だから、気をつけたほうがいいですよ、と注意したんです。だって弟さんの奥さんでしょ？　先生が苦しむだけじゃないですか。でもたぶん手遅れだったんでしょうね。あの時点で、先生はもう好きになっちゃってたんです」

「いや、そんなことは——」ない、といいかけてやめた。そういわれればそうかもしれない、という気もしたからだ。それに、そのことだけを否定したところで意味がない。

「最近の先生はおかしいです。それに、仕事中に居眠りをするなんて考えられません。いろいろと事情があるってのはわかります。詳しいことは話せないならそれでいいです。でもだったら、元のまともな先生に戻ってください。せめてこの病院にいる間だけでも」

蔭山元実の言葉はナイフのように、ぐさぐさと伯朗の胸に突き刺さった。反論など何ひとつ思い浮かばない。情けない思いだけが膨らみ、押し潰されそうだった。

「いいたいことはそれだけです。生意気いってごめんなさい。食事、してきます」

ジーンズにスニーカーという彼女の足が、回れ右をした。ドアに向かって歩きだす。

伯朗は顔を上げた。蔭山君、と彼女の背中に呼びかけた。

蔭山元実が足を止め、振り返った。その鼻筋の通った顔から目をそらさずに伯朗はいった。

「弟が……行方不明なんだ」

明人が出かけたきり戻らないこと、その原因が矢神家に関係しているのではないかと考えて楓と行動していることを伯朗は蔭山元実に打ち明けた。ただし小泉の家が存在していたことや、後天性サヴァン症候群の話などは伏せておいた。そこまで話すと長くなるし、どう説明すればいいのかもわからなかった。

「そんなことになっていたんですか」蔭山元実は診察台の向こう側の椅子に座ったまま腕組みをした。「それで何か手がかりは見つかったんですか」

伯朗はかぶりを振った。

「今のところ収穫なしだ。相続関連で少々面倒臭い話が勃発しつつあるけど、明人の失踪と関係しているかどうかはわからない」

「おまけに楓さんは親戚の男性に会うといって出ていったきり連絡がない、と」

「そういうことだ」

「それはさぞかし心配でしょうね」蔭山元実は冷めた顔を伯朗に向けてきた。「その男性に連絡してみたらどうですか」

「連絡先を知らない」

「そんなの、すぐに調べられるでしょう？」

彼女のいう通りだった。波恵に尋ねてもいいし、佐代に訊いてもいい。勇磨に連絡しないのは、したくないからだった。彼を嫌いだからだけではない。嫌な想像が当たっていたとして、それをあの男から聞きたくないのだ。

「いっそのこと、警察にいってみたらどうですか」

蔭山元実の提案に、伯朗は目を見開いた。「警察？」

「弟さんに続いて、その奥さんも行方知れずなわけでしょう？　今度こそ警察も本気で調べてくれるんじゃないですか」

その意見は尤もなような気がした。だがそこまで大ごとなのだろうか、とも思った。大ごとではないと信じたい気持ちがある。

でも、と蔭山元実がいった。「たぶん大丈夫だと思いますけど」顔を上げた伯朗を見て、彼女は続けた。「あの女性は、したたかでしっかりしています。男の企みにまんまと引っ掛かるようなヘマはしないと思います。きっと、何事もない様子で現れますよ」

「だといいんだけど」

そう答えた伯朗の顔を見て、蔭山元実は呆れたように苦笑した。「彼女のこと、よっぽど好きなんですね」

「えっ？」

「事情はよくわかりました。そういうことなら、診療時間外では思う存分にそわそわして、電話でもメールでも好きなだけやってください。私は気にしないようにします。ただし診察が始まったら仕事に集中してください。ぼんやりしてたら怒鳴りつけます。構いませんね？」そういって蔭山元実は立ち上がった。

「ああ、遠慮なくやってくれ」

「コンビニに行って、サンドウィッチでも買ってきます。先生も何か食べたほうがいいです。何がいいですか」

「ああ……じゃあ、君と同じものでいい」

「わかりました」蔭山元実はドアを開けた。だが、出ていく前に振り向いた。「先生、弟さんがこのまま戻らなきゃいいな、とか思ってます？」

「えっ、いや、まさかそんなことは……」

彼女は薄く目を閉じて首を振った。

「思いつつ、そんなことを期待しちゃいけないと自分にいい聞かせている。違いますか？」

図星だというしかなかったが、認めるわけにはいかないので伯朗は黙っていた。

「もしそうだとしても、自分を責めなくてもいいと思います。それが当然ですから」蔭山元実は彼女らしくない優しい微笑を唇に浮かべた。「じゃあ、ちょっと行ってきます」

行ってらっしゃい、という間の抜けた返事しか伯朗にはできなかった。

蔭山元実が買ってきてくれたサンドウィッチを食べ、雑用をこなしつつ、その合間に電話をかけた。だが繫がらないことに変わりはなかった。波恵に勇磨の連絡先を尋ねようと思い、何度も彼女の番号をスマートフォンに表示させたが、とうとうかけないままに夜の診療時間が始まった。

最初の患者は、糖尿病にかかった雌のビーグルだった。垂れた茶色の耳がかわいいが、もう九歳になるから、人間でいえば老女だ。異常に水を飲み、尿の回数も増えたということで連れてこられたのが、今から二か月ほど前。血糖値を調べたところ、明らかに高かった。

「散歩は朝と夕方の二回、大体一時間ぐらいさせています」飼い主の男性がいった。定年退職した時に飼い始めたというから、七十歳ぐらいなのだろう。

「注射は慣れましたか」

伯朗の問いに男性は迷いつつ、頷いた。

「まあ、何とか。妻はまだ怖がります」

自宅でのインスリン投与と運動、食事制限が、当面の治療方針だ。

「このまま続けましょう。療法食は必要ないと思います」

「それを聞いて安心しました。調べてみると療法食は結構割高なので」男性は安堵した様子でビーグルの頭を撫でた。

その後、犬、猫、犬の順で診た。いずれも予約した患者ばかりだ。簡単なチェックをするだけなので、いずれも時間はかからなかった。

午後七時を少し過ぎた頃には待合室には誰もいなくなった。予約のあった患者は、すべて診た。突然、受付の引き戸が勢いよく開いた。蔭山元実が険しい顔つきでスマートフォンを持っている。「先生、電話です。たぶん、あの方です」

伯朗は駆け寄り、スマートフォンを受け取った。着信表示を見ると、まさしく楓だ。

電話を繋ぎ、俺だ、と伯朗は大きな声を出した。

「あー、もしもし？　お義兄様？」

「そうだ。おい、今まで何をしてたんだっ」

「ごめんなさーい。ぼんやりしてて、バッテリーが切れてることに気づかなかったんですう。それにいろいろとやることがあったし」

「何だよ、やることって」

「それはいろいろー」

緊張感のない口調に、伯朗は下半身から力が抜け、座り込みたくなった。しかし、ほっとしているのも事実だった。

蔭山元実と目が合った。彼女は唇の端に奇妙な笑みを滲《にじ》ませていた。ほら、やっぱり大丈夫だったでしょ、とでもいいたいのだろう。

「今、どこにいる？」

「部屋です。あっ、そうだ。お義兄様、牧雄さんのところへ行く件で打ち合わせなきゃ、ですよね。今夜、これからどうですか？」

「これから？」

「はい。御飯でも食べながら、とか」

伯朗はもう一度時刻を確かめた。診療時間は、まだ一時間近く残っている。蔭山元実のほうを見ると、彼女は横を向いていた。

「まだ仕事中だ。八時にならないと身体が空かない」

「八時ですかあ。……ええと、じゃあ、その頃に病院に行ってもいいですか」

「わかった。待っている」電話を切り、ふうーっと息を吐いてから、スマートフォンを受付の机に置いた。

「すぐに行かなくてもよかったんですか」蔭山元実が訊いてきた。

「当たり前だろ」ぶっきらぼうにいってから、照れ笑いを浮かべた。

せっかくだから急患が来ないかと思ったが、こういう時にかぎって誰も駆け込んでこないのだった。結局、そのまま八時になった。

「行けばよかった、とか思ってません？」帰り支度を済ませた蔭山元実がいった。今日はタイトなミニスカートだった。心なしか、最近はスカートが増えた。

「思ってないよ。お疲れ様」

失礼します、といって彼女は出ていった。

伯朗は白衣を脱ぎ、靴を履き替えてジャケットを羽織った。診察室を出た時、チャイムが鳴った。外に楓が立っていた。スイッチを押し、ドアを開けてやる。

「こんばんは」楓が頭を下げた。

「こんばんは、じゃないだろ。一体、俺がどれだけ――」

伯朗が言葉を途切れさせたのは、すぐそばに立っている人物を見たからだった。

「まあ、そう怒りなさんな」削《そ》げたような片頰を歪ませ、矢神勇磨が笑った。

24

「わりとこぢんまりとした病院なんだねえ。思っていたのとは違った」そういって待合室の中を見回してから勇磨は腰を下ろし、スーツの内ポケットから煙草の箱を出してきた。

「禁煙です。吸いたければ外へ」伯朗は勇磨の手元を指差した後、その指を隣に立っている楓に向けた。「どういうことだ？　説明してくれ」

「俺から話すよ。まあ二人とも、座ったらどうだ」

待合室の椅子はL字型に配置されている。伯朗は楓と並んで座ったので、斜め前にいる勇磨を睨む形になった。

「手短にいうとだ、ちょいと気になったわけだよ、明人のことが」勇磨は煙草を内ポケットに戻し、足を組んだ。「だってそうだろ？　いくら仕事が忙しいからって、こんな奇麗な奥さんだけを一人で帰国させ、いつまで経っても自分は帰らないなんてのは、どう考えても変だ。おかしいと思うのがふつうじゃないか？」

伯朗は対応に困り、楓を見た。彼女は小さくお手上げのポーズを取った。

「それで?」勇磨に訊く。

「前にちらっと話したと思うけど、こう見えても俺だって海外にはそこそこの伝手《つて》がある。それでさ、調べてもらったわけだ。シアトルに明人がいるのかどうかを。そうしたら驚きだ。新妻と二人で、お手々繋いで日本に帰ったっていうじゃないか。もちろん明人だけがシアトルに引き返したなんてこともない。こうなると、事情を知りたくなるのは当然だろ。そこで昨日こちらに電話して、恵比寿まで出てきてもらったというわけだ」そういって勇磨は楓のほうに手のひらを出した。

伯朗は再び楓のほうを向いた。「どこまで話したんだ?」

彼女は両肩をちょっと上げた。「わりと全部」

「だからどこまで?」声が尖った。

「全部だよ」勇磨が、げんなりしたようにいった。「あんたのお袋さんの実家が残っていることも、お袋さんと康治さんの出会いについても聞いた。俺にとってちょっとした驚きだったのは、あんたのお袋さんと佐代が同級生だったってことだ。今まで全く知らなかった。そういえばずいぶんと仲がいいなと不思議ではあったんだ。でもおかげで長年の疑問が解けた」

楽しそうに話す勇磨を睨みつけながら、この男は母親を名前で呼ぶのか、と伯朗は頭の隅で考えていた。

「どうして?」伯朗は楓に訊いた。「全部話す必要なんてないだろ。うまくごまかせなかったのか」

「ごめんなさい」

「うざい男だな。彼女を責めるなよ」勇磨が吐き捨てるようにいった。「協力してほしいなら、全部隠さずに話せといったんだ。ごまかして、後で少しでも隠し事があるとわかったら、明人が失踪していることをみんなにばらすって」

「それでも別に構わなかったのに」これもまた楓に向けた言葉だ。「こんな男に協力を求めるぐらいなら」

勇磨は、ふん、と鼻を鳴らした。「こんな男とは、ひどいいわれようだな」

「今、方針変更はしたくないんです」楓が真剣な眼差しを伯朗に向けてきた。「明人君の失踪を隠して、ここまで来ました。いろいろと謎も解けてきたじゃないですか。でもここですべてを明かしてしまったら、何もかもうまくいかなくなるような気がするんです。それに、もし明人君が失踪中ということになったら、あたしは矢神家の何になります？　まだ入籍していないのに、明人君の妻として扱ってもらえると思います？」

「それは……」反論が思いつかず、伯朗は奥歯を嚙みしめた。

「だからお願いです。あたしの我儘《わがまま》を聞いてください。あたしの納得のいく形でやらせてください。この通りです」楓はカーリーヘアの頭を下げた。

「ほらほら、こんな奇麗な女にここまでさせて、それでもまだごねる気か？　どっちみち、俺はもう全部聞いちまったんだから、この段になってうだうだいったってしようがないだろ。大人なんだから、すぱっと切り替えたらどうなんだ」

呆れたような勇磨の台詞に、伯朗はかちんときたが、いい返すのはやめておいた。悔しく腹立たしいが、相手のいっていることのほうが理にはかなっている。

「協力って、具体的にはどんなことを頼んだんだ」伯朗は楓に訊いた。

「明人君が行方不明だということは、誰にもいわないでほしいって」

「ほかには？」

「それだけです」

伯朗は勇磨をちらりと見てから楓に顔を戻した。「約束を守ってくれるという保証は？」

「守るよ」勇磨が答えた。「俺は商売人だ。商売人は約束を守る」

「商売？」その言葉で、ぴんときた。伯朗は勇磨を見据えた。「何か見返りを？」

「当然だろ。人ひとりが失踪してるってことを隠しておくんだぜ。万一、何かのトラブルがあった時、こっちにどんな火の粉が飛んでくるか知れたもんじゃない。見返りを要求して、何が悪い？」

「……どんな見返りを？」まさか楓の身体を求めたりはしていないだろうな、と思いながら伯朗は訊いた。

勇磨は組んでいた足を下ろし、少し胸を張るように呼吸した。

「後天性サヴァン症候群」低い声でゆっくりといった。「話を聞いて驚いた。科学の力ってのはすごいな。そんなことができるとはねえ。いや、それ以上にすごいのは人間の身体ってことになるのか。どっちにしろ、画期的な研究だってことに変わりはない。で、ここが大事なところだが、金の臭いがぷんぷんする。俺はノーベル賞なんかには全く興味がないが、この話はビジネスになると睨んだ。となれば、一枚噛ませてもらわないとな」

そういうことか、と伯朗は納得した。たしかにそれが条件ならば、この男も協力を惜しまないだろう。いやそれどころか、後々の利権のためにも、今は明人の失踪を明かしたくないはずだ。

「彼女から聞いて知っていると思いますが、康治氏が後天性サヴァン症候群について研究していたのは、今から三十年も前です。なぜだかその研究成果は発表されていないし、記録が残っているかどうかもわからない。それでもいいんですね」

「構わんさ。宝の地図は九九・九九パーセントが偽物だが、だからといって穴を掘らないんじゃ、〇・〇一パーセントのお宝には出会えない」

いけすかない男だが、なかなかうまい表現だった。伯朗は黙って頷いた。

お義兄様、と楓がいった。「これから牧雄さんのところへ行きませんか」

「これから？」

「牧雄さんは独り暮らしで、夜はめったに外出しないみたいだから、じっくりと話を聞くにはちょうどいいって勇磨さんが」

「善は急げっていうだろ？　嫌ならいいぜ。無理にとはいわない」勇磨が、にやにやしていった。その嫌味な笑いには、すでに自分は楓に相談される仲なのだ、という表明が含まれているように見えた。

二人だけで行かせるわけにはいかない。わかった、と伯朗は答えた。


勇磨によると牧雄は、彼が経営している居酒屋の常連客で、たまに顔を合わせることもあるらしい。そういう時には飲食代を多少サービスしてやるという。

「いわなくてもわかっていると思うが牧雄さんは変人だ。親父も、あいつは変わっていて扱いづらいって、よくこぼしてたよ」ベンツのハンドルを片手で操作しながら勇磨は愉快そうにいった。ルームミラーには交通安全の御守りらしきものがぶら下がっている。「ところが勉強のほうは抜群だ。中学でも高校でも学年のトップだった。ただし天才肌じゃない。人がげんなりするような根気のいる作業を、こつこつと積み上げて結果を出すタイプだ。一種の偏執狂だな。研究者としては、スターにはなれない。ただし、スーパーサブとしては最適な人材だ。そこで親父は牧雄さんに命じたそうだよ。康治の補佐をやれってね」

「その話は佐代さんから聞いたんですか」伯朗は後部座席から尋ねた。楓は助手席に座っている。そのように勇磨が命じたからだ。彼の運転する車で牧雄の家に向かうことになったので、逆らうわけにはいかなかった。

「親父からだ。俺が高校生の時だった。進路のことであれこれ迷っていたら、その話をしてくれた。で、俺にも医学の道に進んだらどうかというわけよ。俺はきっぱりと断った。明人がいるからな。どの道、矢神家も矢神総合病院もあいつが引き継ぐことになるんだろうと思ったわけよ」

「でも明人も医者にはなりませんでしたよ」

前を向いたままで勇磨は頷いた。

「あいつも勘がいい。矢神家が屋台骨から傾き始めていることに気づいていたのかもな。俺も実業家を目指して正解だった。親父は自分が果たせなかった夢を俺たちに叶えてもらおうと思ったんだろうが、とんでもないエゴだ」

「夢というのは、医学界に足跡を残すことですね」助手席の楓が訊いた。

「そうだ。自分が小物のままで終わったからな。それで康治さんに期待していたらしいが、まさかそんなすごい研究成果を挙げてたとはな」

「お祖父様も後天性サヴァン症候群のことは御存じなかったんでしょうか」

「親父か？　知らなかったと思うよ。もし知っていたら黙っているわけがない。大はしゃぎで康治さんの尻を叩いて、もっと研究を進めろって命じたに違いない」

「康治氏は、なぜ康之介氏に話さなかったと思いますか」伯朗が訊いた。

「さあな。そこのところは俺にはわからない。牧雄さんに訊けばわかるんじゃないか」

その牧雄の家は泰鵬大学の近くにあった。小さな民家が建ち並ぶ住宅街の一角にある、二階建ての古いアパートだった。

近くのコインパーキングに駐めてから、三人はアパートの前に立った。

「大学教授が住んでいるとは思えないな」階段の手すりが錆びだらけの建物を見上げ、伯朗は呟いた。「どうしてもっといい部屋に住まないんだろう。お金はあるはずなのに」

明人のマンションを思い出した。百合華によれば家賃は百二十万円だという。このアパートはその二十分の一、いや三十分の一以下でもおかしくない。

「だからいっただろ、変人だって。贅沢には興味がないんだよ」

「研究大好きなマッドサイエンティストって感じでしたもんね」

楓の言葉に、ははは、と勇磨は笑った。「うまいことをいう。その通りだ。でも頭はいいからな。ごまかされないように用心しようぜ」

勇磨が階段に向かったので、伯朗と楓は後についていった。

今夜三人で行くことを牧雄には連絡していない。いきなり訪ねていったほうが本音を引き出しやすい、と勇磨がいったからだ。

二階の一番奥が牧雄の部屋だった。キッチンの窓から明かりが漏れてくる。勇磨がドアホンを鳴らした。

室内で人の動く物音がドア越しに聞こえた。次に、はい、という低い声。

「牧雄さん、今晩は。勇磨です」

戸惑ったような沈黙があり、鍵の外れる音がした。ドアが開き、牧雄が顔を見せた。三人を見て、ぎょろ目をさらに大きくする。

「そりゃあ、びっくりするでしょうね。こんな時間に、この顔ぶれで押しかけられたら」勇磨が楽しそうにいった。「でもいろいろと事情がありましてね、今夜、どうしても牧雄さんに会っておきたかったわけです」

牧雄は開けたドアのノブを握ったまま、「何の用だ?」と訊いた。

「お尋ねしたいことがあるんです。康治さんのことで」

牧雄の目に猜疑心の色が浮かんだ。「どんなことだ」

「それはこんな立ち話で済む内容じゃありません。とりあえず中に入れてもらえませんか。いつもエピグラフとサイコロステーキをサービスしてるじゃないですか」

「サイコロステーキをサービスしてもらったのは一度だけだ。先日も金を払った」

「そうでしたか。では次からは必ずサービスするようにスタッフにいっておきます」

牧雄の疑わしそうな目つきは変わらなかったが、不承不承といった表情でドアを大きく開いた。「狭いぞ」

失礼します、と勇磨が先に入っていった。伯朗と楓は、その後に続いた。

たしかに狭い部屋だった。手前にダイニングがあり、奥に二間がある典型的な2DKだ。目の届くかぎり、どこも書物やファイルやで溢れかえっている。

「どこでも適当に座ってくれ」

牧雄はそういったが、小さな正方形のダイニングテーブルには椅子が二つしかなかった。勇磨は一つを楓に勧め、もう一つには彼自身が座った。牧雄は奥の部屋からキャスター付きの事務椅子を引っ張ってきて、そこに腰を下ろした。したがって伯朗は立ったままでいるしかなかった。

「それで、用件は何だ。兄貴のことだとかいってたが」牧雄が三人を見回してから訊いた。飲み物などを出す気はさらさらないようだ。

「康治さんの研究についてですよ。牧雄さんは、ずっと補佐をしていたんですよね」勇磨が確認した。

「古い話だ」

「どんな研究の手伝いをしてたんですか」

牧雄は口元を歪めた。「君たちに話してもわかるまい」

先日は、と伯朗が口を挟んだ。「サヴァン症候群に関する研究だということは、お認めになりましたよね」

「それがどうかしたか」牧雄の口調が警戒の色を示した。

「単なるサヴァン症候群じゃない」勇磨がいった。「康治さんが取り組んでいたのは、世にも珍しい後天性サヴァン症候群——そうですよね」

牧雄の表情が強張るのがわかった。まるで氷が固まる瞬間を目にしたようだった。その後、彼はぶるると震え、機械仕掛けのような動きで口を開いた。「誰から聞いた?」

勇磨が伯朗のほうに、おまえが説明しろ、とでもいうように顔を巡らせた。

「先日、矢神邸で康治氏の荷物を確認した時、不思議な絵がありましたよね」伯朗はいった。「複雑な曲線を精緻に組み合わせた図形です。その後、フラクタル図形だとわかりましたが、あの絵を描いた人の御遺族から聞いたんです。康治氏が後天性サヴァン症候群について研究していたことや、そのきっかけを」

きっかけ、という言葉を聞いた時、牧雄の頬がぴくりと動いた。

「ねえ、牧雄さん」勇磨が媚びるようにいった。「いろいろと思うところはあるだろうけど、とりあえず俺たちは親戚じゃないですか。だからここは一つ、包み隠さず話してもらえませんか。その面白そうな研究について」

「聞いて、どうするんだ」

「それは聞いてから考えます」

ふん、と牧雄は鼻を鳴らした。

「商売になると思ったんだろうが、お生憎様だ。研究データは行方不明だ。私も懸命に探したが、結局見つからなかった」

勇磨は眉根を寄せた顔を伯朗たちに向け、再び牧雄のほうを見た。「一体、どういうことなんですか。詳しく話してください」

牧雄はため息をついた後、渋面を作った。

「兄貴からは誰にもいうなといわれてるんだがな」そういってから伯朗を見た。「あんたのお母さんからも」

「母は死んでいるし、康治氏も先は長くないです。もういいんじゃないですか」

「あたしもそう思います。それに内緒話を本当に秘密にしてたら、知ってる人間が一人もいなくなります。それはそれでよくないですよう」楓がいった。

「ものはいいようだな」牧雄は口をへの字にした。それが彼の苦笑らしい。「兄貴の元々の研究テーマは後天性サヴァン症候群などではなかった。脳への電気刺激による痛みの緩和、意識の覚《かく》醒《せい》が主なテーマだった。そもそも当時の兄貴はサヴァン症候群の存在は知っていても、それが後天的に発症する可能性など想像もしていなかった」

「そんな中、康治氏は康之介氏から、うちの父のことを聞いたんですね」

伯朗の問いに牧雄は頷いた。

「そうらしい。らしいというのは、あの時の患者が禎子さんの夫だったということを兄貴から聞かされたのは、兄貴が禎子さんと結婚した後だからだ。聞いた時には驚いた」

「康治氏は父に何をしたんですか」

「兄貴の名誉のためにいっておくが、兄貴がやろうとしていたことは、あくまでも治療だった。君の親父さんは脳腫瘍の影響で頻繁に錯乱状態を起こすようになっていたが、脳内のニューロンが誤った情報をやりとりしていることが原因だと考えられた。ニューロンは情報を電気でやりとりしている。だから外部から電気刺激を与えることで、その情報を改変できると考えたわけだ。やり方は、複数個の電極を付けたヘッドギアを患者に被せ、パルス電流を一定のパターンで流してやるというものだ。厚生省から正式な認可を受けていない治療だが、危険性はないと我々は判断した」自らの専門分野の話になったせいか、牧雄は少し早口になった。「結果をいえば、この治療法は奏功した。君の親父さんが錯乱することはなくなった。兄貴は禎子さんから感謝されたらしい」

「ところが父の身体、というより脳には、思わぬ副作用が現れた」

「その事実に、兄貴もすぐに気づいたわけではなかった」牧雄は人差し指を立てた。「頭の中に奇妙な図形が浮かんでは消える、と本人が訴えていたのだが、兄貴は特に気に掛けてはいなかったそうだ。絵描きなのだから、ふつうの人よりも映像イメージが強いのは当然だと思っていた。ところが当人がそれを実際の絵に描き始めると、それを見て兄貴は驚いた。作風が全く違うことは素人目にも明らかだが、それ以上に人間業とは思えない精巧さに度肝を抜かれたという」

あの絵だ、と伯朗は気づいた。父の一清が死の直前まで取り組んでいた不思議な絵。タイトルは『寛恕の網』だった。

「その瞬間、兄貴の頭に浮かんだのは、同様の能力を示す、ある病気の患者たちだった」

「サヴァン症候群」

伯朗の言葉に、その通り、と牧雄は低くいった。

「兄貴は仮説を立てた。脳腫瘍による脳の一部損傷と電気刺激によるニューロンの情報改変が、生まれつき脳に障害のあるサヴァン症候群と類似した症状を示したのではないか、と。この仮説が真ならば、理論的には意図的にサヴァン症候群を引き起こせることになる。しかも生まれつきの患者は多くの場合、代替として知的障害を抱えているが、後天的ならばそれを回避することも可能だ。じつに画期的な発見といえる。それだけに兄貴は、このことを人には話さなかった。知っていたのは私だけだ。親父にも話さないように命じられた」

「なぜ康之介氏に隠していたのですか」

牧雄は、目を剝き、にやりと笑った。

「研究にブレーキが利かなくなるからだ。画期的な発見の可能性があるとなれば、親父は目の色を変えて研究を進めさせようとするだろう。違法性の高い人体実験を命じるに違いなかった」

ははっ、と息を吐いて肩を揺らした後、勇磨は伯朗のほうを見た。「ほらな。俺がいった通りだろ？　あの親父のことを知っている人間なら、考えることは同じだ」

「その通り。しかし親父と違って、兄貴は慎重だった」牧雄はいった。「まずはしっかりとデータを集めてから、次のステップに移ろうと考えていた。ところが誤算が生じた。データを取れる唯一の対象、つまり君の親父さんが亡くなったんだ。それまで小康状態を保っていた脳腫瘍が急速に悪化した。兄貴はその原因が電気刺激治療にあるのではないかと疑った。そこでその因果関係が明確になるまで、人体への施術は一切見合わせることにした。電気刺激治療の研究は、動物実験が主になった。君も知っての通り……な」

伯朗の脳裏に猫の死骸が浮かんで消えた。

「動物実験は、後天性サヴァン症候群の研究も兼ねていたのですか」

「当初は兼ねたいと考えていた。しかし早い段階で無理だという結論に達した。猫は絵を描かないし、楽器も演奏しない。天才脳を獲得したかどうかを確認する術がなかった」

「その結果、動物実験は、露出させた脳をひたすら電気刺激するものとなった。猫の寿命が尽きるまで」

睨みつけた伯朗の視線を牧雄は正面から受け止めた。「その通りだ」

「猫の話はもういい」焦《じ》れたように勇磨が口を挟んだ。「後天性サヴァン症候群の研究はどうなったんですか。それほどの発見なのに、何もしなかったんですか」

「今もいったように動物実験では成果を得られず、人体への施術もしないとなれば、新たなデータを得るのは極めて難しい。そこで兄貴は全く別の発想でデータを収集することにした。端的にいうと実例を探し始めたのだ」

「後天性サヴァン症候群の実例ですね」伯朗は訊いた。

そうだ、と牧雄は答えた。

「事故あるいは病気によって脳を損傷したせいで、それまではなかった特殊な才能を発揮した例が必ずあるはずだと兄貴は考えた。そこで医学界のネットワークを駆使し、全国から情報を集めたのだ。その結果、極めて稀少ではあったが、そうした実例がいくつか確認できた。兄貴はすぐに飛んでいき、彼等の症例を詳しく調査した。例のフラクタル図形を描いた人物も、そうした一人だ」

仁村香奈子の話と完全に一致する、と伯朗は思った。

「あの絵を描いた人の娘さんによれば、そうした康治氏の調査は、かなり実を結んでいたそうじゃないですか。康治氏はその女性に、おかげでとても有意義な研究成果を得られた、自分の仮説が証明できそうだ、画期的な発見かもしれない、などと話したと聞きました」

うむ、と牧雄は顎を引いた。

「それは誇張ではない。兄貴は着々とデータを集め、自らの仮説の正しさを証明しつつあった」

「しかし康治氏は、それを今まで公表していません。なぜですか」

牧雄は顔を歪め、ゆっくりと首を横に振った。

「それは私にもわからんのだ。ある日突然、兄貴は後天性サヴァン症候群の研究から一切手を引くといいだした。実際、それ以後は口にすることもなくなった。私にも、すべて忘れろ、と命じた。兄貴が禎子さんと結婚するより少し前のことだ」

「理由は訊かなかったんですか」伯朗が問うた。

「もちろん訊いたが、教えてくれなかった。おまえは何も知らなかったことにすればよい、といわれただけだ。私にとって兄貴の存在は、親父よりも絶対だった。逆らえなかった」

「だったら代わりに牧雄さんがやればよかったじゃないですか」勇磨が苛立った口調でいった。

「後天性サヴァン症候群の研究を」

牧雄は珍しく目を細くし、勇磨を見返した。

「わかっておらんな。私は兄貴の補佐をしただけで、すべてを把握していたわけではない。伯朗君の親父さん——たしか手島さんだったな、あの人に施した治療の詳しい内容についても、兄貴しか知らないことがたくさんある。後天性サヴァン症候群の実例調査にしても、すべて兄貴が一人で行った。データを持っていたのも兄貴だけだ。つまり、私が引き継ごうにも、その手段がないのだ」

「そういえばさっき、研究データは行方不明だとおっしゃいましたよね」

伯朗の言葉に牧雄は頷いた。

「兄貴が病気で倒れて以来、ずっと探している。君たちにいわれなくても、私だって後天性サヴァン症候群には興味があるからな。これは余談だが、最近になって後天性サヴァン症候群という言葉も症例も、医学界では知られるようになってきた。じつは研究を始める動きも出ている。その意味で、兄貴の研究データは未だに、いや今だからこそ余計に価値があるのだ。だから泰鵬大学の研究室、矢神総合病院の院長室、そして先日は矢神邸で兄貴の荷物を調べた。だが、どこにもない。見つけられなかった」

「本当ですか。じつはどこかに隠し持っている、なんてことはないでしょうね」勇磨が疑いをかけた。

「信じられないというなら、どこでも好きなだけ調べればいい。もし見つけられたなら、君に進呈しよう」

どうやら牧雄の言葉に嘘はないようだった。

「康治氏が処分した可能性は?」伯朗が訊いた。

「わからん。そうかもしれん。そうかもしれんが――」牧雄は小さく首を捻った。「それはないように思える。兄貴は研究者だ。研究者は、自分の研究の記録を捨てたりしない。捨てられないのが本能なのだ」

「どこかに存在すると？」

「私はそう思う。そう信じたい」呻くように呟く変人医学者の言葉には、強烈な説得力があった。

「よくわかった」勇磨が楓の肩を叩いてから立ち上がった。「夜分に申し訳なかった、牧雄さん。今度店にいらした時には、何でもサービスさせていただきますよ」さらに伯朗のほうを振り返った。「行こうぜ」

「最後に一つだけ質問を」楓が人差し指を立てた。「今の話を知っている人は、ほかにいますか」

「おらんはずだ。私は誰にも話していない」

わかりました、と楓は答えた。

牧雄の部屋を後にして、駐車場に向かう途中、「だいぶ話が見えてきた」と勇磨がいった。「なあ、そうは思わないか？」

「研究記録の行方ですか」

伯朗がいうと、もちろんそうだ、と勇磨は答えた。

「佐代から聞いただろ？　あんたのお袋さんは康治さんから、何かとてつもなく価値のあるものを譲り受けたらしい。それが何なのか謎だったが、これではっきりしたんじゃないか。どんな理由で康治さんが後天性サヴァン症候群の研究を断念したのかは不明だが、牧雄さんがいうように、せっかくの成果をすべて破棄したとは考えにくい。しかし自分の手元にも置いておけないと考えたなら、譲る相手は唯一の研究対象だったあんたの親父さんの妻、つまり禎子さんしかいないってことになる。どうだ、この推理は」

伯朗の考えと合致している。不本意だが、「あり得ると思います」と答えた。

駐車場に着いた。勇磨は立ち止まって二人を見た。

「問題は、その研究記録がどこにあるかだ。その場所については、もう二人とも見当はついてるよな。どうだ？」勇磨は二人を見比べた後、楓を指差した。

「小泉の家」楓は答えた。

「だよなあ」勇磨は満足そうに大きく頷いた。「ここまで来れば、俺たちのすべきことは一つ。家捜しだ」

これにも伯朗は同意するしかなかった。「抜け駆けは禁止ですよ」

「もちろんそうだ。明日はどうだ？　俺なら空いてるぜ」

「あたしも大丈夫です」

「俺は――」蔭山元実の眉をひそめる顔が浮かんだ。「追って連絡します」

「わかった。もしあんたがだめでも、俺たちは明日、探しに行く。こうしてきちんと断ってるんだから、抜け駆けじゃないよな」

悔しいが、その通りだった。わかりました、と答えた。

「心配しなくていい。あんたがいない時に見つけたとしても、仲間外れにはしないからさ」そういって勇磨は車のロックを解除した。

伯朗は後部ドアを開けようとした。だが、「おっと」と勇磨に制された。「俺はあんたまで送っていかなきゃいけないのか？　それは些《いささ》か図々しいんじゃないか」

伯朗はいい返せず、ドアに伸ばしかけていた手を引っ込めた。勇磨は勝ち誇ったように笑い、「君は助手席にどうぞ」と楓にいった。

彼女は申し訳なさそうな顔で伯朗に会釈し、助手席側に回った。その背中に伯朗は声をかけた。「家に着いたら連絡してくれ」

楓は振り向き、小さく頷いた。

「心配しなくても、きちんと送っていくよ」そういってから勇磨は車に乗り込んだ。エンジンをかけると、伯朗には一瞥もくれず、即座に発進させた。

夜の住宅街をテールランプが遠ざかっていく。伯朗は両手を握りしめて見送った。

25

伯朗が豊洲のマンションに着いた時、楓からメールが入った。ついさっき帰宅しました、というものだった。電話をかけ、勇磨はどうしたのか、まさか部屋に上げてはいないだろうなと尋ねたい衝動に駆られたが、懸命に堪えた。自分は一体どうしてしまったのか。まるで中学生が初恋に悶々としているようではないか。

冷蔵庫から缶ビールを取り出し、明人の部屋とは比較にならないほど狭いリビングのソファに腰を下ろした。コンビニで買ったサンドウィッチを頬張り、プルタブを引き上げながら、何かほかのことを考えようと牧雄の話を振り返った。

一連の話は筋が通っていて、説得力があった。たぶん嘘や誇張はないだろう。禎子と康治の結婚、そして康治の研究には、驚くべき真相が隠されていたのだ。

いや、まだすべてがわかったわけではない。なぜ康治は研究を断念したのか。牧雄にすべてを忘れろというほどの理由はどんなものか。

ビールを一口飲んでから、研究記録だな、と改めて思った。それが見つかれば、すべての謎が解けるような気がした。研究記録はどこにあるのか。やはりあの小泉の家にあるのか。ではなぜ今まで見つかっていないのか。考えられるのは、禎子がどこかに隠したということだ。しかし前回、楓と比較的入念に見て回った。

秘密の隠し場所、か——。

ふと思いついたことがあった。時計を見ると、午後十時を過ぎたところだ。少し遅いが、許されない時間ではないだろう。スマートフォンを手に取り、電話をかけた。

「はい、兼岩です」すぐに順子が出た。

「こんばんは、伯朗です。夜分にすみません」

「いいわよ。どうしたの？」

「じつは叔母さんに見せたいものがあるんだ。これからお邪魔してもいいかな」

「えっ、これから？　何なの、見せたいものって」

「それは見てのお楽しみということで。だめかな？　じつは今、高崎にいて、これから帰るんだけど、その途中で寄ろうかなと思ったんだよ」

「ああ、そういうこと。いいわよ、じゃあ、あとどれぐらいで来られる？」

「小一時間で行けると思う」

「わかった。じゃあ、待ってるわね」

「急にごめん。では後ほど」

電話を切ると食べかけのサンドウィッチを急いで腹に収め、上着を引き寄せた。開栓した缶ビールはキッチンの流し台に持っていった。一口だけ飲んでしまったが、運転には影響しないだろう。

空の紙袋を手に部屋を出ると駐車場へ行き、車に乗り込んだ。後部シートには例の古いアルバムを置いたままだ。それを紙袋に入れてから車のエンジンをかけた。

思ったよりも道がすいていて、兼岩家には午後十一時前に着いた。順子は化粧をしておらず、代わりに眼鏡をかけていた。すでに風呂に入り、顔も洗い終えていたのだろう。

「こんな時間に押しかけてごめん。電話を切った後、やっぱり日を改めたほうがよかったかなと思って、電話をしようかどうか迷ったんだけど……」

「気にしなくていいのよ。どうせこれから一杯飲むつもりだったんだから。いい話し相手ができてよかった」

「叔父さんは？」

「もう寝ちゃってる。伯朗君が来ると聞いて、じゃあ起きていようといってたんだけど、目が保たなかったみたい。やっぱり歳ね」

順子がビールグラスを伯朗の前に置いたので、あわてて手を振った。「悪いけど、今夜は飲めないんだ」

「あっ、そうか。じゃあ、お茶を淹れるわね」

「いや、お気遣いなく。それより、これを見てくれないかな」伯朗は提げていた紙袋を差し出した。

「電話でいっていたものね。何かしら」順子は紙袋の中を覗き、はっと息を吸った。口を半開きにしたままで伯朗を見た。「これ、もしかして……」

そう、と伯朗は答えた。

「どうして？」喜びと驚きの混じった顔で順子は紙袋からアルバムを取り出した。「どこにあったの？」

「意外なところ。何と、俺の部屋にあったんだ」

「伯朗君の部屋に？　どういうこと？」

「何てことはない。ずいぶん昔、俺がお袋から預かったんだ。どういう理由だったかは忘れちゃったけどさ。クロゼットの奥にしまいこんでいた。先日、ほかの探し物をしていて、たまたま見つけたんだ」

「へえ、そうだったんだ。見せてもらってもいい？」

「もちろん。そのために持ってきたんだから」

順子は宝物の蓋を開けるように期待に満ちた顔でアルバムを開いた。次の瞬間、その目が大きくなった。

「そうそう、姉さんが赤ん坊だった頃の写真。これが最初のページ。思い出した。これだから最初に生まれた子供は得よねえ」

順子は、時折うんうんと満足げに頷きながらページをめくっていく。その目には懐かしさが溢れていた。心がタイムスリップしているのかもしれない。若いわねえ、と自分の姿を見て呟いている。

最後のページの写真――伯朗と明人が並んで笑っている写真を見て、「お母さん、孫が二人いてよかったわね」といって順子はアルバムを閉じた。「ありがとう。いいものを見せてもらったわ」その目は少し潤んでいた。

彼女は急須で日本茶を淹れ始めた。

「小泉の家も、何枚か写ってるね」伯朗はいった。

「そうね。懐かしかった」

「俺、あの家のことはあまりよく覚えてないんだけど、この写真を見ているうちに、お袋が気になることをいってたのを思い出したんだ」

順子は不思議そうな顔で湯のみ茶碗を伯朗の前に置いた。「どんなこと？」

「小泉の家には秘密の隠し場所がある、みたいなこと」

「何それ？」順子は眉根を寄せた。

「祖父ちゃん、いろんな商売をしていたんでしょ。しかもうまく税金逃れもしてたそうじゃない。それで税務署が目をつけて、しょっちゅう調査にやってくる。だからそんな時のために、見つかったらまずいものを隠しておく場所がある――大体そういう話だったんだけど、知らないかな」

順子は当惑した顔で首を傾げ、次にその首を横に振った。「知らない。聞いたこともない。お父さんが税金逃れをしてたことや、税務調査に入られたことなんかも」

「隠し部屋みたいな大がかりなものでなくていいんだ。書類なんかを隠せるところ。何か覚えてないかな」

「覚えてない。どうしてそんなことを訊くの？　あの家はもうないのに」

「ないから余計に気になってるんだよ。でも、知らないならいい。変なことを訊いて悪かった。忘れてくれていいよ」

「本当に変なことを訊くのね」順子は苦笑してから真顔に戻った。「ところで康治さんの具合はどうなの？　あれから見舞いに行った？」

「昨日、行ってきた。かなりよくないね。殆ど意識がない。少し言葉を発したけど、まるで意味不明だし」

「何といったの？」

「どうやら、俺のことを明人と間違えてるみたいだった。『明人、恨むな』っていった」

「恨むな？　どういうことかしら」

「わからない。もしかしたら、矢神家を引き継がせることについて、申し訳ない、恨まないでくれっていいたかったのかもしれない。何しろ今の矢神家は沈没寸前の船らしいから」

「ふうん」順子は釈然としない顔だ。

伯朗は茶を飲み干し、腰を浮かせた。「じゃあ、俺はこれで」

「もう行くの？　来たばかりじゃない。もう少しゆっくりしていけば」

「いや、明日も早いから。ああ、そうだ。これ、置いていこうか」アルバムを紙袋に入れてから訊いた。

順子は少し迷った色を見せてから、ううん、と答えた。

「最初のページに貼ってあるのが姉さんの写真で、最後のページは伯朗君と明人君。伯朗君が持っているのが一番いいと思う」

「じゃあ、もし見たくなったら連絡して。すぐに持ってくるから」

「うん、そうする」

順子に見送られ、伯朗は兼岩家を後にした。時計を見ると午前零時近い。今日もまた長い一日になった。

もしも小泉の家に秘密の隠し場所のようなものがあるのなら順子が知っているのではないか、という読みは外れてしまった。しかし、だからといってそういうものが存在しないとはかぎらない。前回、楓と訪れた際には、天井裏なども調べてみた。だが床下まで覗いたわけではない。畳も剥がしたほうがいいかもしれないと思い、少々げんなりした。あの家は殆どが和室だからだ。

あれこれと考えを巡らせながら車を走らせた。明日、楓と勇磨は小泉の家に行くつもりだ。自分はどうしよう、と伯朗は悩んだ。明日も診察はある。突然の休診など蔭山元実が許すわけがない。下手をすると辞めるといいだすかもしれない。

家捜しを二人に任せるという手はある。勇磨がいったように、仮に研究記録が見つかったとしても、伯朗が除け者にされることはないかもしれない。だが楓に、勇磨との二人きりの共同作業などやらせたくなかった。共に同じ苦労をすることで、心を許す可能性があるからだ。そしてそんな隙を勇磨は決して見逃さないだろう。

いっそのこと、これから小泉の家に行って、家捜しを始めるか——半ばやけくそで、そんなことを考えた。

すると、それは意外に悪くないアイデアのような気がしてきた。小泉の家は電気が通っているから、暗くて作業ができないということはない。住宅が密集しているわけではないから、物音を気にする必要もない。夜明けまで捜索すれば、何とか見つけられるのではないだろうか。研究記録があの家に隠してあるのだとすれば、だが。

よし、と呟いた。頭の中で目的地を楓のいるマンションに切り替えた。電話をかけようかと思ったが、車を止めるのが面倒なので運転を続けた。

青山には午前一時前に着いた。コインパーキングに車を駐めた後、電話をかけようとスマートフォンを取りだした手を止めた。

すぐそばに見覚えのあるベンツが駐まっていたからだ。伯朗は中を覗き込んだ。ルームミラーにぶら下がっている御守りにも見覚えがあった。

足早に、というより殆ど駆け足でマンションに向かった。正面玄関に着いたところで、足を止めて建物を見上げた。さすがに少し息がきれている。

勇磨の車があんな場所に駐めてあるのはおかしい。楓と一緒に部屋にいるに違いなかった。こんな時間まで何をしているのか。帰宅しました、というメールが届いたのは午後十時前だ。あれから三時間も経っているではないか。

深呼吸をしてから、スマートフォンで楓に電話をかけた。もしや繫がらないのではないか、という不安が頭をよぎったが、はーい、と快活な声が聞こえてきた。

「伯朗だ。今、何をしている？」

「えっ、寝ようとしていたところですけど」

「嘘だ。勇磨がいるだろ」

「勇磨さん？　とっくにお帰りになりましたよ」

「じゃあ、どうして奴の車がある？　コインパーキングに駐められてるぞ」

「それはお酒を飲まれたからだと思います」

「酒？　いつ、どこで？」

「送っていただいた後、この部屋で。コーヒーをお出ししようとしたんですけど、ウイスキーがいいとおっしゃって」

やはりあの男を部屋に入れたのか、と奥歯を嚙みしめる。

「いつ帰った？」

「ウイスキーを一杯飲んだら、すぐにお帰りになりました」

怪しい、と伯朗は思った。あの勇磨が、それだけですんなり帰るとは思えない。

「今、マンションの前にいる。これから行くけど、構わないな」強引にいってみた。

「えっ、今からですか」狼狽の気配が伝わってくる。やはり勇磨がいるのではないか。

「大事な話があるんだ。急を要する。行くぞ」

「えっ、でも、ちょっと待ってください。部屋が散らかってて……」

「そんなことはいい。インターホンを鳴らすから、ドアを開けてくれ」そういい放つと、返事を待たずに電話を切った。

ずかずかとマンションに入り、インターホンを鳴らした。スピーカーから返事は聞こえてこない。しかし間もなくオートロックのドアは開いた。伯朗は足早にエレベータに向かった。

エレベータを降りると、大股で廊下を歩いた。明人の部屋の前に立ち、チャイムを鳴らした。鍵が解錠され、ドアが開いた。グレーのスウェットの上下という、珍しく地味な出で立ちの楓が現れた。「一体、どうしたんですか」笑顔がどこかぎこちない。

伯朗は無言で彼女の身体を押しのけ、足を踏み入れた。靴を脱ぎ、上がり込む。そのままリビングルームまで進み、ドアを開けた。

例の大きなソファに勇磨が座っていた。コーヒーカップを手にし、伯朗を見上げてにやりとした。

「やっぱりそうか。こんな時間まで何をしてるんです」

「見ればわかるだろう。コーヒーを御馳走になっている」

お義兄様、と後ろから楓が声をかけてきた。「何があったんですか」

伯朗は振り返った。

「それはこっちが訊きたい。二人で今まで何をしていた?」

「何って、お話ししてたんですけど……」

伯朗は勇磨を指差した。「ウイスキーを一杯飲んだら帰ったといってたじゃないか」

楓の茶色みを帯びた目が少し揺れた。

「だからそれは……お義兄様に余計な心配をかけちゃまずいと思って」

「君は明人の妻なんだぞ。こんな時間に男と二人きりになるなんて、非常識だと思わないのか」

ははは、と勇磨が笑った。「こんな時間に押しかけてきて、よくいうよなあ」

伯朗はソファに近づき、勇磨を見下ろした。「ここは俺の弟の部屋です」

「そうかい。俺の甥《おい》の部屋でもある」

「何が甥だ。所詮、愛人の息子のくせに」

勇磨の顔から嫌味な笑いが消えた。じろりと睨《ね》め上げてきた。しかし伯朗は、ひるまずに続けた。

「あんたの考えはわかっている。明人はもう戻らないと踏んでる。だから楓さんを口説こうと狙っている。違いますか？」

勇磨が酷薄な顔で顎を上げた。「そういうおたくはどうなんだ？」

「やめてくださいっ」二人の間に楓が入ってきた。「協力し合うって決めたじゃないですか。こんなことで喧嘩しないでください」

「喧嘩を売ってきたのは、こいつだ」勇磨がいった。

「俺は非常識を注意しただけだ」

楓はため息をつき、ゆらゆらと頭を振った。

「わかりました。とにかく少し落ち着いてください。あたしと勇磨さんは、単なる雑談を交わしていたわけではありません。じつはお義兄様にお見せしたいものがあるんです」

「何だ？」

「今お見せしますから、座ってください」

楓に促され、伯朗は勇磨の向かい側に腰を下ろした。彼女はテーブルの上に置いてあった一冊のファイルを差し出した。「御覧になってください」

　伯朗はファイルを開いた。そこに収められていたのは写真だった。しかもそれは、あの小泉の家を撮影したものにほかならなかった。

「これは？」

「先日、たまたま見つけたんです。明日、小泉の家を家捜しすることになったので、何かの役に立つかもしれないと思い、勇磨さんにも見てもらっていたんです」

　伯朗はファイルのページをめくった。写真は数十枚ある。家の外観だけでなく、すべての部屋を様々な角度から撮っている。家具や調度品も、一つ一つ丁寧に写真に収められていた。

「撮影したのは明人？」

「だと思います。目的は不明ですけど」

　伯朗は太い息を吐いてからファイルを閉じた。

「俺は小泉の家は見たことがない」勇磨が落ち着いた口調でいった。「だから事前に、少しでも知っておこうと思ったわけだ。何の予備知識もないんじゃ、家捜しといってもイメージが湧かないからな。とはいえ、ちょっとばかり長居をし過ぎたのはたしかだ」

　こういう写真が存在するのなら、彼等が話し合っていたというのも頷ける。伯朗は黙り込んだ。

「お義兄様の用件は何ですか。大事な用、と電話でおっしゃってましたけど」楓が尋ねてきた。

「まさか、部屋に押しかける口実じゃないだろうな」勇磨が唇の片端を上げた。

「口実なんかじゃない」伯朗は楓の顔を見た。「じつは、今夜これから小泉に行こうと思ったんだ」

「これから？」彼女は目を見開いた。

「明日、俺は病院を休めない。だからこれから行って、朝までに研究記録を見つけだそうと思った。それで、君も一緒にどうかと……」伯朗は勇磨に目を移した。「もちろん、あなたにも知らせる気でした。抜け駆けはいけませんからね」

勇磨が小さく肩をすくめるのを見てから、伯朗は再び楓のほうを向いた。「どうだろうか？　付き合えないということなら、俺一人でも行く気だけど」

楓は目を伏せた。ぴくぴくと動く長い睫は、彼女の逡巡《しゅんじゅん》を示しているようだ。

やがて彼女は顔を上げた。「わかりました。お付き合いします」

「よかった。――あなたはどうしますか」伯朗は勇磨に訊いた。

勇磨は鼻の上に皺を寄せ、指先で眉間を掻いた。「そういうことなら、付き合わないわけにはいかないいな」

「よし、決まった」伯朗は楓に頷きかけた。

「十分だけ待ってください。出かける支度をします」楓が立ち上がった。

26

「さっきは悪かった。気を悪くしただろう」車を走らせ始めてすぐ、伯朗は詫びた。

「何がですか」助手席で楓が訊く。勇磨と伯朗のどちらの車に乗るかを彼女に決めさせたところ、迷わずに伯朗のほうを選んでくれたのだ。

「君の前で見苦しい言い争いをしてしまったことだ。君の気持ちも考えず、申し訳なかった。あんな時間に彼が部屋にいると知って、取り乱してしまった」

うふふ、と楓は笑った。

「気を悪くなんてしていません。あたしこそ、勇磨さんはもう帰ったなんて嘘をついて、申し訳なかったです。心配ばかりかけてごめんなさい」

「君が謝ることはない。君は必死なんだろ？　明人を見つけるためには何でもやるっていってたよね」

楓がため息をつくのが聞こえた。

「今自分のやってることが、明人君の消息に繋がるのかどうかはわからないですけど」

「やるだけのことはやりたい？」

「そうですね」

「でも――」伯朗は頭に浮かんだ疑問を口にしかけてやめた。

「何ですか」

「何でもない」

「いいかけてやめるのはよくないって、前にいいませんでした？　何ですか」彼女にしては鋭い口調で問い詰めてきた。

伯朗は前を向いたままで深呼吸をし、口を開いた。

「いつまで続ける気だ？　明人が戻ってくることを信じて待ち続けるのか。このまま帰ってこないかもしれないんだぞ。君の人生はどうなる？　時計を止めたままにして、年老いていく気か」

楓は怒るかもしれない、と伯朗は思った。それでも訊かざるをえなかった。彼女の正直な気持ちを知りたかった。

「お義兄様は詩人ですね」彼女は意外な言葉を口にした。「時計を止めたままにして、なんて。ほんとにそれができたら、どれだけ幸せか。でも、無理ですよね。あたしがどんなに自分の時計だけを止めてたって、世界中の時計は休みなく動き続ける。だから、もしかしたらいつかは来るのかもしれません。明人君は戻らないと諦めなきゃならない日が」

「……その時はどうする？」

「そうなってから考えます」楓の答えには心の揺らぎが全くなかった。

伯朗は唾を吞み込もうとして、口の中がからからだと気づいた。緊張しているのだ。

「その時には……もし、そういう日が来たら、俺は君の力になりたいと思う」

「ありがとうございます。とても心強いです。それに、すでにお義兄様はあたしの力になってくださっています」

「礼なんかいらない。俺が君の力になりたいのは単なる善意からなんかじゃなく――」

お義兄様、と伯朗の言葉を遮るように楓はいった。「今夜は、そこまでにしておいていただけませんか」

「えっ……」

「その続きを聞くのは今ではないと思いますので」

あなたの気持ちはとうの昔にわかっています――そう窘められたような気がした。蔭山元実のケースと同じだ。告白する以前に、相手にはすべてばれている。

伯朗は小さく頭を振った。そもそも、こんな局面で告白するなんてどうかしているのだ。あまりの展開の早さに気持ちが昂《たか》ぶりすぎて、冷静さを失っているのかもしれない。

運転に集中しよう、と思った。

途中のコンビニで、軍手やドライバーセット、ゴミ袋など、家捜しに役立ちそうなものを調達した。小泉の町に入った時には、午前二時半になっていた。小さな町は闇に包まれていた。街灯は少なく、男でも一人で歩くのは怖そうだった。あまり広くない道幅が一層狭く感じられ、運転も慎重にならざるをえなかった。

やがてあの家の前に到着した。

「何だか、不思議。前に来たのがずいぶん昔みたいな気がします」車を降りてから家を眺め、楓がいった。「たった二日前なのに」

少し離れたところにベンツを駐めた勇磨が、ワイシャツの袖をまくりながらやってきた。

「とんでもないボロ家かと思ったが、案外まともじゃないか」家を見ていった。

「楓さんから聞いてないんですか。お袋が死んだ後、ずっとこの家のメンテナンスをしてくれていた人がいるんです」

「そうらしいな。今夜のこと、その人間に話しておかなくていいのか」

「いいでしょう、もうこんな時間だし。お年寄りを起こしたらかわいそうだ」

「おう、年寄りは大切にしないとな」

伯朗は楓に目配せした。この家の鍵は、今も彼女が持っているのだ。

楓はバッグから鍵を取り出しながら玄関に近づき、解錠してドアを開けた。中は真っ暗だったが、ブレーカーの位置を把握している彼女は、腕を伸ばして主電源を入れた。すぐに玄関は明るくなった。

伯朗が入ると勇磨もついてきた。勇磨は室内を見回し、興味津々といった様子で目を輝かせた。「驚いたねえ。今すぐに住めそうじゃないか」

「住めると思いますよ。だから土足厳禁でお願いしますね」楓がそういいながらスニーカーを脱ぎ、上がり込んだ。

三人で各部屋の照明をつけて回った後、一階の居間に戻った。

「さあて、どこから手をつける？」勇磨が両手を擦り合わせた。

「時間が限られているので、手分けして当たりましょう」伯朗は提案した。「屋内は二人に任せます。俺は家の周りや床下が気になっているので、そっちを調べてみます」

「じゃあ、あたしは一階を探してみます。隅から隅まで」

「すると俺は二階だな。いいだろう」

「目で見るだけでなく、可動部分がありそうなところは、必ず手で触ってみてください。引き出しが二重底になっていたり、壁に秘密の隠し戸棚が作ってあったりするかもしれません」

「わかってるよ。馬鹿にするな」

「よろしくお願いします。じゃあ、始めましょう」

伯朗は軍手を嵌めると、懐中電灯を手に玄関に向かった。

下駄箱の横にバケツが置いてあり、中に園芸用のスコップが入っていた。伊本老人のものだろう。ちょうどいい、と拝借することにした。

外に出て、懐中電灯のスイッチを入れた。地面を照らしながら、まずは庭に入ってみる。かつて芝生が植えられていた狭い庭は、土が剝き出しの荒れ地となっていた。それでも雑草が伸び放題でないのは、伊本老人が定期的に手入れをしているからだろう。彼の実直ぶりに、頭の下がる思いがした。

禎子が康治から研究報告書のようなものを預かっていたとして、それをこの家のどこかに隠したとすれば、必ずしも家の中だとはかぎらない。耐久性のある容器に収め、土の中に埋めてしまった可能性もある。しかし何かの拍子に見つかってしまうようなところには埋められない。おそらく庭にはないだろう、と推測した。伊本老人が雑草の処理のため、土を掘り返すおそれがあるからだ。

それでも伯朗は、庭を隅々まで懐中電灯で照らしてみた。もし埋めたのであれば、自分が掘り出す時のことを考え、何らかの目印を残しているはずだ。目印の候補として有力なのは植木ではないか。とはいえ、現在この家に植木はない。かつては何かが植えられていたような気がするが、何の木だったか思い出せなかった。

植木があったあたりをスコップで適当に掘ってみた。人に踏まれていないせいか、土は意外に軟らかく、掘るのは難儀ではなかった。

塀に沿って何箇所か掘った後、伯朗は首を振った。まるで手応えがない。やはり庭ではないような気がした。

庭を離れ、家の周囲を調べてみることにした。塀と建物の間には、人が移動できる程度の隙間はあるのだ。懐中電灯で照らしながら通ってみる。地面はコンクリートなので、埋められている可能性はまずない。

家の裏にスチール製の物置があった。戸を開けようとしたが、なかなか開かない。鍵がかかっているのではなく、錆びが原因のようだった。無理矢理にこじ開けたが、中に入っていたのは古い芝刈り機だけだった。

家の周りをぐるりと一周し、玄関に戻った。ドアを開け、スコップをバケツに戻してから部屋に上がった。

そばの襖の向こうから物音が聞こえるので開けてみると、押し入れの下段から四つん這《ば》いになった楓の下半身が出ていた。ジーンズに包まれた丸い尻を少し眺めた後、「どんな感じだ?」

と伯朗は声をかけた。

楓が四つん這いで後ずさりし、顔を見せた。「この部屋にはないと思います」

「ほかはどこを見た？」

「まだこの部屋だけです。次は居間を調べようと思っています」

話し声が聞こえたのか、階段を下りる音がし、勇磨が現れた。汗びっしょりだった。

「疲れた。ちょっと休憩だ」ワイシャツの胸ポケットから煙草の箱を出し、胡座《あぐら》をかいた。

「すごい音がしてましたけど、何をしてたんですか」楓が訊いた。

「畳を引っ剝《ぺ》がしてたんだよ。研究記録といっても、束にしてあるとはかぎらないだろ。畳の下に敷き詰められている可能性もあると思ってな」

その通りだった。やるとなれば手抜きをしない性格なのだな、と伯朗はライバルのことを少し見直した。

「あたし、この部屋の畳の下は調べてません」楓が申し訳なさそうにいった。

「俺が手伝ってやるよ。後で一緒にやろう」勇磨は煙草に火をつけ、ポケットから携帯用灰皿を出してから伯朗のほうを向いた。「庭はどうだ？」

「あちこち掘ってみましたけど、どうやら外れのようです」

「だろうな。何といっても康治さんの努力の結晶だ。禎子さんとしては、いつでも見られるところに置いておきたかったはずだ。土の中じゃ、そういうわけにはいかない」

なるほど、と伯朗は思った。その観点はなかった。ここでも相手を見直すことになった。

「さっき、上で作業をしながら考えてたんだけどさ」勇磨が煙を吐き、灰皿に灰を落とした。

「禎子さん、どうしてこの家で死んだんだろうな」

「どうしてって……」勇磨の問いかけの意味がわからず、伯朗は戸惑った。

「たまたまといわれたら、そうですかと答えるしかないんだけどさ」

「それは当時、誰もが疑問に思ったことです。俺も康治氏から聞きました。どういう風の吹き回しか、急に小泉の家のことを気にするようになった、とか」

「そこだよ。禎子さんが気にしていたのは、この家のことじゃなくて、この家に隠してあるもののことじゃなかったのか。誰かに奪われるような気がしていた、とか」

「誰かって?」

「それはわからんよ。しかしそんなふうに考えると、禎子さんの死は単なる事故ではなかったんじゃないかって気がしてくるよな」

つまり、と伯朗は勇磨の顔を見返した。「康治氏の研究記録を狙った何者かに殺された、と?」

勇磨は煙草を吸い、険しい顔で頷いた。「だとすれば、それを俺たちが見つけられる可能性は低い。犯人が持ち去ったかもしれないからな」

「犯人とは?」伯朗は訊いた。「どんな人間ですか」

「それはわからん。康治さんの研究を自分の利益に結びつけられる人間、ということはたしかだけどな」勇磨は煙草の火を消し、吸い殻を携帯用灰皿に入れた。「いっておくが、俺じゃない」

伯朗は答えなかったが、勇磨の言葉を信じる気になっていた。彼の指摘は的確だった。

「さて、もうひとがんばりするか」勇磨は煙草と灰皿をしまって立ち上がり、廊下に出ていった。階段を駆け上がる音が聞こえる。

伯朗は懐中電灯を持って、台所に向かった。食器棚、流し台の下などを調べた後、床にしゃがみこんだ。床下収納庫があるからだ。

開けてみたが、収納庫は空だった。だがこれは予想通りだ。伯朗は容器の縁に手をかけ、上に引っ張った。さほど重くなく、比較的簡単に持ち上げられた。容器を外せば、床下収納庫は床下点検口に早変わりする。

上半身を点検口に突っ込んだ途端、むせそうになった。湿っぽく、埃まみれの空気が鼻から入ってきたからだ。おまけに異臭もする。ネズミの死骸でもあるのだろうか。

おそるおそる懐中電灯のスイッチを入れた。闇の中に、何本かの柱が浮かび上がった。建築士が手抜き工事をチェックするテレビ番組を思い出した。

懐中電灯を動かした。次の瞬間、目に飛び込んできたのは黒猫の死骸だった。

ひいいっ、と悲鳴を上げ、伯朗は点検口から身体を引き抜いた。猛烈な吐き気が襲ってくる。懐中電灯を放り出し、両手で口を押さえた。

辛うじて嘔吐することはなく、吐き気も次第に治まってきた。同時に冷静さも取り戻した。床下で野良猫が死んだとして、余程最近のことでないかぎり、腐敗し、白骨化しているのではないか。

伯朗は懐中電灯を拾い上げ、もう一度床下を照らしてみた。仮に本当の死骸だったとしても、心の準備ができているので大丈夫だという自信はある。

死骸だと思ったものは、黒い布だった。伯朗は溜めていた息を吐き出し、座り込んだ。まだ少し心臓の鼓動が早い。

背後に気配を感じ、振り返った。勇磨が立っていた。すぐ後ろには楓もいる。

「どうしたんですか」伯朗は訊いた。

「神様ってのは、いるんだねえ」

「えっ？」

「これだ」勇磨は右手に持っているものを掲げた。「見つけたぜ」

それはレポート用紙の束だった。

27

表紙には『後天性サヴァン症候群の研究』とあった。万年筆による手書きだった。

「康治さんの字は何度か見たことがある。本人の筆跡に間違いないと思う」勇磨が煙草を吸いながらいった。三人は居間でテーブルに向かって座っている。テーブルの上にはレポート用紙の束と、それが入っていたという木箱が置かれていた。

「俺も康治氏の字だと思います」そういいながら表紙をめくった。最初のページには、『はじめに』という題名で、この研究を始めるきっかけについて記されていた。そこに書かれている脳腫瘍患者『K・T』は、明らかに一清のことだった。

「決まりだな。たぶん本物だろうが、明日にでも牧雄さんに見てもらおう」

弾んだ口調で話す勇磨に、伯朗は同調できなかった。無言で、少し黄ばんだレポート用紙の束を見つめている。

「どうした？」勇磨が訊いてきた。「何が気に食わない？」

「いや、だから……」

「これが天井裏にあったことか？」

「ええ」

「そんなことをいったって、あったんだから仕方ないだろう。俺が嘘をついてるとでもいうのか？　何のために？」

「いや、嘘だとは思ってないですけど、あそこは前回、確かめたはずなんです」

勇磨は木箱を、二階の天井裏から見つけたというのだった。

「なあ、そうだろ？」

伯朗は楓に同意を求めたが、彼女は首を傾げた。「あたしは、この目では見ていないので……」

「前は特に目的があったわけじゃないんだろ？　何となく調べただけだろ？　見落としたんだよ。そういうことって、よくある」

「でも……」

「いいじゃないか、見つかったんだから。それとも自分で見つけなきゃ気が済まなかったのか？　だったらもう一度隠してやるから、自分で見つけなよ。それでいいか？」勇磨は苛立った様子でいった。

「いや、そんなことはしなくていいです」

「全く、面倒臭い男だな」勇磨はレポート用紙の束を木箱に入れ、蓋を閉めた。

その蓋が埃まみれでないことが伯朗は気になったが、しつこく難癖《なんくせ》をつけているように思われそうなので黙っていることにした。

各部屋の照明を消し、最後に主電源ブレーカーを落として外に出た。

「じゃあ、今夜はこれで解散だな。報告書は俺が持ち帰る。その代わり、レディを送り届ける権利は譲るよ」木箱を抱えて勇磨は伯朗にいった。「今後のことは、明日以降に相談ってことでいいな」

「わかりました」

「いろいろあったが、いい一日になった。これからもよろしくな」

こちらこそ、と伯朗は無表情でいった。

じゃあな、と勇磨は楓に声をかけた。おやすみなさい、と彼女は応じた。

遠くに駐めたベンツに戻っていく勇磨を見送ってから、伯朗は自分の車に乗った。楓も助手席に乗り込んでくる。

「まだ釈然としないみたいですね」エンジンをかけようとしない伯朗に楓が訊いてきた。

「そういうわけじゃないんだが……」口ごもり、エンジンをかけた。

嘘だった。彼女がいうように、割り切れない気持ちがあった。何かがおかしいように思うのだ。二日前、日付が変わっているので正確には三日前だが、その時、たしかに天井裏を調べた。おざなりではない。天板を外してまで覗くのだから、しっかりと確認した覚えがある。あんな木箱があるなら見落とすわけがない。

だがもし本当にあの時にはなかったのだとしたら、なぜ今夜になって見つかるのか。三日前に存在しなかったものが、突然出現する道理がない。

やはり自分の見落としか、あの夜には気づかなかっただけなのか——思考を巡らせつつ、伯朗は車を発進させた。

「でも、とにかく見つかってよかったですよね」楓がいった。「しかも意外に早く。あたし、たぶん今夜は見つけられなくて、何度か通うことになるんだろうなって覚悟していたんです」

「じつは俺も、そんなふうに思っていた。これほどあっさり見つかるとは思わなかった」

「今、午前四時です。見つけられなかったら、きっと朝まであの家にいたでしょうね」

「そりゃあそうだ。少なくとも俺は、見つけるまでは立ち去らないつもりで——」そこまでいった直後、伯朗は急ブレーキを踏んでいた。隣で楓が小さな悲鳴をあげた。

「どうしたんですか」

しかし伯朗はすぐには答えなかった。答えられなかった、というのが正確かもしれない。ひとつの考えが彼の頭の片隅に発生し、次第に大きくなり、そして形を成していった。

まさか、と思った。そんなはずがない。

お義兄様、と楓が呼びかけてきた。伯朗は思考を邪魔されたくなくて、手を出して発言を制止した。

突然閃いた考えを改めて検証した。そんなことがあるわけがない、あり得ないことだと思いつつ、今の不可解な状況を説明できる唯一の解答がそれだった。伯朗は胸を押さえていた。動悸《どうき》が激しくなっていたからだ。

「君は……あの家が取り壊されずに残っていることを誰かに話したか」

「いいえ、話してません」

「勇磨はどうだろう？　誰かに話したかな」

「あの方は、そんな迂闊なことはしないと思います」

「だろうな。俺もそう思う」

「どうしてそんなことを訊くんですか？」

楓の問いに答えず、伯朗はサイドブレーキをかけ、エンジンを切った。「すまないが、ここでちょっと待っていてくれ」

楓が息を呑む気配があった。「どこへ行くんですか？」

「わけは後で話す。確認したいことがあるんだ」伯朗はドアを開け、車から降りた。今来た道を歩いて引き返す。

まさかまさかまさか、何かの間違いだ、俺はとんでもない思い違いをしているのだ——自分自身にいい聞かせながら伯朗は暗い夜道を歩いた。静寂の中、ブーンという羽音のようなものがかすかに聞こえるが、本当に聞こえているのか耳鳴りなのか、自分でもわからなかった。

家のそばまで来たところで足を止めた。門の前まで進む勇気が出ない。

「お義兄様」後ろから声をかけられ、ぎくりとした。全身から冷や汗を噴き出させながら振り返った。楓が心配そうな顔で立っていた。

「待ってろっていったじゃないか」

「だって気になるんですもの。待ってるなんて無理です。一体、何が始まるんですか」家のほうを見て訊いてきた。

「何かが始まると決まったわけじゃない。俺としては何も始まらないこと……単なる思い過ごしであることを内心祈っている」

お義兄様、と楓は伯朗の顔を見つめた。「お義兄様のそんな悲しそうな顔、初めて見ました。実験に使われた猫たちの話をした時より、もっと辛そう」

何倍も辛い、といいかけた時、伯朗の恐れていたことが起きた。

家の窓が明るくなったのだ。誰かが照明をつけた——。

楓が大きく目を見開いた。「お義兄様、家の中に誰か……」

伯朗は手のひらで目元を覆った。どうやら悪い想像は当たったようだ。足元に穴が開き、深い絶望に落ちていく感覚があった。今すぐにここから立ち去り、何も知らなかったことにしたい、とさえ思った。

お義兄様、と楓が少し強い口調で呼びかけてきた。「何をしているんですか。家の中に誰がいるのか、確かめなくてもいいんですか」確かめないなら自分が行く、といわんばかりだった。「もちろん、確かめるよ」そういいながら伯朗は歩きだした。確かめなくてもわかっているけれど、という言葉は呑み込んだ。

ゆっくりとした歩調で門の前まで進んだ。深呼吸をして家の玄関を見つめる。その時、門柱にインターホンが付いていることに気づいた。

伯朗はボタンに指を近づけ、押した。すると屋内からかすかに、ピンポーンという音が聞こえてきた。この家のチャイムが鳴らされたのは、何年ぶりのことだろうか。

「お義兄様、そんなことをしたら中の人間に気づかれて――」

「いいんだ」伯朗は門扉を開け、玄関に向かって歩きだした。

玄関ドアを引くと、鍵はかかっていなかった。もちろん、先程伯朗たちが出た際には、楓が施錠したはずだった。つまり中にいる人物も、この家の合い鍵を持っているということだ。

家に入ると、靴脱ぎに黒の革靴が置いてあった。見覚えがあるような気がするが、錯覚かもしれない。

伯朗も靴を脱いで上がり、すぐそばの仏間の襖を開けた。

仏間には誰もいなかった。しかしその奥の襖が開け放たれており、居間まで見通せた。そしてその居間は無人ではなかった。ソファに一人の人物――伯朗が予想した人物が座っていた。予想通りでなかったのは、その人物の表情が思いの外に穏やかだったことだ。焦りの色も危険な気配も感じさせない。

「こんばんは、とでもいえばいいのでしょうか」伯朗はいった。

「そろそろ、おはよう、といってもいい時間かもしれないな。立ち上がって挨拶しない非礼を許してくれるかね。今のインターホンのチャイムで腰を抜かし、そのまま足が動かないんだ。歳は取りたくないねえ。いやはや驚いた」そういって兼岩憲三は笑った。

28

伯朗は立ったままで、憲三と向き合った。腰を下ろす余裕さえなかった。

「叔母さんは？」

「おそらく熟睡中だろう。君が帰った後、トイレで起きたようなふりをして、そのまま順子の晩酌に付き合った。で、隙を見て酒に睡眠薬を混ぜたという次第だ」

「実際には、俺がいる時から目を覚ましていたというわけですね」

「君が家に入ってきた時に目が覚めた。挨拶しようと着替えを始めたわけだが、聞こえてくる内容に驚いて、聞き耳を立てるほうを優先してしまった。挙げ句、顔を出すきっかけを失った」

伯朗は頷いた。「やっぱりそういうことでしたか」

「待ってください。どういうことですか」楓が訊いた。驚きのあまり、今までは声を発せられなかったのかもしれない。彼女も伯朗の隣で立ったままだ。

伯朗は、楓や勇磨と別れた後、順子に会いに行き、小泉の家に秘密の隠し場所のようなものはなかったかどうかを尋ねたこと、その時憲三は就寝中だったことを話した。

「どうしてお義兄様の話に驚いたんですか」楓は憲三に訊いた。

憲三は眉間に皺を寄せ、顔を傾けて低く唸った。「それを説明しようとすると話が少々長くなる。どこから話したものか……」

「当ててみましょうか」伯朗はいった。「俺があの古いアルバムを持っていたこと、しかもお袋から受け取ったといったことに驚いた——違いますか。叔父さんにしてみれば、そんなことがあるわけなかった。お袋が死んだ時点で、まだこの家にあったことを知っていたから」

憲三は口元を緩め、頷いた。「その通りだ。やっぱり君も頭がいい」

「あたし、頭が悪いんでしょうか。ちっともわからないんですけど」楓が珍しく苛立ちの気配を示した。

伯朗は彼女のほうを向いた。

「俺はどうしても納得できなかった。例の報告書があんなにあっさりと見つかったことに。前回、俺はたしかに天井裏だって見たんだ。見落としなんかしていない。だとすれば考えられることはただ一つ、先に誰かが天井裏に隠したんだ。わざと俺たちに見つけられるように。それをできる人物は、少なくとも二つの条件を備えていなければならない。一つは、例の報告書を今まで隠し持っていたこと。そしてもう一つは、この家の存在を知っていること。問題なのは二つ目だ。その人物は、この家が現存することをいつ知ったのか。以前から知っていたのなら、なぜ今夜になって急に動きだしたのか。それに対する答えは、これまたただ一つ」伯朗は楓から憲三に視線を移した。「その人物は、この家が今も残っていることを、今夜初めて知ったから——そうですよね」

憲三は頷かなかったが、諦念の顔つきで目を伏せた。肯定の意だと解釈した後、伯朗は再び楓のほうを向いた。

「俺は叔母さんにこの家のことは話さなかったが、代わりにアルバムを見せた。お袋から預かっていたのを忘れていたといって。おまけに、小泉の家に秘密の隠し場所はなかったか、という不自然な質問までした。この家に何らかの特別な事情があったことを知っている人間なら、もしかすると家は取り壊されてはおらず、伯朗は家捜しでもするつもりではないか、と考えても不思議じゃない」

「それで先回りして天井裏に報告書を……。でもどうしてそんなことを？」

「そこだよ。さっき君がいっただろ。もし報告書を見つけられなかったら、きっと朝まであの家にいただろうって。逆にいうと、見つけたから俺たちはさっさと立ち去ることにした。目的はそれだ。俺たちの家捜しを終了させるには、餌が必要だった。獲物を見つけたと俺たちに思い込ませるため、報告書をあそこに置いたんだ。だとすれば時間的に考えて、俺たちが家に着いた時、その人物がまだ周辺にいた可能性は高い。俺たちが家に入っていくのを目にした以上、報告書を見つけて家から出ていくところも見届けたいのではないか。そう思ったから、車を置いて戻ってきたというわけだ」伯朗は目を憲三に戻した。「インターホンを鳴らしたのは武士の情けです。いきなり入っていったら、びっくりするでしょうから」

憲三は苦笑を浮かべた。「助かったよ。そんなことをされたら、腰が抜けるどころか、心臓が止まっていた」

「餌……ということは、あの報告書はダミーか何かですか。偽物なんですか」楓が訊いた。

「そうかもしれない。――どうなんですか」伯朗は憲三に質問を振った。

「いや、偽物なんかではない。あれは正真正銘、康治さんによる、後天性サヴァン症候群の研究報告書だ」憲三は断言した。「しかし君の推理は正しい。餌にしたのはたしかだ。あれを見つければ、君たちは立ち去るだろうと考えた。そして二度と家捜しなどしないだろう、とも」

つまり、といって伯朗は唇を舐めた。「この家には、ほかにもう一つ、隠されているものがある、と？」

「もっと重要なものがね」憲三はいった。「十六年前、僕が探し出せなかったものだ」

十六年前――禎子が死んだ年だ。

康治の報告書よりも重要なものとは何か。今回の一連の出来事の中で、未だに行方不明になっているものといえば、ほかには一つしかない。

「それはもしかすると親父が描いた絵ですか。題名は『寛恕の網』」

憲三は両手を膝に置き、背筋を伸ばして顎を引いた。

「そうだ。禁断の絵、人間なんぞが描いてはならん絵だ」

「……どういうことですか」

憲三は辛そうに顔をしかめた。

「そうだな。誰かに話しておいてもいいのかもしれんな。そういうものが存在することを知っている人間がいるというのも悪くないかもしれん」独り言のように呟いた後、伯朗たちを見上げた。「座ったらどうかね。さっきもいったが、話は少々長くなる」

伯朗は楓と顔を見合わせた。彼女は首を振った。それを見て、「俺たちはこのままでいいです」と憲三にいった。「話してください」

憲三は吐息をついた後、口を開いた。

「君のお父さん――一清さんとは、ずっと親しくさせてもらっていた。あの人も酒好きでね、よく二人で飲んだものだ。だから彼が脳腫瘍を患《わずら》った時には、それはもう心配した。自宅療養中にも何度か錯乱状態になってね、たまたま居合わせたものだから、禎子さんと二人で取り押さえたこともあったよ。ところがある時期から、そんなことが全くなくなった。本人によれば、特殊な治療を受けているとのことだった。それはよかったじゃないかといったら、発作は起きなくなったが、代わりに四六時中、頭の中に奇妙な図形が浮かぶようになったというんだ。どんな図形かと尋ねると、口ではうまく説明できない、形を成しそうで成さない、もやもやした図形だという。僕は、その程度の副作用ならいいじゃないか、気にすることもないだろうと聞き流していた。ところがある日、僕が持っていた本を見て、一清さんの様子がおかしくなった。凍りついたように動かなくなったかと思うと、次には身体がぶるぶると震えだした。どうしたんだと尋ねても返事がない。発作を起こし、また錯乱するんじゃないかと緊張したよ。やがて正気を取り戻したが、彼の目は血走っていた。そして本の表紙を指差し、興奮した様子で僕に訊いた。これは何の図形かと」

「その本の表紙には図形が描かれていたんですか」

「正確にいうと図形とは少し違うのだが、図形といったほうがイメージはしやすいだろうね。どんなものか、手短に説明しよう。まず数字を思い浮かべてほしい。最初は1だ。次に、その右横に2を、2の上に3を置く」憲三は指先で空中に数字を書きながらいった。「その次は3の左横に4だ。さらに左横に5、次の6は5の下に置く。6の下に7、7の右横に8、その右横に9、さらに右横に10、次は上に11……と、このように、数字を順番にぐるりと螺旋《らせん》を描くように並べていく。際限なく並べられるので、どれだけ並べるかは自由だ」

伯朗は怪訝な思いで首を傾げた。「それで図形になるんですか」

「それだけではならない。次にその数字のうち、素数を黒丸に置き換え、それ以外の数字は消す。これで完成だ」

伯朗は頭に思い浮かべようとしたが、うまく描けなかった。

隣で楓が首を振った。「だめです、どんなものになるか想像つきません」

「俺もだ」

すると憲三は楓を指差した。

「スマートフォンを持っているだろ？　検索するといい。すぐに見つかる。検索ワードは片仮名でウラム――『ウラムの螺旋』で調べればよい」

楓がスマートフォンを取りだし、操作を始めた。その様子を見ながら、伯朗はふとあることに気づいた。

「ウラム？　康治氏が俺に、『明人、恨むな』といったように聞こえたのですが……」

憲三がにやりと笑った。「そうらしいね。おそらく『ウラムの』といったのだと思う。それを君が聞き違えたんだろう。聞いたことのない言葉だから無理もない」

ありました、といって楓がスマートフォンの画面を伯朗のほうに向けた。

それはたしかに図形に見えた。だがよく見ると、無数の黒い点で構成されているのだった。その並びはランダムなようであり、微妙な規則性も感じさせる、不思議な絵だった。

「一九六三年、数学者のスタニスワフ・ウラムによって発見された。規則性の強い部分を応用し、新たな素数の発見に使用される場合もある」憲三が重々しくいった。「しかし、なぜこのような微妙な規則性が生まれるのか、それから五十年以上経った今でさえ、何ひとつわかってはおらん」

「この絵を見て、どうして親父は興奮したんですか」

「一言でいうと、神の啓示を受けたのだろうね。彼はこういった。頭の中で浮かんでは消えていた図形が、ようやくはっきりとした形になった、と。それからだよ、彼が再び絵を描き始めたのは。ただしその絵は、それまでの彼の作品とは全く絵柄の違うものだった」

「それが『寛恕の網』……」

憲三は頷いた。

「人間業とは思えない、恐ろしいほど精緻な図形だった。一清さんによれば、『ウラムの螺旋』の表現方法を変えただけ、とのことだった。どう変えたのかと訊くと、言葉では表せないから描いているのだと答えた。『寛恕の網』というのは、彼らしいユーモアだ。ウラム——日本語の『恨む』の反意語として、『寛恕』を付けたらしい。『網』というのは表現方法をいっているそうだが、詳しいことは不明だ。いずれにせよ、僕には驚きだった。『寛恕の網』は『ウラムの螺旋』と違い、曖昧なところがなかった。完璧な法則性を持っていた。それはつまり、素数の分布に法則性があることを示す。これは数学界だけでなく、人類にとって大変なことだった。だから僕は彼に忠告した。この絵のことは、まだ誰にもいわないほうがいい、と」

伯朗は一清とのやりとりを思い出した。何の絵かと尋ねると、わからない、と父は答えた。わからないものを描いている、神様に描かされているのかもしれない、といった。子供相手には、そう答えるしかなかったのだろう。

「絵が完成したらどうなるのか。僕は怖いような、楽しみなような気分で待っていた。しかしある時一清さんが、絵を描くのをやめるといいだした。理由を問うと、恐ろしくなってきた、とのことだった。無我夢中で筆を動かしてきたが、不意に人間の立ち入ってはならない領域に足を踏み入れている気になってきたのだそうだ。聞けば、彼は彼なりに素数について調べ、自分のしていることの意味を理解したようだった」

「それで……どうしたんですか」

「どうもしないよ。やめるといっているのに、無理矢理に描かせるわけにはいかない。素数は無限にあるから、『ウラムの螺旋』と同様、『寛恕の網』も元々永遠に完成しないものだった。いずれはどこかでやめるしかない。同じことなのだよ。そうこうするうちに一清さんの容態が悪化し、彼はこの世を去った。そのこと自体もショックだったが、僕にとってさらに衝撃的なことがあった」

「絵が……『寛恕の網』が消えていた」

伯朗の言葉に、その通り、と憲三はいった。

「僕は『寛恕の網』については知らないことになっていたので、さりげなく禎子さんに探りを入れるしかなかったのだが、彼女も絵の行方は知らないといった。僕は落胆した。一清さんは絵を描くのをやめただけでなく、絵自体を処分したのだろうと思った。未練はあったが、諦めるしかなかった。それから十数年が過ぎた。その間に禎子さんは再婚し、明人君が生まれた」

「十数年、とは話がずいぶん飛びますね」

「その間は本当に何もなかったのだよ。僕は平穏な毎日を送っていた。そんな僕の心を十数年ぶりに乱したのは、明人君から見せられた一枚の写真だった。そこに写っていたのは、あの『寛恕の網』にほかならなかった。彼は禎子さんのアルバムから剝がしてきたといった。描かれている図形に数学的なものを感じたので、僕に見せる気になったようだ。僕は平静を装い、数学的な意味はなさそうだと説明しながら、激しく動揺していた。なぜなら写真の日付は、一清さんが亡くなった時より、ずっと後だったからだ。あの絵は存在しているのではないか――僕はそう考えるようになった。存在しているとすればどこか？　禎子さんが意図的に隠したとすれば小泉の家しかない。考えがそこに至ると、もういてもたってもいられなくなった。普段、小泉の家が無人だということは知っていた。鍵は順子のものがある。僕はこっそり忍び込み、絵を探すことにした」

十六年前のことだ、と憲三は付け足した。

伯朗は、徐々に事の次第がのみ込めてきた。十六年前、この家で何があったのか、思い描けるような気がした。ただし、具体化するにはまだまだ材料が必要だ。

「でも絵は見つけられなかったんですね」

「見つからなかった。代わりに見つけたのが、例の研究報告書だ。箪笥の中に大切そうにしまってあった。しかしその時点では、あれを持ち出そうとは思わなかった。僕の目当ては、あくまでも『寛恕の網』だった。そこで、その後も時間を見つけては何度か忍び込むことになった」

「もしかすると、そのことをお袋に気づかれたんじゃあ……」

禎子が亡くなった時、最近になって小泉の家を気にするようになった、と康治がいっていたのを伯朗は思い出した。

「どうやらそのようだった。痕跡を残さないように気をつけていたんだがね。ある時、仏壇の裏を調べていて、ふと気配を感じて振り返ると禎子さんが立っていた。心臓が口から飛び出すかと思うほど驚いた。しかし彼女のほうは驚いていなかった。やっぱり憲三さんだったのね、と悲しそうにいった」

「やっぱり……と？」

「この家の管理をしている人物から、時々電気がついているが、最近は頻繁に来ておられるようですね、といわれたのだそうだ。禎子さんは身に覚えがなかったが、その場は適当にごまかしておいたらしい。そして誰かが無断で入り込んだのだとしたら、それは誰だろう、目的は何だろうと考えた。報告書が目当てなら、さっさと持ち去っているはずだ。やがて行き着いた結論は、『寛恕の網』だった」

「……ということは、やはりあの絵はこの家のどこかに？」

「禎子さんは一清さんから絵の秘密を聞いていた。一清さんは、あんなものを描くべきでなかった、絵の処置は任せる、といったそうだ。とはいえ禎子さんは、さすがに絵を処分する気にはなれず、この家に隠した。だから侵入者は、そのことに気づいた人間ではないかと考えた。ではそれは誰か。『寛恕の網』の存在自体、知っている人間はかぎられている。禎子さんは順子から僕の予定を聞き、忍び込みそうな日に狙いをさだめて待ち伏せしていたんだ」

あの頃、そんなことがあったのか——何もかもが伯朗にとっては驚きでしかなかった。彼自身は獣医を目指しつつ、学生生活をうまく楽しんでいた時期だ。

「それで、叔父さんはどのように弁明を？」

憲三は力なく首を振った。

「弁明などできる道理がない。何もいい返せないでいた。禎子さんは電話を取りだした。電話をかける、といった」

「警察に、ですか」

いや、と憲三はいった。「順子にだ。順子に知らせるといった。もし、警察を呼ぶといっていたなら、僕はもう少し冷静でいられたかもしれない。順子の名前を出され、気が動転した。こんなことを順子に知られたくないと思った。彼女は僕を尊敬してくれていた。妻の実家に盗み目的で忍び込んだと知れば、きっと失望し、軽蔑するだろう」

「でも警察に捕まれば、どうせ叔母さんにもわかるのに……」

「その通りだよ。だから混乱していたんだろうね。さらに禎子さんは僕を狼狽させることをいった。順子に僕を引き渡した後、絵を始末するといったんだ。燃やしてしまう、と。すでにアルバムの写真は燃やしたといった。それだけはやめてほしい、と僕は懇願した。あれは人類の宝だ、と説得しようとした。しかし彼女が翻意する気配はなかった。携帯電話をかけ始めた。僕はやめさせようとした。電話を取り上げようとし、揉み合いになった」

そこまで語った後、憲三は瞼を閉じ、口もつぐんだ。その先を続けるのを躊躇っているように見えた。

「話してください、何もかも」伯朗はいった。「覚悟はできています」

憲三がゆっくりと目を開いた。じつは、と徐にいった。

「何が起きたのか、よくわからないんだ。気がついた時、僕は廊下で倒れていた。そして僕の下に禎子さんがいた。どうやら揉み合っているうちに、折り重なるように倒れたらしい。僕は起き上がったが、禎子さんはぴくりともしなかった」

「まさか、それで死んだなんてことは……」

「いや、かすかに息はあった。打ち所が悪くて脳震盪《のうしんとう》を起こしたようだった。もし、あの時――」憲三は両手で自分の頭を抱えた。「すぐに救急車を呼んでいたら、禎子さんは助かっていたと思う。しかしその時の僕に、その発想はなかった。それどころか、真っ先に考えたのは、そのまま彼女を置いて逃げだすことだった。そうしなかったのは、それではまずいと思ったからだ。もし彼女が意識を取り戻せば、僕は破滅する。おまけにきっと彼女は『寛恕の網』を燃やすだろう。ではどうすればいいか。僕が出した答えは、人間として許されないものだった。そうわかっていながら、行動していた……」頭を抱えたまま深く項垂れ、呻くように続けた。「禎子さんを風呂場まで運び、服を脱がせ、湯船に寝かせた。そのうえで湯船に湯を張った。彼女の身体が完全に浸かってしまうまでの時間は、恐ろしく長く感じた。途中で目を覚ますのではないかと気が気でない一方、もし意識が戻ったなら中止にしよう、そうすれば人殺しにならずに済む、と頭の隅で考えてもいた。だが結局、彼女が目を覚ますことはなかった。そのことを確認した後、僕は自分の痕跡を消し、家を出た。その際、例の報告書を持ち出した。万一他殺だと見破られた時、矢神家の人間に疑いがかかることを期待した」

苦しげに話し終えた後も、憲三はしばらく同じ姿勢を続けていた。やがて両手を下ろし、顔を上げたが、生気のかけらも感じられなかった。魂を抜かれているようにさえ見えた。

以上だよ、と憲三はいった。「以上が十六年前に僕が犯した罪の詳細だ。なるべく思い返さないようにしてきたつもりだが、こうして口に出してみると、次々と記憶が蘇ってくる。そうして改めて思うよ。まさに鬼畜の所業であったとね」

憲三の話は筋が通っていて、説得力があった。しかし伯朗は現実感がまるでなかった。そのせいか怒りや悔しさ、悲しみといった感情が湧き上がってこない。胸の中を占めているのは、驚きの感情だけだった。

「今夜ここに来たのは、『寛恕の網』を探すためですか」

「厳密にいえば、まずは確かめるためだった。さっき、君が推理した通りだよ。君が順子に話しているのを聞き、もしや小泉の家は残っているのではないかと考えた。半信半疑ではあったが、確認せずにはいられなかった。ポンコツ車を運転して来てみて驚いた。やはり家は存在した。取り壊されてなどいなかった。なぜ康治さんが嘘をついたのかは不明だが、そうなると頭に浮かぶのは絵の行方だ。今もここに隠されているとしか思えなかった。同時に、君の行動も気になった。あんな遅い時間に訪ねてきたということは、明日にでも家捜しする気かもしれないと思った。君は順子に、秘密の隠し場所はなかったか、と訊いていた。さほど大がかりでなくていい、書類などを隠せるところといった。それで僕は、君の目的の品は絵ではなく報告書だと睨んだ。だから、長年隠し持っていた報告書を、ここへ持ってきていた。そしてそれを天井裏に隠すことにした。報告書を見つければ、君はもうこの家には近づかないだろうと思ったからね。後日、ゆっくりと絵を探すつもりだった。そうしたら、早速君たちが現れたので驚いたよ。もう少しぐずぐずしていたら、見つかってしまうところだった。君たちがこの家の前に立った時、じつは僕は建物の陰に隠れていたんだ」

「それほどまでに、絵を手に入れたかったのですか」

憲三は空しさの漂う笑みを浮かべた。

「君たちにはわからんだろうねえ、あの絵の価値は。あれには真理が描かれている。あの絵を解析すれば、素数とは何かという数学界最大の謎が解かれ、長年の難問であるリーマン予想にさえも決着がつけられるかもしれんのだよ」

「だから明人君から横取りしようとしたのですか」楓が訊いた。「彼を監禁して」

すると憲三は訝しげな目を彼女に向けた。

「君の登場には、些か驚かされた。明人君が結婚したとは聞いていなかったのでね。おまけに彼はまだシアトルにいる、などという。どういうことだろう、なぜこんな嘘をつくのだろうと不思議だった」

「明人を監禁したんですか」伯朗が訊いた。

「心配はいらんよ。手荒なまねはするなといってある。快適とまではいかないだろうが、健康を害するような環境ではないはずだ。それに間もなく解放される」

憲三の口ぶりからすると、どうやら共犯者がいるようだ。

「伯朗君も、この女性と一緒になって嘘をついていたわけだね」

「明人を探すために一芝居打ちました。あいつの失踪には矢神家が絡んでいるとばかり思っていたのに、まさか叔父さんとは……」

「まだ叔父さん、などといってくれるのかね」憲三は悲しげな目をした後、室内を見回した。「もっと早くに、この家の存在を知っていたら、と思うよ。あの写真にすっかり騙された。更地になった写真だ。この家はないと思っていたから、絵は康治さんの元にあるものだと思い込んでいた。康治さんが亡くなれば、遺産はすべて明人君のものになる。絵も一旦は彼のところへ行く。彼は数学の才能に恵まれているだけでなく、コンピュータの権威でもある。『寛恕の網』を手に入れれば、そこに隠されている秘密に気づくのではないかと思った。それを防ぐ手はただ一つ、明人君よりも先に『寛恕の網』を見つけることだった。見つけさえすれば、彼の手に渡るのを阻止できる。なぜならあの絵の正当な継承者は明人君ではなく、君だからだ」伯朗を指差した。「失礼ながら、君にあの絵の価値がわかるとは思わなかった。一清さんの絵は、すべてうちで保管している。あの絵もまた、僕のところへ来るだろうと予想した」

「つまり康治氏が死んで遺品が出揃うまでの間、明人を監禁しようとしたわけですか」

「そういうことだ。しかし悪いことはできんね。何もかも誤算だらけだ。康治さんはなかなか死なないし、明人君の妻だと名乗る女性は出てくる。そして極めつきがこの家だ。僕は自分が数学者として成功できなかった理由が、今ようやくわかった。物事の裏を読む才能がなかったんだ」

自嘲するように頰を緩めた。

伯朗は自分の周囲を見回した。「本当に、この家に絵が隠されているんですか」

憲三は首を捻った。

「どうなのだろうね。ここに至っては、僕も自信がなくなってきた。もしかすると、とうの昔に禎子さんが処分してしまった可能性もある」

お義兄様、と楓が呼びかけてきた。「警察に連絡します。構いませんね?」

伯朗は彼女の険しい顔を見た後、憔悴しきった憲三に目を移し、再び彼女のほうを向いた。

「いいだろう。そうしてくれ」

楓はスマートフォンを手に隣の部屋に行った。伯朗は俯いた。憲三の顔をまともに見られなかった。

その時だった。不意に揮発性の臭いが鼻を刺激した。憲三を見ると、足元に置いた何かを触っているようだ。

「何をしているんですかっ」

憲三が落ちくぼんだ目を向けてきた。

「君たちがこの家に入っていくのを見て、重要なことに気づいた。報告書を発見したら、君たちはもうこの家には用がなくなる。となれば、この家の存在が明日にでも皆に知らされ、誰かの管理下に置かれるかもしれない。そうなったら、僕が絵を探すチャンスはない。それどころか、この家が取り壊される可能性もある。その際に仮に絵が見つかったとしても、どう扱われるかはわからない。つまり僕が絵を探せるのは今夜だけなのだと思った。だから君たちが家捜しをしている間に、ガソリンスタンドに行ってきた」

「ガソリンスタンド?」

「今夜見つけられなければこうするつもりだった」憲三が何かを倒したようだ。

途端に液体が床に広がった。灯油だということはすぐにわかった。憲三は灯油の入ったポリ容器を倒したのだ。

「僕は罰を受けるよ。しかしこの世に未練を残したくない。あの絵が存在すると知りながら、見られないのは辛い。またほかの人間に見られたくもない」

声を出す暇もなかった。伯朗が腰を上げた時には、憲三はライターで火をつけた紙切れを床に放っていた。

ごおっと音を立て、巨大な炎が立ち上がった。眩しいほどに明るくなった。わあ、と伯朗は後ろに飛び退いた。

「何してるんですかっ」楓が駆け込んできた。

「灯油をまいて、火を放ったんだっ」伯朗は叫んだ。

「早く逃げなさい」憲三が静かな口調でいった。「僕はここで死ぬ」

だが楓は憲三に近づくと、「立って」と彼の腕を摑んだ。

「僕はいい。ここで罰を――」

憲三がいい終わらぬうちに、楓は彼の頰を引っぱたいた。

「ふざけんじゃないよ、クソ爺っ。さあ、立って」

「いや、さっきもいったように立てないんだ」

楓は舌打ちすると、憲三の右腕を引っ張りながら、彼に背を向けるようにくるりと回転した。そしてそのまま柔道の一本背負いをするように、憲三の身体を担ぎ上げた。

伯朗が啞然としていると、彼女はまなじりを上げて怒鳴った。「何やってんのっ。早く逃げてっ」

我に返り、伯朗は踵を返した。背中が熱く感じるのは、火が燃え広がっているからだろう。だがそれを確かめる余裕もなく、玄関に向かって駆け出した。

あわてて靴を履いてから、振り向いた。驚いたことに、憲三を担いだ楓がすぐ後ろまで来ていた。伯朗が玄関ドアを開けてやると、彼女はスニーカーを手で摑み、裸足のまま出ていった。

門の外に出てから、楓は憲三を下ろした。小柄な老人とはいえ、五十キロはあるだろう。しかし彼女の息は少しも乱れていない。スマートフォンを取りだし、電話をかけ始めた。一一九番に通報しているらしい。その口調は冷静で、説明は簡潔だった。まるでアナウンサーのようだった。

伯朗は家を見た。まだ外からだと火の手は確認できない。だが目をこらすと、煙が漏れ出しているのがわかる。心なしか、焦げ臭い空気が漂ってくる。

これでこの家も完全におしまいだな――ぼんやりとそんなふうに思った。

特に強い思い入れがあるわけではない。どちらかというと、母の死という辛い思い出と結びついている。謎の死は、今や他殺という事実に変わっていた。もっとも、全く実感などなかったが。

空気銃で遊んだことを思い出した。襖を穴だらけにし、仏壇に向かって撃ち、禎子に怒鳴られた――。

襖を穴だらけにした？

あの襖はどうなったのだろう。ずいぶん長い間、何十個もの穴が開いたままだった。しかし今は違う。きちんと修復されていた。アルバムに貼ってあった一枚の写真を思い出した。康治がこの家に来た時のものだ。仏間で皆で写っていた。あの襖は奇麗だった。大事な客が来るのだから、襖が穴だらけではみっともない。

もしや、と思った次の瞬間には、伯朗は駆けだしていた。背後から声をかけられたが、無視をした。確かめずにはいられない。彼は玄関ドアを開け、家に飛び込んだ。

屋内には煙が充満していた。すでにどこかで電線がショートしたのか、ブレーカーは落ちている。それでも廊下の奥が明るいのは、無論、屋内が燃えているからだろう。

伯朗は例の園芸用のスコップを手にすると、土足で上がり、そのまま仏間に足を踏み入れた。奥の居間が激しく燃えさかっていた。炎は天井に達している。しかし幸い、仏間はまだ辛うじて無事のようだ。

仏壇のすぐ横にある襖に近づくと、スコップの先端を力いっぱい突き立てた。破れたところに指を突っ込み、思い切り引っ張る。しかし内側には何もなかった。

続いて、すぐ横の襖を同じように破いた。結果は同じだった。さらに隣の襖を破ろうとスコップを振り上げた時、足元が急に熱くなった。見ると、畳が燃え始めていた。伯朗は思わず飛び退いた。

炎をよけつつ、伯朗は襖にスコップを振り下ろした。だが今回はこれまでとは手応えが違った。明らかに何かで補強してある。

伯朗はスコップを両手で持ち、全体重をかけて何度も突き立てた。ばりっ、という音がして、ついに襖は破れた。開いた穴の縁を摑んで前後に揺すると、さらに大きく破れ、数十センチほどの穴が開いた。

心臓が高鳴った。穴の向こうに見えるのは、精緻《せいち》を極める図形だった。同時に記憶が蘇った。子供の頃に見た、あの絵に間違いなかった。

さらに穴を広げようと手を伸ばしかけた時、頭上から、みしみしという不気味な音が聞こえた。見上げると天井が崩れかけていた。

伯朗があわてて後ろに下がった直後、焼けた天井が落ちてきた。その火は瞬く間に周囲に広がり、彼の足元にさえも及んでいた。そしてあの襖、『寛恕の網』が隠された襖にも燃え移ろうとしている。

まずい、と思って襖に近寄ろうとした。だがその彼の腕を背後から誰かが摑んだ。「危ない、早く逃げるんだっ」男の声だった。

「何いってるんだ。『寛恕の網』があそこに――」そういいながら伯朗は後ろを振り向き、言葉を失った。

彼の腕を摑んでいるのは、よく知っている人物だった。にもかかわらず、誰なのか、一瞬わからなかった。ここにいるはずのない人物だったからだ。

「絵なんか、どうでもいいじゃないか」明人は子供の頃から変わらぬ涼しげな目をしていった。

「たかが絵だ。逃げよう」

何が何だかさっぱりわからず、伯朗の思考は停止した。腕を引っ張られたので、ただ黙ってついていくしかなかった。

29

外に出ると消防士たちの姿が目に飛び込んできた。どうやら消防車が到着したらしい。彼等は大きな声で叫びながら動き回っている。その中でも特に屈強そうな一人が、「怪我はありませんか？」と伯朗たちに訊いてきた。

「大丈夫です」伯朗は答えた。

「中に残っている人は？」

「いません」

消防士は頷き、「危ないので離れていてください」といって仲間たちに何やら指示を出した。ほかの隊員たちも十分な訓練を感じさせる無駄のない動きで、それぞれの役目を果たしているようだった。

門を出ると、道路には消防車のほかパトカーも何台か止まっていた。サイレンを聞きつけたのか、近所の野次馬たちも集まり始めている。

いや、そんなことはどうでもいい。伯朗は、ついさっきまで彼の腕を摑んでいた人物の顔を改めて見た。鼻筋が通っていて、顎が細い。顔が小さいくせに、身長は伯朗より少し高い。

「おまえ……どうしてここにいる？」

明人は照れたような笑みを浮かべた後、真顔になった。

「心配かけてごめん。でもこれで解決だ。全部、兄さんのおかげだよ。ありがとう」

「ありがとうって……」

なぜ礼をいわれるのかわからず、伯朗は途方に暮れるばかりだった。疑問が次から次へと湧いてくる。あまりに多いので、何から尋ねていいのかすらわからなかった。

制服を着た、いかつい顔の警官が伯朗たちに近づいてきた。「手島伯朗さんですね」

「そうですけど」彼は戸惑いつつ答えた。

「あなたを署にお連れするよう本庁からいわれています。御同行願えますか」

「えっ、どうしてですか」

「理由は聞かされておりません。署にお連れしろ、と命令されただけです。どうか、お願いいたします」

「待ってください。車を近くに駐めてあるんですけど」

「存じております。キーを預かっておりますので、部下に署まで運転させます」

伯朗は当惑した。これは一体どういう展開なのか。

「たぶん僕も行くことになる」明人が横からいった。「後でゆっくり話そう」

伯朗は言葉を出せなかった。頭の中が混乱している。

お願いします、と警官が促すようにパトカーのほうを手のひらで示した。伯朗の思考は停止したままだ。のろのろと歩きだすしかなかった。

パトカーの後部座席に座ってから、伯朗は周囲を見回した。楓や憲三の姿が見当たらない。代わりに意外な人物がいた。勇磨だった。道路脇に立ち、携帯用灰皿を使って煙草を吸いながら、消火活動を眺めている。ベンツに乗って一人で帰ったはずの彼がなぜここにいるのか、さっぱりわからなかった。

町中にある小さな警察署に着くと、伯朗は応接室のような部屋に案内された。ぬるい日本茶を一杯出され、ここで少しお待ちくださいといわれたが、それからいつまで待っても誰も来なかった。安っぽいソファに座っているうち、次第に眠くなってきた。振り返れば、ずっと睡眠不足なのだ。

そして実際、眠ってしまったようだ。目を覚ました時、彼はソファで横になっていた。おまけに毛布をかぶっていた。

目をこすり、起き上がった。その直後、窓際に人が立っていることに気づき、ぎくりとした。

すっかり夜が明けた町並みでも眺めているのか、その人物は伯朗に背を向けていた。

「目が覚めたようだね」明人は振り返り、白い歯を見せた。「あまり気持ちよさそうだったので、もう少し眠らせてやろうと思ったんだけど」

伯朗は時計を見た。間もなく午前七時になろうとしている。

「何が何だかわからない。ここは警察署だよな。まるで悪い夢でも見ていたかのようだ」

「大丈夫？　コーヒーでも持ってきてもらおうか」

「そうだな。いや、やっぱりいらない。それより――」伯朗は明人を見上げた。「それより話を聞きたい。おまえの話を」

明人は頷き、窓の前から離れた。伯朗の向かい側に腰を下ろした。

「そう思ったから、僕から説明することにした。それでここに来たら、兄さんは高いびきをかいていた」

「もう目は醒めた」伯朗は両手を膝の上に置き、背筋を伸ばした。「話せ」

明人は深呼吸をしてから足を組み、口を開いた。

「仕事の関係で、昨年の夏からシアトルにいた。父さんの病気のことは心配だったけど、やむをえなかった。何かあったら連絡してほしいと波恵叔母さんには頼んでおいた。すると最近になって、父さんの容態が悪化したと知らされた。いつ息を引き取ってもおかしくないということだったので急いで帰国した」

「そのことは知っている。聞きたいのは、それから先だ」

「成田空港に到着した僕を、二人の男性が待ち受けていた。彼等は警視庁の人間だった。そして思いがけないことをいった。僕を拉致《らち》し、監禁しようとしている人物がいる、ということだった」

いきなり物騒な言葉が出てきたので、伯朗は身体を引いた。「どういうことだ」

「彼等によれば、警視庁のサイバー犯罪対策課に情報提供があったらしい。インターネットを通じて、ある人物の拉致、監禁を実行してくれる人間を募っている者がいる、という内容だった。確認してみると、たしかにそういうサイトが存在し、その内容の書き込みがあった。しかし本気かどうかはわからない。書き込んだだけでは犯罪にはならない。そこで警察は罠《わな》を仕掛けた。仕事を請け負うふりをして接触し、何者かを突き止めようとした。ところが相手は慎重で、『コーディネータ』と名乗るだけで、なかなか尻尾を摑ませない。おまけにモバイルとして用いているのは、飛ばし携帯の可能性が高かった。警察の担当者は怪しまれないように何度かメールでやりとりを交わし、ターゲットが矢神明人というシアトル在住の男性であること、彼の日本での居住地、そして間もなく帰国予定であることなどを摑んだ」

淡々と語る明人の口元を、伯朗は不思議な思いで眺めていた。憲三の告白も現実感がなかったが、今聞いている話も、フィクションのようにしか感じられなかった。

「逆に相手――『コーディネータ』は拉致監禁計画の詳細を尋ねてきた。それが満足のいくものなら、仕事を依頼するといってきた。ただし、決してターゲットに怪我を負わせないこと、監禁中も健康被害が出ないよう留意すること、という条件が付けられていた。監禁の期間は不明だが、早ければ二、三日、長くても一週間程度。報酬の百万円は監禁が成功した後に支払う、監禁期間が一週間よりも延びた場合は一日につき十万円ずつ支払う、とのことだった。悪質な悪戯にしては念が入りすぎていると考えた警察は、ターゲット本人にコンタクトを取ることにした。ところがターゲットは、すでにシアトルを出発していた。そこで成田空港で待ち伏せしていたというわけだ」

「おまえのほうに誰かに監禁される覚えはあったのか」

「刑事から、それと全く同じ質問をされたよ。犯人に心当たりはあるか、と。ない、と答えた。そこで警察は拉致監禁の詳細なプランを練り、『コーディネータ』にメールした。ターゲットの行動を監視し、外出時に数名で襲い、ワゴン車に乗せる。郊外に用意した一軒家の防音室に閉じ込め、二十四時間見張りをつける、という計画だ。ワゴン車や一軒家の画像も送ったらしい。相手はそれで安心したのか、仕事を依頼すると回答してきた。ここに至り警察は、『コーディネータ』は本気だと確信した。問題は、いかにしてその正体を突き止めるかだ。警察が考えたのは、僕を実際に拉致監禁したように見せかけ、相手の出方を窺うという作戦だ。それでどうかと僕に提案してきた」

「で、おまえはその提案に乗ったわけか」

「条件付きでね」明人はいった。「誰かに監禁される覚えなどなかったけれど、父さんの死期が迫っていることと無関係とは思えなかった。そもそも僕が近々帰国することを知っていたのは親戚の人間だけのはずだ。となれば、『コーディネータ』が彼等の中の誰かである可能性は高い。そう考えた時、僕の頭に一つの仮説が閃いた。長年、抱き続けていた疑念が頭をもたげたといってもいい。何のことか、兄さんならわかるんじゃないか」

「……お袋の死か」

正解、と明人はいった。

「母さんが死んで以来、僕はずっと親戚をはじめ周囲の人間を信用できないでいた。誰かに殺されたんじゃないかと疑い続けてきた。だから今度のことも、どこかで繋がっているように思えてならなかった。直感だったけど、僕には確信があった。そこで警察に、拉致監禁の狂言に協力するから、母の死を再捜査してほしいと頼んでみた。警察は興味を持ってくれたが、快諾はしてくれなかった。何しろ十六年も前の話だ。どのように捜査すべきかが問題だった」

明人がそこまで話したところで、ドアをノックする音が聞こえた。

「何というグッド・タイミングだ」明人が楽しそうに目を見開いた後、どうぞっ、と大きな声で応えた。

ドアが開き、制服に身を包んだ女性警察官が入ってきた。「遅くなりました」

その声を聞き、伯朗は彼女の顔をよく見た。一瞬、頭の中が真っ白になり、次には腰を浮かせていた。「えーっ」

女性警察官は楓だった。

彼女は伯朗に照れたような笑みを向けてきた。「どうも、お義兄様」

「ちょうどあなたの話をしようとしていたところです」明人は楓にいってから、伯朗のほうを向いた。「今いったように、警察は捜査方法について悩んだ。物証と呼べるものが殆どない。真実を究明するには関係者の内部に深く立ち入る必要があった。議論の末に選択されたのは、日本の警察では珍しい潜入捜査だった。しかも、女性捜査官を僕の妻に仕立てて潜り込ませるという、前代未聞の作戦だ。話を聞かされた時には、僕も仰天した」

「私も初めて任務を聞いた時には驚きました。上司の頭がおかしくなったのかと思いました」楓が立ったままいった。「ホステスやレースクイーンに扮したことはありますけど、誰かの奥さんというのは初めてでした。でも犯人が身内にいる可能性が高い以上、それが最も真相に近づける手段だという説明に納得しました」

伯朗は頭を振った。「何てことだ……」

「兄さんには迷惑をかけたよ。最初、兄さんにだけは本当のことを打ち明けたらどうかと提案したんだ。でも、それはだめだといわれた」

「秘密の共有者は極力少なくするのが潜入捜査の鉄則なんです。でも手島さんの協力は不可欠だったので、とても辛かったです。ごめんなさい」制服を着ていてもカーリーヘアは変わっていない。その頭を丁寧に下げた。

「あれも当然嘘だったわけだ。ちょっとしたミッションがあるので出かけます――だったかな。明人の書き置きが残されていたという話も」

「その通りです。あの書き置きがないと、警察が積極的に動かないことに、手島さんが怪しむおそれがあると思ったんです」

「たしかにあの書き置きがあることで、俺は納得してしまった。うまく騙されたよ」

「すみません……」

つまり、と伯朗は明人を見た。「おまえは独身だったわけか」

「そう、仕事が忙しくて恋人を作っている暇なんてなかった。シアトルからは一人で帰ってきた」

「そうだったのか。いや、しかし、だとするとおかしいぞ。あれはどうなる？　勇磨はシアトルで現地調査して、おまえが新妻と帰国したことを摑んだ、とかいってたぞ」

明人は頷き、説明を促すように楓に目を向けた。

「あの方は、すべて御存じでした」彼女はいった。「現地調査によって、明人さんが独身だということを摑み、私に詰問してきました。潜入捜査が暴露《ばくろ》した場合の対処は二つ。即座に姿を消すか、相手に協力を求めるか、です。私は上司と相談し、後者を選びました。勇磨さんに何もかも打ち明けたのです。もちろん、彼が『コーディネータ』である可能性を捨てたわけではありません。それも考慮に入れつつの選択です」

「彼は素直に協力すると？」

楓は頷いた。「親戚のために一肌脱ぐとおっしゃいました」

伯朗は俯いた。彼にずいぶんとひどい言葉を浴びせたのを思い出した。

「昨夜は三人で、今後の作戦を練っていたんだ」明人がいった。「僕の部屋でね。そうしたら、突然兄さんが来るというのであわてた。勇磨さんはともかく、僕はまだ見つかるわけにはいかない。急いでシューズ・イン・クローゼットに隠れた。そうして、兄さんが勇磨さんと揉めている間に、こっそり玄関から出た」

明人の部屋の玄関に、大きなシューズ・イン・クローゼットがあったのを伯朗は思い出した。

「すると、さっきおまえがあの家の近くにいたのは……」

「勇磨さんの車に乗せてもらったんだ。皆さんが家捜ししている間は、一人で退屈だった。やがて勇磨さんが例の報告書を持って戻ってきたけど、間もなく楓さんから連絡があった。兄さんが車を降りて、歩いて再び家に向かったという。どういうことだろうと思い、僕たちも引き返すことにした」

それで先程あの場所に勇磨がいたのか、と伯朗は合点した。

「俺とあの人……兼岩憲三氏との間でどんなやりとりがあったのかは聞いたのか」

「リアルタイムでね。楓さんはスマートフォンを二台持っている。一台を繋ぎっぱなしにしてくれていた。だから、全部聞いた。『寛恕の網』についても、母さんの死の真相も」明人はため息をついた。「辛い内容だった」

「ひとつ教えてくれ。あの小泉の家のことだ。もちろんおまえは現存することを知っていたんだな」

うん、と明人は顎を引いた。

「何しろ僕が父さんに頼んだわけだからね。あの家を残してほしいって。いつか、殺人の立証に役立つんじゃないかと思った。そうしたら父さんが、自分も残したほうがいいように思うといったんだ。でも理由は僕とは全然違った。あの家には母さんにとって大切なものがあると思うから、というものだった。その時には何のことかわからなかったけど、たぶん父さんは『寛恕の網』のことを知っていて、家のどこかに隠されていると思ったんだろうね」

「どうして家の存在を隠していた？更地にしたような写真まで作って」

「だってそりゃあ」明人は両手を広げた。「真犯人が身近にいるかもしれないからだ。取り壊したってことにして、油断させようと思ったんだ。兄さんを疑ったわけではないけど、こういうことは徹底しないとね」

「すっかり欺《だま》された」

「でも兄さんがあの家の存在を知らないままでは、今回の捜査は進まない。だから楓さんが兄さんを家のところまで誘導したってわけだ」

伯朗は驚いて楓を見つめた。「そうだったのか……」

ごめんなさい、と彼女は再び頭を下げた。

「捜査を進めるためには、僕が知っていることをすべて兄さんにも知ってもらう必要があった。父さんがサヴァン症候群の研究をしていたことなんかを含め、いろいろな情報を兄さんに伝えるのも彼女の仕事だった」

初めて青山のマンションに行った時のことを伯朗は思い出した。

「納得した。いろいろと」

「僕から説明できることはこれぐらいだ。ほかに何か質問はある？」

明人からいわれたので伯朗は考えたが、すぐに首を振った。

「今はない。何かあるのかもしれないけれど、思いつかない。何しろ、いろんなことがありすぎた」

だろうね、といって明人は腰を上げた。

「これから警視庁の人間と打ち合わせがあるので、僕はこれで失礼する。兄さんは楓さんにはいろいろと訊きたいことがあると思うので、彼女は残しておくよ」そういうと楓に目配せし、じゃあまた、といって部屋を出ていった。

二人きりになった後も、楓は立ったままだった。居心地が悪そうに下を向いている。

「座ったらどうだ？」伯朗はいった。

楓は一拍置いてから、はい、と答え、失礼します、といって先程まで明人が座っていたところに腰を下ろした。だが顔は上げようとしない。

女性警察官の制服は地味だ。スカートの丈も長い。おまけに彼女はストッキングを穿いていた。それでも伯朗は色気を感じずにはいられなかった。彼女の素足がどんなものか、身体にフィットした服を着たらボディラインがどうなるか、十分に知っているからだ。

ええと、と伯朗は切りだした。「まずはこういおう。とても驚いた」

彼女は頷いた。「ごめんなさい」

「はっきりいって……何というか、君にはじつに……振り回された」

「ごめんなさい」

「明人の奥さんだと思ったから、いろいろと気を遣ったし、心配もした」

「ごめんなさい」彼女は俯いたままだった。

「顔を上げろよ。別に怒ってるわけじゃない」

楓はおずおずとした様子で顔を上げた。目が合うと、伯朗からそらしてしまった。こっちのほうが余程照れているのだと自覚した。

彼女の左手に目をやった。薬指に指輪はなかった。

「あの蛇の指輪は？」

「あれはキャラクター作りのための小道具です」

「……そうなのか」

あっさりとした回答に落胆していた。その作られたキャラクターに、どれほど心を惑わされたかを振り返ると、自分が世界一の間抜けのように思えた。

「訊きたいことは山のようにある。でもとりあえず、一番知りたいことを尋ねる」伯朗は呼吸を整えてからいった。「全部芝居だったのか」

ここでも一呼吸置いた後、はい、と彼女は答えた。「お芝居です。私は矢神明人さんの妻ではありませんから」

「明人のことを思って泣いたのも？　あれも演技？」

「はい」

「大したものだ」

「……任務ですから」

「俺を引っぱたいたのは？　あれも任務の上での芝居か」

楓は黙り込み、少し首を捻った。それはまるで自分自身に問うているように見えた。

どうなんだ、と伯朗がさらに訊こうとした時、彼女は真っ直ぐに彼を見つめてきた。

「潜入捜査官には」彼女は話し始めた。「臨機応変の対応が求められます。最終的な目的は事件の解決ですが、その場その場で優先すべきことは変わります。最もよくないのは疑われることです。それは何としてでも回避しなければなりません。疑われないための最良の方法は、なりきる、ということです。今回、私は明人さんの妻になりきりました。もし妻だったらどうするか、などという思考はせず、自分のことを妻だと思い込んで行動することもしばしばでした。あの時は……あなたの頬を叩いた時は、そういう状態であったように思います。思います、というのは、自分でもよくわからないからです。私たちは時に本能で動きます。そうしないと対応しきれないからです」

では昨夜はどうだったんだ、と訊きたかった。伯朗が自分の気持ちを告白しかけた時、「今夜は、そこまでにしておいていただけませんか」と彼女はいった。さらに、「その続きを聞くのは今ではないと思いますので」と付け足した。あれはどういう思いからだったのか。

だが口には出せなかった。いずれにせよ、彼女にとっては「任務」だったのだ。それ以上でもそれ以下でもない。

「よくわかった。お勤め、御苦労様でした」皮肉でなく、そういった。大変な仕事だと思った。

30

康治が死んだ、という明人からの連絡が伯朗のところに入ったのは、激動の事件解決から二日後の昼前だった。早朝、明人と波恵が見守る中、息を引き取ったらしい。

「事件が解決してからでよかったよ。解決前なら、僕が姿を現せなくて困ってたところだ」

「康治氏が亡くなっても、おまえは監禁の狂言に付き合うつもりだったのか」

「その覚悟はしていた。何しろ、母さんの死の謎を解けるかもしれない最後のチャンスだったからね」

「何？」

「その場合は――」続きをいいかけてやめた。

「いや、何でもない。通夜や葬儀はどうなってる」

「手配しているところだ。通夜は今夜になる。決まったら、すぐに知らせるよ」

「わかった」

電話を切り、ふっと息を吐いた。

明人に尋ねかけたのは、もし事件解決前に康治が亡くなった場合には、楓を妻として通夜や葬儀に出席させるつもりだったのか、ということだった。だが今さら訊いても意味がないと思い直し、黙っていることにした。

あの後、事件がどのように処理されているのか、伯朗は何も知らない。彼に関していえば、警視庁で改めて聞き取りをされた。もちろん担当したのは楓ではなく、全く知らない刑事たちだった。同じことを何度も尋ねられ、かなり苛々した。しかし、その後は何もいってこない。用済みということなのかもしれない。

順子は入院中だ。憲三が逮捕されたことを聞き、倒れたという話だった。昨夜、伯朗は見舞いに行ってきた。顔色はよくなかったが、精神的には落ち着いているように見えた。彼女が詳しい事情を知りたがったので、伯朗は包み隠さずに話した。あまりに込み入っているので、彼女が完全に理解できたかどうかは不明だ。しかし憲三が数学にのめりこんだ結果、不幸にも禎子を死に至らしめたということはわかったようだ。

「あの人は、若い頃からそういうところがあったわ。数学に人生をかけて……かけすぎて……」

そういって涙で声を詰まらせた後、「面会できたら、ゆっくり話したい」と気丈にいった。

矢神家の人々には、明人が説明したはずだった。彼等にとっても衝撃的な話だろうが、最も驚いたのは楓のことではないかと伯朗は想像した。彼女に振り回されたのは、伯朗だけではないのだ。

先生、と後ろから声をかけられた。振り向くと蔭山元実が立っていた。

「お昼、どうされますか。私、コンビニでサンドウィッチでも買ってこようと思ってるんですけど、何か買ってきましょうか」

「……そうだな」

伯朗は女性助手の顔を見上げた。彼女にも、事の顚末《てんまつ》は話してある。聞いている間は殆ど無表情だったが、楓の正体を明かした時だけ、少し目を見開いた。

「あそこに行かないか。以前、話していた蕎麦屋」

「ああ、悪くないですね」

それから、と伯朗は少し間を置いてから続けた。「今度、食事でもどうだ？　昼飯じゃなくて夕食を。二人でゆっくりと」

蔭山元実は、冷めた目をじろりと向けてきた。「先生」

「はい」嫌な予感がした。

彼女は伯朗の顔を指差してきた。「そういうのはよくないですよ。悪い癖です。女性を何だと思ってるんですか」

「よくないか、やっぱり」頭を掻いた。

「蕎麦屋は付き合ってあげます。早く支度をしてください」

「あー、はいはい」伯朗は椅子から立ち上がった。

蕎麦屋は地下鉄の入り口の近くにあった。新しい店だからか、結構な混みようだった。十分ほど待たされ、ようやく席につけた。

注文した後、今夜は通夜に行くので休診にしたい旨を話した。

「お通夜なら仕方ないですね。今夜は予約も入ってませんし。わかりました。行ってらっしゃいませ」

「よろしく」

「ところで、例の件はどうするんですか」

「例の件？」

「動物病院の引き継ぎの件です。池田動物病院のままなのか、手島動物病院にするのか、決めたんですか」

「あれなあ……どうしようかな」

「そろそろ結論を出したほうがいいと思いますよ。院長だって、そう先は長くないし」

「そうだよなあ」

池田伯朗か——とりあえず字画は最悪なんだよなあ、と本質とはかけ離れたことをぼんやり考えた。

通夜は矢神家の檀家寺《だんかでら》で行われた。久しぶりに喪服に身を包み、ほかの弔問客《ちょうもんきゃく》に混じって焼《しょう》香《こう》を済ませた。親族席の前を通る時、明人と目が合った。彼はほんの少し唇を緩ませたように見えた。

焼香の後、隣の通夜振る舞いの部屋に移動した。喪主は明人のはずだが、仕切っているのは波恵だった。活発に動き回り、大勢の弔問客に挨拶する姿には、風格すら感じられた。

明人がやってきて、伯朗のグラスにビールを注いでくれた。「いろいろと大変だったね」

「お互いな」

「その後、警察から何か聞いてる？」

「いいや。おまえは何か聞いたのか」

「憲三氏の供述について少しだけ」

明人によると、憲三は自分が警察の罠にかかっているとは露程も気づいていなかったらしい。メールでやりとりしている相手は明人を監禁していると信じ、康治が死ぬのを待っていたのだそうだ。康治が死に、その遺品から『寛恕の網』を見つけだせたら、共犯者に明人を解放するよう指示するつもりだったという。誤算は楓の登場だった。なぜ彼女が明人の失踪を隠しているのかわからず、対応に困った。また彼女が明人の部屋に住み始めたことも計算外だった。なぜなら当初の計画では、明人を解放する前に、彼の部屋を荒らす予定だったからだ。それが拉致監禁の目的だったと警察に思わせるためだ。その役割を担う人材もネットで募っていたらしい。

「そういうことだったのか。結局のところ、警察の潜入捜査が図に当たったということになるのかなあ」伯朗は腕組みをし、首を捻った。

「兄さんにとっては罪な作戦だったみたいだけどね」明人が意味ありげな目を向けてきて、にやりと笑った。

「何だよ、それ。罪って。何がいいたいんだ」伯朗は口を尖らせた。

「むきにならなくてもいいじゃないか。わかってるって。まあ僕もちょっと心配ではあったんだ。美人だし、何より肉感的だ。兄さんのタイプだもんなあ」

「何をいってる。おまえなんかに俺の好みが――」

伯朗さーん、と横から呼ぶ声が聞こえた。百合華だった。伯朗のそばまで来て、ぺこりと頭を下げた。「先日は失礼しました」

「いや……」

「でも、私の勘は当たってたでしょう？　アキ君があんな女性を奥さんにするとは思えなかったもの。よかったあ」百合華は早口で話した後、うっとりとした目で明人を見た。今にも彼の腕に自分の腕をからめそうな気配だ。だが明人もまんざらでないのか、照れたように微笑んでいる。

肩を叩かれた。振り向くと勇磨が立っていた。「よう」

「こんばんは」

「何というか、ドラマチックな一晩だったな。たぶん俺は一生忘れられないだろう」

「同感です。ところで――」伯朗は勇磨の顔を見返した。「例の後天性サヴァン症候群の研究報告書はどうなりました？」

あれか、といって勇磨はしかめた顔を明人のほうに向けた。

「勇磨さんには申し訳ないけれど、ビジネスに使うのは諦めてもらうことになった。とりあえず僕が責任を持って保管しておく」

明人は上着のポケットからスマートフォンを出してきて、いくつか操作した後、画面を伯朗のほうに向けた。そこには紙に文章を書いた画像が映っている。次のような文章だった。

『天才が幸せをもたらすとはかぎらない。不幸な天才を生むより、幸せな凡人を増やす努力をしたい。』

「報告書の最後のページに書かれていた。僕はこれは父さんの遺言だと思うことにした」明人は静かな口調でいい、スマートフォンをしまった。「手島一清さんは、『寛恕の網』を描いたことを後悔した。人間には踏み込んではならない領域があると気づいたんだよ。母さんと交際するようになってその話を聞いた父さんも、自分の研究に疑問を感じ始めたのだと思う。だから報告書を母さんに託したんだ。となれば、迂闊に人目にさらすようなことはできない」

彼の横で百合華が、「アキ君、かっこいい」と呟いた。

それに、と明人は続けた。

「価値の高さでいえば、報告書よりも『寛恕の網』のほうがはるかに上だ。母さんが父さんからもらった大事なものというのは、あの絵のことではなかったかと僕は思っている。絵を描いたのは手島一清さんだけど、描かせたのは父さんだから」

「あの絵か……」

鎮火《ちんか》後に調べたところ、家の襖はすべて燃え尽きていた。『寛恕の網』は跡形もなく焼失した。

「憲三さんは、おまえならあの絵の謎を解明できるのでは、と考えたらしいが」

「それはどうかな。素数の謎か。興味深いけど、人間が踏み込むにはまだまだ早すぎるように思う。病院で父さんは、『明人、背負わなくていい』といったそうだね」

「そうだ。たしかにそう聞こえた」

「それはたぶん、あの絵のことだと思う。あの絵の責任は背負わなくていいってことだったんじゃないかな。たしかに重い。重すぎるよ」

「おまえがそういうんじゃ、背負える人間なんていないだろうな」

「いずれにせよ、僕にはほかにやらなきゃいけないことがある。矢神家の復興とかね」そういって明人は勇磨と顔を見合わせた。

勇磨が両手を腰に当てた。

「明人と話し合ってさ、二人で何とかこのおちぶれかけている一族を建て直そうってことになったわけだ」

なるほど、と頷いてから伯朗は明人を見た。「これから大変だな」

「人は一人では生きられない」明人はいった。「支え合ってこそ、人生は楽しい」

「生意気なことを」そういいながらも伯朗は笑みが漏れるのを抑えられなかった。彼等を羨ましいと思った。

帰り際、もう一人挨拶にきた人物がいた。佐代だった。喪服姿の彼女は妖艶さを増していて、未亡人という言葉がぴったりの存在に見えた。

「私がいった通りだったでしょ」彼女は微笑みかけてきた。「あの女性、やっぱりただ者ではなかった」

「そうですね」素直に認めるしかなかった。「さすがです」

でもね、と佐代は伯朗の耳元に囁きかけてきた。「お似合いだと思いますよ」

「えっ、誰と？」

しかし彼女はこの問いには答えてくれず、うふふと笑った後、「ではまた」といって立ち去ってしまった。

31

雑種のトムは薄茶色の猫だ。体重は五キロちょっとで年齢は十五歳。なかなかの高齢だが、テーブルに跳び乗れる程度の脚力はあるという。最近になって嘔吐することが多くなったということで連れてこられた。連れてきたのは、三十代半ばの女性だ。裾がひらひらしたワンピースを着ているが、ウエストのあたりはぴちぴちで、二段腹が強調されている。なんでまたそんな服を着るのかと問いたいところだった。

伯朗はトムを抱き、口を開かせた。予想通りだった。

「ちょっと貧血気味だね」

「えっ、そうなんですか」

「顔色がよくない。人間でいえば青白い」

「わかるんですか。毛むくじゃらなのに」

「毛に覆われたところを見たってわからない。だから歯茎《はぐき》を調べる。ほら、少し白いと思わない？」伯朗はトムの歯茎を剝きださせた。「元来、もっとピンク色だ」

「へえ」

「水は飲む？」

「すっごく飲みます」

「おしっこは？」

「すっごくします」

「食欲は？」

「あっ、それが最近少し落ちてきてるんです」

伯朗は頷き、トムを彼女に返した。

「血液検査をしたほうがいいね。腎不全《じんふぜん》の疑いが濃い」女性の顔が不安そうに強張るのを見て続けた。「ただし、まだ軽度だ。サプリの摂取と食餌《しょくじ》療法で改善すると思う」

女性の肩から力が抜けるのがわかった。飼い主が過剰に神経質にならないよう配慮するのも、町の獣医の役目だ。

採血を済ませ、トムと飼い主が診察室を出ていくのを見送ってから、伯朗は隅に座っている池田に目を向けた。「何か御意見は？」

池田は手を横に振った。

「何もないよ。君は一人前の獣医だ。すべて任せられる」

「ありがとうございます」

「しかし本当にいいのかね。手島動物病院にしなくても」

「いいといってるじゃないですか。それに池田動物病院の手島院長代理が、ある日急に手島動物病院の池田院長になったんじゃ、話がややこしくて仕方がない」

「だから通称では手島を名乗ればいいと思ったんだが」

「大丈夫です。手島姓に未練はありません」

池田は首を縦に動かし、腰を上げた。

「そういうことなら、これ以上はいわんことにしよう。では、よろしくな」そういってクリアファイルを差し出した。そこに入っているのは養子縁組に関する書類だ。伯朗は受け取った。

院長、といって受付から蔭山元実が出てきた。「ちょっとお話があるんです。御一緒させていただいてもいいですか」

「構わんが、病院に関することなら手島君に……」

「いえ、まだ院長は池田先生ですから。お願いします」

「相変わらず頑固だね、君は」池田は苦笑し、奥に向かって歩きだした。

蔭山元実も池田の後を追いかけたが、途中で足を止め、振り返った。

「飼い主さんが、もう一人おられます。申し訳ないんですけど、先生、応対していただけますか」

「えっ、俺がか？」

お願いします、といって彼女は奥に消えた。

何なんだ、と腹の中でぼやきながら立ち上がった。診察室のドアを開け、「はい、次の方――」

どうぞ、といいかけて声が出なくなった。意外な人物が座っていたからだ。

「チャオ」

カーリーヘアの楓が笑顔で手を振った。目に鮮やかな黄色のブラウスに黒のレザースカートという取り合わせだ。ブラウスのボタンは上から二つ外されていて、胸の谷間が覗いている。そしてスカートの丈は、これまでで一番短い。

「パンツが見えそうだぞ」

「見えません。ちゃんと計算しています」

何をだ、といいたくなる。

「何しに来た？」

これ、といって楓は傍らを指した。白いケージが置かれている。「ペットを飼うことにしたので、アドバイスをいただこうと」

伯朗は腕組みをし、ケージと彼女の顔を交互に眺めた。「何を飼うんだ」

楓は舌なめずりをするような顔でケージの扉を開け、中にいた動物を取りだした。「この子です」

伯朗は目を剝いた。薄いピンク色のミニブタだった。

「君は……俺の話を聞いてなかったのか」

「聞いてましたよう。でも、この子は三十キロ以上にはならないはずだってお店の人が」

「そんな話、当てになるか。さっさと返してこい」

「だめだめ、もう一目惚れなんです。この子を手放すなんて考えられない。だから伯ちゃん、お願い」

「ハクちゃん？」

「お店の人から、かかりつけの獣医さんを見つけておいたほうがいいですよっていわれてるんです。ミニブタって、案外病気しがちらしくて。だからこれからながーい付き合いになると思います。よろしくね、伯ちゃん」楓は長い睫でウインクし、肉感的な足を組み替えた。

たしかにパンツは見えなかった。

本書は書き下ろしです

東野圭吾（ひがしの・けいご）

一九五八年大阪府生まれ。一九八五年『放課後』で第三十一回江戸川乱歩賞を受賞。一九九九年『秘密』で第五十二回日本推理作家協会賞を受賞。二〇〇六年『容疑者Xの献身』で第百三十四回直木賞を受賞。二〇一二年『ナミヤ雑貨店の奇蹟』で第七回中央公論文芸賞を受賞。二〇一三年『夢幻花』で第二十六回柴田錬三郎賞を受賞。二〇一四年『祈りの幕が下りる時』で第四十八回吉川英治文学賞を受賞。

他の著書に『宿命』『白夜行』『時生』『手紙』『流星の絆』『赤い指』『新参者』『麒麟の翼』『マスカレード・ホテル』『疾風ロンド』『ラプラスの魔女』『人魚の眠る家』など多数。

危《き》険《けん》なビーナス

二〇一六年八月二十六日　第一刷発行

定価はカバーに表示してあります。

著　者　東《ひがし》野《の》圭《けい》吾《ご》
発行者　鈴木 哲
発行所　株式会社 講談社
〒一一二-八〇〇一
東京都文京区音羽二-一二-二一
電話　出版　〇三-五三九五-三五〇五
販売　〇三-五三九五-五八一七
業務　〇三-五三九五-三六一五

印刷所　豊国印刷株式会社
製本所　大口製本印刷株式会社

N.D.C.913 382p 19cm
ISBN978-4-06-220240-4